은수저

휴머니스트 세계문학 028

은수저

銀の匙

나카 간스케 | 정수윤 옮김

차례

일러두기

1. 번역 대본으로는 中勘助,《中勘助全集第一巻》(岩波書店, 1989),《銀の匙》(岩波文庫, 2021)를 사용했다.
2. 주석은 모두 옮긴이 주다.

전편

1

    나의 서재에는 이런저런 잡동사니를 모아둔 책장 서랍이 있는데, 나는 오래전부터 그 안에 작은 상자 하나를 간직하고 있다. 코르크판 이음매마다 모란꽃 무늬 색지가 붙어 있는 걸 보면 원래는 외제 가루담배라도 들어 있었으리라. 눈에 뜨이게 아름다운 상자는 아니지만 차분한 색감과 만질 때 느껴지는 부드러운 촉감, 뚜껑을 닫을 때 나는 톡 하는 소리까지 모든 게 마음에 들어서 지금도 가장 좋아하는 물건 가운데 하나다. 상자 안에는 별보배조개, 동백나무 열매, 어릴 때 가지고 놀던 자잘한 것들이 가득 들어 있는데, 그중에서도 특이한 모양을 한 작은 은 숟가락을 한시도 잊은 적이 없다. 뒤로 살짝 젖혀진 지름이 1.5센티미터가량 되는 접시 모양 머리에 짤막

한 자루가 달렸고, 제법 도톰해서 자루 끝을 잡으면 다소 묵직한 느낌이 든다. 나는 이따금씩 작은 상자에서 그걸 꺼내 정성스레 얼룩을 닦고는 한참 들여다본다. 내가 우연히 이 작은 은 숟가락을 발견한 것은 지금으로부터 꽤 오래전 일이다.

우리 집에는 예전부터 찻장이 하나 있었다. 까치발을 디뎌야 겨우 손이 닿을 무렵부터 나는 그 장문을 열기도 하고 서랍을 빼기도 하며 각기 다른 질감과 삐걱대는 소리를 즐겼다. 찻장에는 자라 등딱지 손잡이가 달린 작은 서랍 두 개가 나란히 있었는데, 그중 하나가 너무 뻑뻑해서 아이 힘으로는 도저히 열리지 않았다. 하지만 오히려 그 점이 호기심을 자극했고, 어느 날 작심하고 끙끙 씨름한 끝에 마침내 서랍을 밖으로 끄집어낼 수 있었다. 두근두근하는 마음으로 서랍 속 물건을 모조리 다다미 위에 털어내니, 안에서 족자 끝에 걸어두는 옥돌이며 허리춤에 인롱•을 찰 때 쓰는 세공품과 함께 은 숟가락이 나왔다. 별다른 이유도 없이 그게 갖고 싶었던 나는 곧장 어머니에게 들고 가서,

"이거 주세요."

라고 했다. 거실에서 안경을 끼고 바느질을 하던 어머니는 조금 뜻밖이라는 표정이었지만,

"잘 간직하렴."

● 옻칠한 나무로 만든 휴대용 약통.

하고 평소와 달리 곧바로 허락해주어서 기쁘기도 하고 살짝 맥이 빠지기도 했다. 그 서랍은 우리가 간다에서 이곳 야마노테로 이사 올 때 찻장이 틀어지면서 고장 나 안 쓰고 있었고, 그 바람에 어머니조차 유서 깊은 이 은 숟가락의 존재를 까맣게 잊고 지냈다. 어머니는 바느질을 멈추지 않으며 은 숟가락에 얽힌 이야기를 들려주었다.

2

어머니는 내가 태어날 때 난산으로 고생이 심해서 당시 인근의 이름난 산파도 난색을 표했기에 도케이 선생이라는 한 의사를 불렀다. 내가 도케이 선생의 탕약 정도로는 나올 기미가 보이지 않자 성급한 아버지는 울화통을 터뜨렸고, 당황한 도케이 선생은 한방 의학 서적을 뒤적여 읽어주면서 한약 조제에는 문제가 없다고 변명하며 무작정 때가 되기만을 기다렸다. 나는 어머니를 몹시도 괴롭히다가 우여곡절 끝에 태어났는데, 그때 도케이 선생이 안절부절못하고 손가락에 침을 묻혀 책장을 한 장 한 장 넘겨가며 약통에서 한약재를 푸던 모습이 나를 키워준 익살꾼 이모의 생생한 동작에 남아 식구들에게 두고두고 질리지 않는 웃음거리가 되었다.

나는 본디 허약 체질에 종기가 심해서, 어머니 표현에 따르

먼 '솔방울 같은' 부스럼이 머리와 얼굴에 퍼지는 통에 계속 도케이 선생의 신세를 져야 했다. 도케이 선생은 종기가 안으로 파고들지 않도록 새카맣게 고아 만든 연약과 오서각•을 처방했다. 그때 어린아이의 작은 입속으로 약을 떠밀어 넣기가 어려웠는데, 이모가 어디선가 찾아온 이 숟가락으로 매번 약을 떠먹여주었다는 이야기를 듣고, 알지도 못했던 그 숟가락이 갑자기 무척 그리워지면서 내 품을 떠나보내기가 싫어졌다. 나는 온몸의 부스럼이 가려워 밤이고 낮이고 편히 잠들지 못했다고 하는데, 어머니와 이모가 교대로 팥을 넣은 쌀겨 주머니를 딱지 부위에 두드려주면 콧방울을 실룩거리며 시원하게 잠이 들었다고 한다. 나는 그 후로도 클 때까지 쭉 허약해서 신경과민 증세를 보였고 사흘이 멀다 하고 두통에 시달렸다. 식구들은 내가 어릴 때 쌀겨 주머니로 지나치게 두드려 맞은 탓에 머리가 나빠진 거라고 한마디씩 했다. 그렇게 어머니를 고생시키며 태어났으니 어머니의 산후 몸조리가 쉬울 리 없었고 그 바람에 집안의 일손도 달려서, 가끔 젖먹일 때 외에는 마침 그즈음 집에서 성가신 애물단지 취급을 받고 있던 이모가 나를 도맡아 기르게 되었다.

● 검은코뿔소의 뿔. 어린아이의 해열제로 사용했다.

3

이모부의 이름은 소에몬. 고향에서는 계급이 낮기는 해도 번듯한 사무라이였는데 부부가 나란히 생활력 없는 사람들이라 메이지 유신 때 급격히 가세가 기울었고, 몇 년 뒤 콜레라로 이모부가 돌아가시고는 이모 혼자 집을 꾸려나가기 어려워 결국 우리 집에 얹혀살게 되었다고 한다. 고향에 살 때는 형편이 어려운 사람들은 물론이고 그렇지 않은 사람들까지 마음씨 착한 이모 부부를 찾아와 힘들어 죽겠다고 푸념을 늘어놓으며 돈을 빌려 갔다. 이모 부부는 자기들 먹을 식량까지 박박 긁어 빌려주었고, 그 바람에 안 그래도 가난한 집안의 가세가 더 기울어 눈 깜짝할 사이에 땡전 한 푼 없는 신세가 되고 말았다. 그러자 사람들은 그 집에 발길을 딱 끊고 뒤에서 비웃으며 숙덕거렸다.

"사람이 너무 좋아도 탈이여."

부부도 참다 참다 너무 힘들면 마음에 짚이는 이에게 가서 빌려 간 돈을 갚아달라고 했는데, 상대방이 조금만 우는소리를 하면 자기들이 먼저 눈물을 뚝뚝 흘리며 집에 와서는,

"아이고, 불쌍해서 어쩐대."

하고 가여워했다.

또 이모 부부는 덮어놓고 미신을 믿어서 어디서 듣고 왔는지 흰쥐가 대흑천●님의 시종이라면서 암수 한 쌍을 사 와서

"우리 복덩이, 우리 복덩이" 하고 애지중지 키웠는데, 이놈들이 기하급수적으로 늘어나 집 안 곳곳을 쫄래쫄래 뛰어다녔고 그 모습이 경사스럽다며 무슨 날만 되면 찰밥을 해 먹이고 볶은 콩을 한 됫박 주어 극진히 모셨다. 그렇게 그나마 남은 돈은 다 떼어 먹히고, 뒤주의 쌀은 한 톨도 남김없이 복덩이들에게 털린 채 맨몸뚱이 신세가 되어 당시 내 아버지가 모시던 다이묘••를 따라 도쿄로 이사 온 우리 집에 의탁하기 위해 고향을 떠나 먼 여행길에 올랐는데, 얼마 후 이모부가 콜레라로 세상을 뜨면서 이모는 그야말로 외돌토리가 되고 말았다. 이모는 그때 이야기를 하며, 이국의 기리시탄•••이 일본인을 죽일 요량으로 못된 여우를 바다에 띄워 보내 고로리••••가 두 번씩이나 유행했다고 했다. 이모부는 첫 번째 창궐 때 격리 병원으로 끌려갔는데, 거기는 고로리로 열이 올라 새카맣게 된 환자에게 물 한 모금 주지 않고 죽여버리는 곳이었다. 이모는 환자들이 모두 창자가 타들어가 죽었다고 했다.

　이모가 세상살이에서 느끼는 유일한 즐거움은 나를 키우는 것이었다. 집 없고, 자식 없고, 나이는 먹고, 달리 느낄 즐거움

<hr>

● 　불교에서 재물과 복을 가져다준다는 신.

●● 　에도 시대에 각 지역을 관할하던 봉건영주.

●●● 　에도 시대에 일본에 들어온 크리스천. 포르투갈어 '크리스탕'에서 왔다.

●●●● 　콜레라를 이르던 옛말. 일본어로 '맥없이, 덜컥, 데굴데굴' 등의 뜻이 있다.

이 없는 탓도 있었지만, 그 밖에 또 한 가지 마치 미신처럼 나를 귀여워해주는 희한한 이유가 있었다. 살아 있었다면 나와 한 살 터울이었을 형이 태어나자마자 경풍●으로 죽었을 때, 이모는 흡사 자기 자식이 죽어가는 것처럼 슬퍼하며,

"꼭 다시 태어나다오. 꼭 다시 태어나다오."

하고 꺼이꺼이 울었다. 그랬는데 이듬해 내가 태어났으니, 이모는 부처님의 은혜로 먼저 죽은 아이가 다시 태어난 것이라고 굳게 믿고 더할 나위 없이 나를 아껴주었다고 한다. 두둘두둘 종기가 나 지저분한 아이였지만 하찮은 자신의 기도를 저버리지 않고 연꽃 가득한 극락을 마다한 채 이승으로 다시 돌아왔다 여겼을 테니 얼마나 기쁘고 귀했을까. 그런 까닭에 내가 너덧 살이 된 뒤로 이모는 매일 아침 부처님 앞에서 공양을 올릴 때, 아직 글도 못 뗀 나를 불단 앞으로 데려와 형의 법명, 그러니까 이모 생각으로는 내가 극락에 있을 때 썼던 이름인 잇칸소쿠오도지를 줄줄 외게 했다. 그것은 신심 깊은 이모의 행복한 의무였다.

●　한의학에서 갑자기 의식을 잃고 극심한 경련을 일으키는 병증.

4

나는 집에서라면 몰라도 집 밖으로 한 발자국이라도 나갈라
치면 이모의 등에 찰싹 달라붙었다. 이모는 허리가 아프다, 팔
이 저리다 불평을 하면서도 나를 떼어놓기 싫었던 모양이다.
다섯 살 무렵까지 나를 땅바닥에 내려놓은 적이 거의 없을 정
도여서, 포대기를 새로 묶을 때나 무슨 일 때문에 등에서 내려
올 때면 맨바닥이 출렁출렁 흔들리는 기분이라 이모 옷자락을
꼭 쥐고 놓치지 않으려고 애를 썼다. 그 무렵 나는 옥색 허리
띠를 가슴 높이 동여매고 거기에 작은 방울과 나리타산 절 부
적을 달고 다녔다. 그것은 이모가 생각해낸 것이었는데, 부적
은 아프지 말고 강이나 도랑에 빠지지 말라고 달아주었고, 방
울은 눈이 침침해서 멀리 못 보는 이모가 혹시라도 나를 놓쳤
을 때 그 소리를 듣고 찾아오기 위함이었다. 하기야 1년 내내
등에서 내려올 일 없는 아이에게 부적과 방울이 무슨 소용이
었을까. 몸이 허약해서 지혜가 트이는 것도 한참 나중 일이었
고 까딱하면 깊은 우울감에 빠져 이모 말고는 다른 사람에게
웃지도 않았다. 또 먼저 말을 걸기는커녕 식구들이 무얼 물어
도 제대로 대답조차 하지 않고, 아주 기분이 좋을 때에나 겨우
고개를 끄덕였을 정도로 의욕도 없고 낯가림만 심해서 모르
는 사람을 보면 이모 등에 얼굴을 파묻고 울기 일쑤였다. 비쩍
말라서 갈비뼈가 다 드러나고 머리만 커서 눈이 퀭한 나를 보

고 식구들은 "문어야,● 문어야" 했지만, 나 스스로는 내 이름
인 'ㅇ보'를 사투리로 발음해 'ㅇ폰'이라고 밝히고 다녔다.

5

내가 태어난 곳은 화재와 싸움과 취객과 도둑이 끊이지 않
는, 소란한 간다 내에서도 가장 시끄러운 동네였다. 병약한
나의 머릿속에 희미하게 남아 있는 이웃을 꼽자면, 맞은편 쌀
집과 과자점을 시작으로 두부 가게, 목욕탕, 목재상 정도다.
큰길 건너 의사 선생님 댁 검은 담장과 다이묘 저택 대문도
특별히 눈에 띄었던 기억이 난다. 우리 집은 그 저택 부지 안
에 있었다.

날이 좋으면 이모는 《아라비안나이트》에 나오는 요괴처럼
등에 착 붙어 있는 나를 둘러업고, 느릿한 걸음으로 발길 닿
는 어디든 내가 좋아할 만한 곳을 찾아 데리고 갔다. 집에서
나와 곧장 보이는 뒷골목 안쪽에 호라이마메●●를 파는 가게

● 원문은 다코보즈. '다코'는 문어라는 뜻이며, '보즈'는 중, 까까머리, 남자아이를
친근하게 부르는 말이다. 보통명사 뒤에 붙어 그 형태나 상황을 상징하는 사람
을 지칭한다.
●● 볶은 콩에 붉은색과 흰색 설탕을 입힌 동그란 과자. 붉은색과 흰색을 한 개씩
먹으면 수명이 6년 늘어난다는 속설이 있다.

가 있었는데, 구리가라용왕[●] 문신을 한 남자들이 꽈배기처럼 둘둘 꼰 머리띠에 훈도시 한 장 차림으로 노래를 부르며 콩을 볶았다. 오니^{●●}를 닮은 남자들이 무섭기도 했고, 달그락달그락하는 소리가 머릿속에 울리는 게 싫었다. 내가 싫어하는 그런 곳으로 가려고 할 때마다 나는 금세 울음을 터뜨리며 몸을 비틀었다. 그러면서 가고 싶은 곳을 손으로 가리키면, 이모는 곧장 자기 등에 붙은 요괴의 마음을 헤아려 내가 원하는 곳으로 정확히 데려가주었다.

가장 좋아한 곳은 지금도 간다강 부근에 남아 있는 이즈미 마을 이나리 신사^{●●●}다. 아침 일찍 사람이 없을 때는 강에 돌을 던지거나 큼직한 나무 열매처럼 생긴 방울을 울리며 놀았다. 이모는 먼지 없는 돌이나 신사 계단 같은 곳에 나를 내려놓고 참배를 했다. 땡그랑땡그랑 동전 떨어지는 소리가 유쾌했다. 모든 신과 부처 앞에서 제일 먼저 "이 아이가 건강하게 자랄 수 있게 해주세요. 비나이다, 비나이다" 하고 빌었다.

하루는 내가 이모한테 등 뒤로 허리띠를 잡힌 채 울타리를

● 불교에서 악마에 대적해 불법을 수호한다는 용왕. 화염에 휩싸인 흑룡이 바위에 꽂힌 검을 감싼 형상을 하고 있다.

●● 도깨비를 닮은 일본의 악신.

●●● 오곡의 신이자 사업 번창의 신인 이나리를 모신 신사. 일본 전역에 퍼져 있는 이나리 신사 입구에는 이나리 신을 수호한다는 여우상이 세워져 있으며, 여우가 유부를 좋아한다는 데서 유부초밥을 '이나리즈시'라고도 한다.

붙잡고 강을 바라보고 있는데, 하얀 새가 물 위를 오락가락하며 물고기를 잡고 있었다. 길고 부드러운 날개를 나긋나긋하게 펄럭이며 조용히 날아다니는 광경은 툭하면 앓아눕는 병약한 아이에게 좋은 구경거리였다. 그래서 평소와 다르게 아주 기분이 좋아졌는데 때마침 달걀과 밀가루 과자를 등에 짊어진 행상 아주머니가 쉬러 왔다. 깜짝 놀란 나는 언제나처럼 곧장 이모 등에 달라붙었다. 아주머니는 짐을 내려놓더니 쓰고 있던 머릿수건으로 목덜미를 닦아가며 온갖 달콤한 말로 겁쟁이 아이를 꼬드겼고, 내가 이모 등에서 슬금슬금 내려왔을 때는 이미 과자 상자 하나를 열어 나를 낚는 데 성공했다. 아주머니가 고소한 향이 솔솔 나는 동글납작한 밀가루 과자를 손끝에 들고 빙글빙글 돌리며,

"도련님, 도련님."

하고 내 손에 쥐여주는 바람에 이모는 하는 수 없이 그 과자를 사야 했다. 지금도 길을 걷다가 행상이 감물 들인 바구니를 힘겹게 내려놓으며 안에서 쌀겨 속에 파묻힌 희고 발그레한 달걀이나 고소한 향이 물씬 나는 밀가루 과자를 내밀면 거기 있는 것을 모조리 사주고 싶다는 기분이 든다. 이나리 신사는 나중에 번듯하게 새로 지어 북적북적해졌지만, 그때 있던 버드나무는 지금도 시원스레 나부끼고 있다.

6

이나리 신사에 가지 않는 날이면 이모는 꾀죄죄한 지갑에 새전●과 입장료로 쓸 동전을 챙겨 옛 감옥 터로 갔다. 덴마 마을에 있는 잘 알려진 유적지인데 항상 다양한 볼거리가 있었다. 또 줄줄이 늘어선 작은 노점상에서는 소라 통구이, 볶은 콩, 밀감 주스, 계절에 따라 찐 옥수수, 군밤, 도토리 같은 걸 팔았다. 붉은색과 흰색 장막을 친 공연장 접수대 앞에서 한 남자가 막이 오르는 걸 알리는 신호용 딱따기와 관람객들 신발 번호표를 옆에 두고 책상다리를 하고 앉아 입가에 손을 대고 "어서 옵쇼. 어서 옵쇼!" 하고 소리 높여 외쳤다. 쇠줄에 묶인 들개의 코끝에 닭을 들이밀어 비명을 지르게 하는 공연도 있었다. 머리에 접시를 올린 수상쩍은 갓파●●가 물웅덩이 속에서 첨벙거리는 공연도 있었다. 노래패는 고둥 피리를 뿌우뿌우 불고 쇠막대기 같은 걸 탕탕 치면서 웅얼거릴 뿐이라 크게 재미는 없었지만 이모가 좋아해서 자주 갔다. 하루는 드물게 인형극이 열린 적이 있었는데, 벚꽃이 흐드러지게 핀 동산에서 그림책에나 나올 법한 아름다운 아가씨가 북을 들고

● 신령이나 부처 앞에 돈을 바치는 일.

●● 일본 요괴. 등에 등딱지가 달린 어린아이만 한 초록색 동물로, 건조한 것을 싫어해서 항상 물이 담긴 접시를 머리에 이고 있으며 접시가 깨지면 힘을 잃거나 죽는다.

춤을 추는 그림 간판이 걸려 있었다. 나는 크게 기뻐하며 거기로 들어갔는데 철컹철컹하는 무서운 소리와 함께 얼굴과 팔다리가 새빨간 녀석이 배배 꼰 어깨끈을 메고 불쑥 튀어나와서 깜짝 놀라 으앙 울음을 터뜨리고 말았다. 나중에 들어보니 〈센본자쿠라〉●에 나오는 충신 여우였다고 한다.

마음에 드는 공연 중 하나는 타조와 인간의 스모였다. 꽈배기처럼 꼰 천을 머리에 두른 남자가 검술에 쓰는 호신용 도구를 몸에 차고 새가 싸울 때처럼 펄쩍펄쩍 뛰면서 덤벼들면, 화가 난 타조가 탁탁 발길질을 한다. 어떨 때는 타조가 목덜미를 잡혀서 졌고, 어떨 때는 남자가 타조 발에 차여 "졌다. 졌어" 하며 도망쳤다. 그사이 교대할 남자가 구석에서 도시락을 먹고 있었는데, 싸울 상대가 없어 휘적휘적 돌아다니던 또다른 타조가 슬그머니 다가와 도시락을 먹으려고 해서 남자는 서둘러 물러섰다. 그 모습이 재미있어서 관객들이 와하하하고 웃었다. 이모는,

"타조가 배가 고파 저러는데 먹이도 안 주네. 가엽다. 가여워."

● 원제는 '요시쓰네 센본자쿠라'. 명장 미나모토노 요시쓰네(1159~1189)에 얽힌 전설을 바탕으로 한 시대물이다. '센본자쿠라'는 '천 그루 벚나무, 혹은 수많은 벚나무'라는 뜻으로 봄날 교토 요시노산 벚나무 절경을 이르며, 거기서 요시쓰네의 연인 시즈카고젠과 충신으로 둔갑한 여우가 함께 모험을 떠나는 장면이 유명하다.

하며 눈물을 글썽였다.

7

나 같은 사람이 간다 한복판에서 태어난 것은 갓파가 사막에서 부화한 것보다 더 안 어울리는 일이었다. 동네 아이들은 모두 간다 토박이 개구쟁이들이라 나처럼 어수룩한 아이는 끼워주지도 않았을 뿐만 아니라 틈만 나면 못살게 굴었다. 그중에서도 맞은편 다비● 가게 아들은 이모가 한눈을 파는 사이 느닷없이 뒤에서 달려와 내 뺨을 때리고 달아났기에 나는 더욱 소심해져서 집 안에 틀어박히기 일쑤였다. 집에 있을 때는 바깥 거리가 내다보이는 높다란 창문의 격자무늬 창을 잡고 올라서서 이모한테 뒤에서 잡아달라고 하고는 말이나 자동차나 눈에 띄는 모든 것의 이름을 배우며 놀았다. 사선 방향 쌀집에는 차에 치여 다리를 저는 닭이 살았는데, 먼지를 뒤집어쓴 채 날개털과 꽁지깃이 듬성듬성한 닭을 볼 때마다 이모가 가엾다, 가여워, 하는 통에 나중에는 나까지 그 닭을 보면 기분이 싱숭생숭해졌다. 평소 노는 곳은 불단이 놓인 매우 음습한 다다미 세 칸짜리 방으로, 밤에는 침실이 되

● 게다를 신기 위해 엄지발가락만 분리한 일본식 버선.

고 종종 누나들의 자습실이 되기도 했다. 그 무렵 열두세 살쯤 되었던 소학교 다니는 두 누나가 서양 봉투 모양 보퉁이에서 새까만 습자지를 꺼내 오래된 책상 위에 펼쳐두고 글쓰기 연습을 했던 기억이 난다. 길이 1미터가량 되는 책상 하나에는 서랍이 두 개 달려 있었는데 서랍 손잡이가 떨어진 구멍에 종이를 돌돌 만 붓을 꽂아두었고, 또 다른 책상은 겨우 아이 무릎이 들어갈 만큼 좁은 공간에 얇은 서랍이 달려 있었다. 이 책상들은 형에게서 누나에게로, 나에게서 여동생에게로, 10년 넘게 차례로 물려가며 썼다. 그 책상을 발판 삼아 뜰로 난 창을 열면 검은 담장 옆으로 큼직한 철쭉이 보인다. 여름이면 새빨간 꽃이 한가득 피어 번잡한 마을인데도 나비가 날아와 꿀을 빨았다. 분주하게 날개를 파닥거리는 모습을 즐겁게 바라보고 있을라치면 이모가 뒤에서 다가와 내 어깨 너머로 얼굴을 내밀고, 검은 나비는 산중 할아버지고 하얀 나비와 노란 나비는 아가씨라고 했다. 아가씨는 귀여웠지만 산중 할아버지가 새카맣고 커다란 날개를 파닥거리며 날아다니면 무서웠다. 이모는 또 종이를 겹겹이 바른 함에서 장난감을 꺼내 놀아주었다. 여러 장난감 중에서도 가장 소중했던 건 집 앞 도랑에서 주운 흙으로 구워 검게 옻칠한 강아지였는데, 어쩐지 나를 보고 다정한 미소를 짓고 있는 것만 같았다. 이모는 그걸 강아지님이라고 부르며 빈 상자로 만든 신사에 앉혀두고 절을 하기도 했다. 입술연지를 사면 나눠주는 하등 쓸

모없는 장난감 소도 네게는 몹시 소중했다.[*] 이것들이 세상에 단둘뿐인 나의 친한 친구들이었다.

8

그 밖에 검, 협도, 활, 총 같은 전쟁놀이 장난감도 있었다. 이모는 내게 옛날 사무라이가 쓰던 두건을 씌우고 갑옷을 입혀 완전히 싸움꾼을 만들어놓고는, 자기도 하얀 끈으로 머리를 질끈 묶고 협도를 쥔 채 복도 끝에 섰다. 그러면 맞은편 복도 끝에서 나와 대치하다가 전쟁놀이가 시작된다. 준비가 끝나면 둘 다 진지한 얼굴로 자세를 취하며 슬금슬금 접근한다. 복도 한가운데서 마주치자마자 내가,

"네놈이 시오텐인가."

하면 적은,

"네놈이 기요마사인가."

라고 한다. 그러고는,

"이놈, 잘 만났다."

● 연중 가장 추운 소한과 대한 사이 '소의 날(축일)'에 만들어진 입술연지는 입술이 트는 것을 막아주고 품질이 좋다는 속설에 따라 '소 연지'라고 불렸으며 경품으로 장난감 소를 끼워주었다.

라고 하고는 동시에,

"야압, 챙챙챙챙."

하고 입으로 소리를 내며 한동안 승부가 나지 않을 만큼 칼싸움을 벌인다. 이것은 야마자키 전투의 한 장면으로, 내가 가토 기요마사, 이모가 시오텐 다지마노카미 역할을 했다. 그러다가 둘 다 무기를 버리고 몸으로 맞붙는다. 격한 싸움 끝에 기요마사가 얼추 힘이 빠졌다 싶으면 시오텐은,

"아이고, 졌다."

하며 분하다는 듯 외마디 소리를 내지르고 쓰러진다. 의기양양해진 기요마사는 그 위에 올라타 시오텐을 제압하고, 땀으로 범벅이 된 채 밑에 깔린 이모는,

"포로로 잡히느니 차라리 죽겠다. 목을 쳐라."

하며 마지막까지 시오텐 역할을 충실히 이행했다. 기요마사는 허리에 차고 있던 칼을 뽑아 주름 자글자글한 목을 쓱 베는 시늉을 하고, 시오텐은 얼굴을 찡그리며 참다가 마침내 눈을 감고 맥없이 죽는 시늉을 하는 것으로 일단은 승리가 확정되었는데, 비 오는 날에는 일고여덟 번이나 똑같은 걸 반복하며 시오텐이 힘들어 축 늘어질 때까지 하자고 졸라댔다. 이모는,

"세상에, 더는 못 하겠다. 더는 못 하겠어."

하고 우는소리를 하면서도 내가 싫증이 나서 그만하자고 할 때까지 계속 놀아주었다. 때로 너무 지친 이모는 아무리

목을 쳐도 좀처럼 일어나지 않았다. 그러면 정말로 죽은 게 아닐까 싶어 무서운 마음에 이모 몸을 흔들어 깨우기도 했다.

9

간다묘진 마쓰리●는 도쿄 한복판에서 열리는 행사인 만큼 다들 대단히 적극적이라 마을 청년들이 집집마다 처마에 희고 붉은 꽃을 꽂고 둥근 등롱을 걸었다. 우리 집 처마에도 꽃을 꽂고 등롱을 걸어주어 기뻤다. 어떤 가게는 바닥에 꼼꼼히 양탄자를 깔고 두 마리 동물 수호신의 머리를 장식했다. 거대한 머리 두 개를 공손히 모셔놓은 단 위에는 신에게 바치는 커다란 술병 한 쌍이 놓여 있었고, 그 주둥이에 뾰족한 대나무처럼 잘라낸 신성한 순백의 종이가 꽂혀 있었다. 금색 사자는 은으로 된 눈알을 부라리며 정수리에 보석을 박았고, 새빨간 고마이누●●는 금으로 된 눈알을 번뜩이며 갈기를 너풀댔다. 이모는 강아지님과 입술연지 소를 친구로 만드는 기술을 발휘해 사자와 고마이누마저 우리와 사이좋은 동물로 만들었기에 나는 그 무서운 얼굴을 보고도 울음을 터뜨리지 않

● 간다 지역의 축제. 일본의 3대 축제 중 하나다.
●● 우리나라의 해태처럼 사자를 닮은 상상 속 동물.

았다. 유카타를 맞춰 입은 마을 청년부터 이제 막 걸음마를
뗀 아이까지 하나같이 앞 매듭 머리띠를 동여매고 노란 삼베
다스키●를 발랄하게 두른 채 다비를 신고 커다란 초롱을 흔
들며 걸었다. 나는 방울이며 오뚝이 인형을 단 삼베 다스키가
참 좋았다. 집집이 처마에 걸린 등롱 속에서도, 마을을 돌아
다니는 초롱 속에서도 촛불의 불꽃이 반짝반짝 깜박였다. 붉
은색과 흰색으로 물을 들인 큼직한 갓 아래 수북하게 늘어진
신성한 오색 종이가 힘차게 뱅글뱅글 허공에 휘날리는 모습
을 보고 있으면 속이 뻥 뚫리는 기분이었다. 각 마을 여기저
기에서는 어른, 아이 할 것 없이 혼백이 실린 가마를 둘러싸
고 사기를 드높인다. 이런 걸 좋아하는 이모는 내게도 다스키
를 매어주고 머리띠를 묶어서 밖으로 데리고 나갔다. 말려 올
라간 기모노 아래로 빨간 속옷을 내보이며 긴 소매를 다스키
에 끼워 넣고 이모 등에 업혀 작은 초롱을 들었다. 그랬더니
가마 주변에 모여 있던 개구쟁이 하나가 나를 보고,

"빌어먹을 녀석. 할머니 등에 업혀 초롱만 흔들어대고 있네."

라고 하며 갑자기 돌멩이 두세 개를 던졌다. 이모는 애가
타서는,

"몸이 약한 아이니 좀 봐다오."

하고 서둘러 돌아가려는데 두세 놈이 따라붙어 내 다리를

● 기모노 소매를 걷기 위해 등에서 X 자 모양으로 몸통을 빙 돌려 매는 끈.

당기며 떨어뜨리려 했다. 나는 이모 목에 찰싹 달라붙어 불이라도 붙은 것처럼 울어댔다. 이모는 목을 졸라대는 내 손을 떼어내고 또 떼어내며,

"좀 봐다오. 좀 봐줘."

하고 도망쳤다. 그렇게 겨우 한숨을 돌리는데 모처럼 준비한 초롱과 게다 한 짝이 사라졌다는 걸 깨달았다. 옥색 끈으로 묶은 소중한 게다였는데.

10

늘 몸이 아팠던 나는 의사 선생님의 손을 떠날 일이 없었지만, 오서각만 달여 오던 도케이 선생이 돌아가시고 대신 '서양 의사' 다카사카 선생이 돌봐주면서, 도케이 선생이 그토록 열심히 키워놓은 종기가 서양 약으로 깨끗이 나아 금세 좋아지고 말았다. 다카사카 선생은 험상궂게 생긴 얼굴과 달리 아이들 기분을 맞춰주는 데 선수였다. 이전에 도케이 선생이 지어다주는 쓴 약에 질려 있던 나는 달콤한 맛을 가미한 물약을 신이 나서 기꺼이 받아먹었다. 그러던 중 다카사카 선생이 어머니와 나의 건강을 위해 공기가 좋은 야마노테• 지역으로 이사 가는 게 어떻겠냐는 말을 꺼냈고 다행히 그때 아버지가 몸담고 일하던 다이묘님 상황도 어느 정도 안정되어 아버지

는 자기 역할을 다른 사람에게 넘겨주고 고이시카와 언덕 위로 이사하기로 결심했다.

이윽고 이사하는 날, 다들 내게 "이 집은 오늘이 마지막이야"라고 거듭 말했지만 나는 일꾼이 들락날락하며 큰 소동을 벌이는 게 재미있고, 이모랑 같이 인력거를 타고 열을 지어 줄줄이 가는 게 즐거워 쉬지 않고 쫑잘거렸다. 얼마 후 길이 점점 한산해지더니 나중에는 적토가 깔린 기나긴 언덕을 올라 앞으로 우리가 살 집이라는 삼나무 담으로 둘러싸인 옛집에 닿았다. 그때까지 나는 언덕이라는 것을 알지 못했다.

11

이 근방 사람들은 모두 삼나무 담을 두른 오래된 집에서 고요히 살고 있었다. 대개 막부 시대 때부터 대대로 살고 있는 사무라이 가문인데 세상이 뒤바뀌어 몰락하기는 했어도, 그날그날 겨우 먹고살 만큼 비참한 처지는 아니었고, 그저 검소하게 한가한 나날을 보내는 사람들이었다. 게다가 인가도 많지 않은 벽촌이어서 이웃끼리는 얼굴뿐만 아니라 집안 분위

● 시가지에서 언덕 위 고지대에 여유롭게 자리한 마을. 골짜기에 다닥다닥 밀집한 서민 마을을 이르는 '시타마치'와 대비된다.

기까지 서로 다 아는 허물없는 사이로 지냈다. 썩은 채 그냥 둔 삼나무 담 안에는 어디든 약간의 공터가 있어 과실수를 심을 수 있었고, 저택과 저택 사이에 밭이며 차밭이 있어서 새와 아이들의 놀이터가 되었다. 밭, 울타리, 차밭, 눈에 닿는 것은 뭐든 진귀하고 재미있었다. 우리 집은 그 옆 꽤 넓은 공터에 새로 짓고 있었고 다 지어질 때까지 임시로 이 집에 살기로 했다. 어둡고 칙칙한 현관 옆 굴거리나무 이파리와 붉은 줄기가 마음에 들었다. 매끄러운 이파리를 따서 입술에 대보기도 하고 뺨에 비벼보기도 했다. 이사 온 다음 날 누가 매미를 잡아서 마침 거기 있던 채집 함에 넣어주었다. 이제껏 본 적도 들은 적도 없는 곤충이었기에 재미있기는 했지만, 가까이 다가가니 푸드득푸드득하며 맴맴 우는 게 무서웠다.

이모는 매일 아침 일찍 나를 깨워 풀이 무성히 자란 공터를 맨발로 걷도록 했다. 냉이나 금방동사니처럼 거기 자란 식물 이름을 외우는 것도 보통 일은 아니었다. 그때 여든 살이 다 되었던 할머니도 민머리에 새틴 두건을 쓰고 지팡이를 쿡쿡 짚어가며 함께 이슬을 밟고 걸었다. 할머니는 실한 세톨바이 밤을 뒷마당 울타리 밑에 묻으며 "이건 손자들이 크면 따서 먹을 수 있겠다"라고 말했다. 할머니가 돌아가신 뒤로 우리가 그걸 '할머니의 밤'이라 이름 붙이고 소중히 키웠더니, 정말로 요즘 들어 세 나무 모두 훌륭히 잘 자라 가을이면 어른이 된 그 옛날 손자들이 몇 소쿠리씩 밤을 따서 자기 아이들에게 까 먹인다.

머지않아 토목공사가 시작되었다. 나는 목재를 끌고 온 말이나 소가 울타리에 묶여 있는 것을 보고 이모 등에 업혀 "무서워. 무서워" 하면서도 그대로 보았다. 말은 큼직한 콧구멍을 벌름거리며 숨을 내쉬면서 삼나무 이파리를 뜯어먹었고, 소는 장의 내용물을 게워낸 뒤 다시 우적우적 씹었다. 침착함이 없어 보이는 얼굴이 긴 말보다는 느긋하게 되새김질을 하는 얼굴이 둥근 소가 좋았다. 공사장에서는 정이며 망치며 도끼가 제각기 다른 소리를 내며 아픈 아이의 울적한 마음을 설레게 했다. 인부 가운데 사다 씨라고 마음씨 좋은 분이 있었는데, 내가 그분이 대패질하는 곁에 서서는 오목하게 파인 대패에서 동글동글 말린 대팻밥이 땅에 떨어지는 모습을 보고 있노라면 깨끗한 대팻밥을 골라 주워 주었다. 피가 흐를 듯 싱싱한 삼나무와 노송나무 대팻밥을 핥으니 혀와 뺨이 죄어드는 맛이 났다. 톱밥을 두 손으로 소복하게 떴다가 솔솔 뿌리면 손가락 사이가 간질간질하는 것도 즐거웠다. 사다 씨는 남들이 다 가고 난 뒤에도 항상 혼자 남아 탁탁 하고 두 차례 박수를 치며 달님에게 절을 했다. 나는 하릴없이 작업장을 어슬렁거리며 그 모습을 즐거이 지켜보았는데, 다른 인부들은 사다 씨를 '괴짜'라고 부르며 "저런 놈이 꼭 요절한다니까" 같은 소리를 했다. 깨끗하게 비질한 작업장은 언제 북적거렸냐 싶게 쥐 죽은 듯 조용해져 저녁 안개가 내려앉았다. 나는 집에서 부르는 소리에 아쉬워하며 내일 아침을 기약했다. 그렇게 풍겨져 나오는 나무 향에 취해 상쾌한 기분으로 새집이 하루하루 완성되어가는 모습을 신기하게 지켜보았다.

12

작은 차밭을 사이에 두고 남쪽으로 쇼린지라는 절이 있었다. 경내도 넓고 신심 깊은 이모는 절이 그리웠을 터라 종종 나를 데리고 갔다. 사찰 출입구에서 현관까지 서른 걸음 정도 되는 길에 두 줄로 돌이 깔려 있고, 양옆으로 펼쳐진 황량한 차밭 군데군데 삼나무며 이런저런 나무들이 서 있었다. 이모는 내게 차나무 꽃을 자주 따다주었는데 가지 끝에 달린 연약한 그 꽃은 한 송이 따면 몇 송이씩 후드득 같이 땅에 떨어졌다. 또 비 온 뒤에는 차나무마다 물방울이 가득 맺혀 반짝반짝 빛이 났다. 요란하지는 않지만 어렴풋이 은은한 정취가 있는 차 꽃은 어린 시절의 추억을 떠올리기에 좋다. 노란 꽃 술을 도독하게 감싸고 있는 둥그스름한 흰 꽃잎이 어두운 초록으로 주름진 이파리 그늘에 피었다. 그걸 코에 바싹 들이대고 향기를 맡는 게 나의 습관이었다. 왼편으로 불전에 올릴 물 긷는 우물 옆 물푸레나무에 꽃이 피면 달콤한 향기가 피어올랐고, 우물의 두레박 도르래가 삐걱거리는 소리가 차밭을 넘어 우리 집까지 들려왔다. 본당 현관에 있는 커다란 장지문에는 무척 화려한 공작새 그림이 있었다. 수탉이 도롱이 같은 꼬리를 늘어뜨리고 어딘가에 앉아 있으면, 어느 결에 약간 더 작은 새가 곁에 날아와 몸을 살짝 웅크리고 부리로 쪼는 듯한 자세를 취했다. 그 옆으로 흐드러지게 핀 모란꽃에는 나비가 여러 마리 날아와 노닐었다.

또 이모는 이따금 나를 근처 대일여래상으로 데리고 가서 놀게 했다. 내가 두껍게 꼰 밧줄을 잡고 종을 울리면 이모는 동전을 던져 넣은 뒤 기도를 올렸다. 내 병이 낫게 해달라고 내 머리와 빈두로상의 머리를 번갈아 어루만지고는 나중에 당신의 눈을 문질렀다. 나뭇결에 반질반질 손때가 묻은 빈두로상은 큰 눈을 부릅뜨고 가부좌를 틀고 있었다. 어느 사찰이나 그러하듯 대일여래상을 모신 절에는 주황빛과 쪽빛 봉납천이 드리워진 우물이 있고 구사조시•《아와노 나루토》의 오쓰루••가 들고 다니던 긴 나무 국자가 걸려 있었다. 이모는 그 물을 감사히 손에 받아 눈을 씻고는 쪼그라든 눈을 크게 뜨며,

"대일여래님 덕분에 조금은 맑아진 것 같구나."

● 에도 시대에 성행한 삽화가 들어간 대중소설.
●● 어릴 때 헤어진 부모님을 찾아 봇짐에 긴 나무 국자를 끼고 순례자 차림으로 길을 떠난 여자아이.

했다.

이 대일여래님의 오미쿠지●는 상당히 용하다고 평판이 나서 꽤 멀리서도 일부러 뽑으러 오는 사람들이 있을 정도였다. 하루는 이모가 내 병이 나을지 어떨지 물어본 적이 있었다. 이모가 본당 옆 미닫이문으로 가서,

"잘 부탁드립니다."

라고 했더니 파르스름하게 머리를 깎은 젊은 스님이,

"네, 알겠습니다."

라고 하며 얼굴을 내밀었다. 이모는 시시콜콜한 이야기를 다 털어놓은 뒤 오미쿠지를 부탁했다. 스님은 본존불 앞으로 가서 잠시 기도를 하고는 달가닥달가닥 박자에 맞춰 몇 번이고 상자를 흔든 뒤 오미쿠지 한 개를 뽑아 와 그 문구를 정성스레 종이에 적어주었다. 이모가 '네모난 글자'●●를 읽지 못해서 스님이 일일이 풀어 설명해주었는데, '이 아이는 장래에 건강해지고 행복해진다'라는 내용이라 이모는 기뻐서 어쩔 줄을 모르며 집으로 돌아왔다.

● 　신불에 기도하면 길흉을 점쳐주는 제비.

●● 　한자. 모서리가 둥근 히라가나에 비해 각이 진 글자라는 뜻이다.

13

호젓한 길을 100미터 정도 걸어 들어가면 무궁화로 담을 친 공터에 닭 대여섯 마리를 키우며 막과자를 파는 할아버지와 할머니가 있었다. 나는 난생처음 보는 초가지붕과 무너진 토벽과 끼익끼익 소리가 나는 방아두레박이 무척 마음에 들어서 이모와 함께 그곳으로 과자를 사러 가는 일이 크나큰 즐거움이었다. 할아버지 할머니는 가는귀가 먹어서 불러도 좀처럼 내다보지 않았다. 한참을 불러야 겨우 나와 이리저리 과자 상자 뚜껑을 열어주었다. 과일이나 물고기 모양으로 만든 설탕 과자, 물엿에 절인 채소, 찹쌀가루를 길쭉하게 굳혀 만든 막대 과자. 대나무에 넣어 만든 양갱은 한입 물면 청죽 향을 내뿜으며 혀 위로 미끄러져 들어온다. 사탕을 빨아 먹으면 그 속에 그려진 사람 얼굴이 녹아 울거나 웃으면서 다양한 모습을 보여준다. 초록과 빨강 줄무늬 사탕을 오도독 깨물어 쪽쪽 빨면 구멍 속에서 달콤한 바람이 나온다. 제일 좋아한 것은 계피 막대 사탕이었다. 설탕을 막대 모양으로 굳혀 만든 사탕에 계핏가루를 듬뿍 뿌린 것이었는데, 농후한 단맛 속에서 사람을 흥분하게 하는 계피 향이 났다. 폭우가 쏟아지던 어느 날, 나는 갑자기 할아버지 할머니가 가엾다는 생각이 들면서 동시에 계피 막대 사탕이 너무 먹고 싶어져서 이모에게 떼를 썼고, 이모는 하는 수 없이 나를 포대기에 둘러업고

과자 가게로 향했는데, 때마침 꼭 먹고 싶었던 계피 사탕이
다 팔리고 없어서 허탈한 마음에 엉엉 울며 집으로 돌아온
적도 있다. 의젓하게 '소젖'을 잘 마시거나 떼쓰지 않고 얌전
히 논 날이면 이모는 내게 상으로 뽑기 상자를 사주었다. 이
모 등에 업혀 빨강과 하양으로 반반 물들인 복숭아나 대합조
개 상자를 달랑달랑 흔들면서 안에 뭐가 들었을까 잔뜩 기대
하며 집에 와 깨보면 종이로 만든 작은북이나 양철 피리 같
은 것이 나왔다. 나는 그것을 보물처럼 아끼며 소중히 간직했
다. 또 삼각 판을 누런 가죽으로 감싸고 가부키 배우 얼굴 그
림으로 마감한 인형도 있었다.

14

날 때부터 허약 체질인 데다 운동 부족으로 소화불량에 시
달리던 나는, 여왕벌처럼 먹을 것을 입안에 떠밀어주기 전에
는 음식을 입에 넣어야 한다는 사실을 잊고 살았기에 이모를
부단히도 힘들게 했다. 빈 양갱 상자에 주먹밥을 담고 이세진
구●에 참배라도 갈 태세로 이모가 앞장서서 뜰에 만든 작은

● 고대로부터 일본 신도의 중심이 되어온 신사로 미에현 이세시에 위치하며 조상
신을 신체로 모신다.

석가산● 주위를 빙빙 돌며 걷다가, 석등 앞에서 박수를 치며 기도를 하고 소나무 그늘에 있는 바위에 앉아 도시락을 먹은 적도 있다. 또 어떤 때는 여동생과 유모와 같이 달맞이꽃이 흐드러지게 핀 들판으로 나가 노리마키●●를 먹기도 했다. 삼나무와 팽나무와 느티나무 같은 거목이 늘어선 벼랑 위에서 내려다보면 후지산, 하코네산, 아시가라산이 훤히 내다보였다. 신이 나서 점심을 먹는데 하필이면 저쪽에서 사람이 걸어오는 바람에 곧장 젓가락을 내려놓고 "이제 집에 갈래" 했다. 살아 있는 것들 중에 인간이 제일 싫었다. 뭘 먹어도 맛있어하지 않는 나를 위해 이모는 특유의 말재간으로 음식에 맛을 더해주었다. 대합 무침은 예쁜 조개가 용궁의 공주님 앞으로 혀를 빼고 기어 온다는 이야기가 좋았고, 죽순은 맹종의 효도 이야기●●●가 재미있어서 좋았다. 오동통한 죽순을 썰으면 아래쪽 마디를 따라 짧은 뿌리와 보라색 돌기가 돋아 있었다. 그 껍질을 햇빛에 비춰보면 금빛 솜털이 나 있고 뒷면에는 상아처럼 흰 주름이 있었다. 큰 것은 머리에 쓰고, 작은 것은 보풀을 떼어내 우메보시●●●●를 넣어달라고 한다. 입에

● 정원에 돌을 모아 쌓아서 작게 만들어놓은 산.

●● 김으로 생선회, 채소, 밥 등을 감싼 초밥의 일종.

●●● 눈이 쌓인 겨울에 죽순을 캐서 부모님께 효도했다는 이야기.

●●●● 매실을 소금에 절인 뒤 햇볕에 말린 음식. 차조기 잎과 함께 절여 붉게 물들인다. 주먹밥이나 도시락 등에 빠지지 않는 일본인의 주요한 반찬이다.

넣고 굴리다보면 붉은색으로 물든 표면에서 새콤한 즙이 나온다. 담죽도 좋아했다. 질냄비에서 보글보글 끓는 죽순을 입맛 다셔가며 호호 불어 맛보는 모습을 보면 제아무리 여왕벌이라도 입안에 군침이 도는 건 어쩔 수 없었다. 가끔씩 어리광을 부리며 내가 직접 젓가락을 들지 않으면 이모는 채색된 작은 밥공기를 내 입에 살짝 갖다 대며,

"새끼 참새야, 새끼 참새야. 아 해봐."

하고 떠먹여주었다. 도미는 겉모습이 아름다우며 머릿속에 일곱 가지 도구●를 닮은 모양이 들어 있어서 좋았고, 에비스●●님이 도미를 안고 있는 것도 즐거웠다. 특히 눈알이 맛있다. 겉은 쫄깃하고 속은 부드러워 아무리 씹어도 질리지 않는다. 뱉어보면 반투명한 눈알이 접시 위에 떼구루루 굴러떨어졌다. 흰 이빨도 좋았다.

15

그 무렵 동네에 ○○ 씨라는 미치광이가 있었다. 노인들 말

● 목수의 일곱 가지 도구인 망치, 끌, 정, 대패, 톱, 곱자, 먹줄.

●● 재물을 수호하는 신으로, 후덕하게 웃는 인상에 통통하며 오른손에는 낚싯대를, 왼손에는 도미를 안고 있다.

에 따르면 젊을 때 학문에 매진하며 책만 읽다가 교만함에 빠져 정신이 나갔다고 한다. 머리는 산발이고 꼬질꼬질 때가 낀 검댕투성이 몸에 여기저기 탄 자국이 난 넝마를 입고 다녔으며, 굵은 대나무 지팡이를 짚고 무언가 생각에 잠긴 얼굴로 여름이고 겨울이고 맨발로 자못 조용히 동네를 떠돌아다녔다. 멀쩡하던 옛날 모습을 아는 사람들이 안타까워서 주먹밥을 주면 탁발승이 주발에 시주를 받듯이 소중히 손에 올려 집으로 돌아갔지만, 어쩌다 누가 입을 것을 적선하면 마지못해 하루 이틀 입다가 곧 원래 입던 넝마로 갈아입었다. ○○ 씨는 우리 집에서 200미터가량 떨어진 농가 옆에 굴을 파고 그 안에서 연중 모닥불을 피웠다. 그러다 기분이 내키면 굴에서 나와 발길 닿는 대로 걷다가 아니다 싶으면 방향을 홱 틀어 돌아왔다. 그렇게 비가 오나 눈이 오나 바람이 부나 몇 차례고 그 주변을 돌아다니는 게 일상이었다. 그런 탓에 어쩌다 하루쯤 모습이 보이지 않으면 사람들은 "오늘은 ○○ 씨 몸이 안 좋은 모양이네"라고 했고, 사나흘 연달아 나오지 않을 때는 "몸이 많이 아픈가" 하고 걱정을 했다. 이상하게도 ○○ 씨는 길을 가다 여자를 만나면 두세 걸음 뒤에서 더러운 것이라도 보았다는 듯이 퉤퉤 침을 뱉었다. 깔끔한 성격이었던 이모는 처음 ○○ 씨를 보았을 때부터 냄새가 지독해서 그가 두세 걸음 물러서기도 전에 먼저 돌아섰지만, 하루는 내가 이모 등에 업혀 막과자 가게에 가는 길에 딱 마주치고 말았다. 이모는

참지 못하고,

"5전 줄 테니 그 얼굴 좀 씻어요."

라고 하며 허리띠에서 지갑을 꺼냈다. 그때는 ○○ 씨도 적
잖이 놀란 듯 제자리에 우뚝 섰는데, 정말이지 지긋지긋하다
는 표정으로 고개를 가로저으며 침 뱉기마저 잊고 빠른 걸음
으로 돌아갔다. 이 미치광이는 훗날 내가 어엿한 개구쟁이가
될 때까지 살아 있었는데, 하루는 간밤에 ○○ 씨가 불타 죽
었다는 소문이 있어서 조심스레 굴을 들여다보았더니, 타다
만 대나무 지팡이와 잔가지만 널브러져 있을 뿐 ○○ 씨의 모
습은 보이지 않았다.

16

이모는 '열매 치기'를 하자면서 흰동백 열매를 노렸는데,
시력도 안 좋고 기력도 달려서 이파리와 나뭇가지만 쳐서 떨
어뜨렸다. '열매 치기'란 이모가 고향에서 하던 놀이로 동백
나무 씨앗 가운데 특정 모양을 각각 같은 수만큼 고르고 그
걸 합쳐서 한 사람씩 번갈아가며 양손에 넣고 흔든 뒤 다다
미 위에 던진다. 이때 하얀 싹눈 자국이 더 많이 나온 사람이
이겨 씨앗을 거두는 놀이다. 씨앗의 모양과 무게중심에 따라
승패가 결정된다. 개중에는 씨앗에 옻칠을 해서 꾸미거나 씨

앗을 더 강하게 만들기 위해 교활하게 납을 박아 넣는 사람도 있다고 한다. 떨어진 열매를 주워 모아 껍질을 부수면 선박처럼 생긴 것이나 화살촉처럼 생긴 것이나 반들반들한 것이 틈 속에 촘촘히 맞물려 있다. 그 형태에 따라 모, 자, 도코, 카이라고 불린다. 그렇게 오륙십 종류의 씨앗을 모아 와서 조용히 비 오는 날 '열매 치기'를 하며 시간을 보낸 적도 있다.

여름이 오면 다양한 형태의 구름이 햇살 속에서 반짝이는 하늘을 가로질러 흘러가고 이모는 그걸 보며 "저건 문수보살님, 저건 보현보살님" 하고 그럴듯하게 이름을 지어 알려주었다. 하루는 놀다 지쳐서 마룻바닥에 혼자 누워 뒹굴뒹굴하며 나를 지켜주시는 부처님 닮은 구름이 흘러가는 것을 바라보고 있었다. 그런데 마침 내 머리 위를 지나던 구름이 반듯하게 누운 관음보살처럼 보였다가 갑자기 그 모습이 무너지고 무시무시한 형태가 되어서, 요괴가 관음보살 모습을 하고 나를 쫓아왔나 싶어 서둘러 이모가 있는 곳으로 도망쳤다. 그 뒤로 나는 그런 형태의 구름을 망자의 관음보살이라고 이름 붙였고 그런 구름의 그림자만 보여도 냉큼 도망쳤다.

가죽 상자 안에는 야마자키 전투 장난감 말고도 갖가지가 들어 있었는데 그중에서도 장구와 생황*은 내가 가장 아끼는 보물이었다. 검게 옻칠한 통에는 금빛 당초무늬가 새겨져 있

● 크고 작은 대나무 통을 여러 개 이어 붙인 관악기.

었다. 고리 모양으로 늘어선 길고 작은 관에서 '휘이익' 하고 나는 부드러우면서도 다양한 소리가 연약한 나의 신경에 알맞은 쾌감을 주었다. 장구는 내 작은 어깨에 들어맞는 적당한 크기였는데, 팽팽하고 단단하게 해둔 붉은 줄이나 신기하게 생긴 몸통이 마음에 들었다. 뭐든 조금조금 아는 재주꾼 이모는 내게 장구를 치게 하고 당신은 왼쪽 무릎 위에 큰 북을 올리고서 오른손으로 둥둥 치며 박자를 맞추었다. 그 밖에도 토끼 앞발처럼 생긴 화장 솔이나 학의 부리처럼 생긴 목에 걸린 가시 뽑기 집게, 칼자루에 쇠붙이 장식을 붙일 때 쓰는 자그마한 놋쇠 망치 같은 자잘한 것들이 작은 서랍이 가득 달린 수납장 칸칸이 들어 있었다. 나는 그것들 가운데 무엇을 가지고 놀고 싶은지 입 밖에 꺼낸 적은 없지만, 이모가 "이거니? 저거니?" 하며 하나하나 끄집어내 보여주었고 제대로 걸릴 때까지 고개만 까닥거렸는데, 대개의 경우 아까 말한 강아지님이나 입술연지 소가 나오면 기분이 풀어졌다. 무언가가 마음에 들지 않아서 손에 잡히는 대로 집어 던져도 이모는 화 한 번 내지 않고 어디가 아픈 것 같다고 걱정하며 곧장 이마에 손을 짚었다. 열이라도 나면 당장이라도 의사 선생님에게 데리고 갔다. 병원에 가기 싫으니까 나는 이모가 이마에 손을 짚으면 갑자기 순둥이처럼 고분고분하게 굴었다. 국화꽃이 필 무렵이면 이모는,

"국화꽃 자리를 만들어줄 테니 얌전히 있으렴."

하고 뒤뜰에서 국화를 따다 자리를 만들어주었다. 국화꽃
잎을 아라비아 무늬처럼 종이 위에 색색이 펼치고 한참 동안
꾹 눌러주면 향기 좋은 자리가 완성되었다. 나는 국화꽃 자리
가 참 좋았다.

또 책 상자 가득 들어 있는 구사조시를 다 꺼내놓고 마음이
느긋한 이모에게 한 권 한 권 다 읽어달라고 한 적도 있다. 뭘
잘못해서 혼이 난 뒤 펑펑 울고는 누가 어르고 달래러 오는
것도 화가 나 방구석에 혼자 틀어박혀서 구사조시를 펼쳐보
고 장난감을 만지작거리며 마음을 풀고 있으면, 강아지님과
소와 망치와 구사조시 속 아가씨들이 말없이 친절하게 나를
위로해주었다. 그러고 있으면 울다 그친 게 억울해 다시 눈물
이 솟구쳐 훌쩍대면서,

'내 편이 이렇게 많으니까 괜찮아.'

하는 기분으로 모두를 원망했다.

17

밤이면 거실에 모여 있는 식구들 옆에서 장난감을 늘어놓
고 놀다가 슬슬 밀려오는 졸음에 괜스레 부아가 치밀어서 눈
을 비비며 칭얼대면 이모가,

"저런, 졸리나보구나."

라고 하며 어질러진 장난감을 정리하고 반쯤 억지로 내 뒷목을 꾹 눌러 안녕히 주무시라는 인사를 시키지만, 나는 "안 잘래. 안 잘래" 하고 떼를 쓰며 방으로 끌려왔다. 그 방에서 이모는 나를, 유모는 여동생을 안고 잤다. 해가 지면 이모는 등불을 켜고 이부자리를 편 뒤 내가 칭얼대기 시작하자마자 자리에 눕혔다. 겨울이면 이모는 여러 겹 덧댄 잠옷을 화로 위에 걸쳐두고 뜨거운 김이 날 때까지 데워두었다가 과장스러운 몸짓으로 후후 불며 따끈해진 잠옷을 깡마른 내 몸에 둘러주었다. 이불 하나는 국화꽃 모양이었고, 하나는 자주색이 감도는 사라사 천에 상모솔새와 나뭇가지가 그려진 서양 제품인 듯했는데, 나는 햇볕을 잔뜩 머금은 그 푹신푹신한 천에 얼굴을 묻고 냄새 맡는 걸 좋아했다.

내가 방에 불이 꺼지는 걸 무서워해서 이모는 나를 이부자리에 누인 뒤 등불 서랍에서 새 심지 한 줄을 꺼내 지금 타고 있는 심지 옆에 붙여주었다. 새 심지 끝을 등유에 살짝 담가 푹 잠긴 헌 심지 옆에 놓으면 타닥타닥 불꽃이 튀며 불이 옮겨붙는다. 등잔에 남은 기름을 손으로 흔들흔들하며 다 따라내고 기름통 주둥이에서 물엿색 기름을 쪼록쪼록 따른다. 보송보송한 심지, 거기에 기름이 스멀스멀 빨려 올라가는 모습, 심지 덮개의 모양새, 기름 끓는 냄새. 나는 기름 속에 죽은 벌레가 까맣게 가라앉아 있거나 등잔가에 그을음이 눌어붙어 있는 게 싫었다. 그래서 이모는 매일 기름을 갈고 못 쓰는 작은 칼을 가져와 그을음을 박박 긁어내주었다. 나 같은 겁쟁이에게는 등잔불 자체가 어쩐지 기분이 나빴다. 졸린 눈을 치켜뜨고 이부자리 안에서 바라보고 있으면 등잔불 속 방추형 불꽃이 외눈박이의 길쭉한 눈처럼 보이고, 또 코끝이 탈 것처럼 얼굴을 등불 가까이 대고 심지를 갈고 있는 이모의 그림자가 등롱 종이에 엄청 크게 비쳐서 뭔가가 둔갑을 해서 이모의 모습으로 나타난 게 아닌가 하는 의심이 들었다. 이모는 성냥을 서랍에 넣고 불길에 이끌려 타 죽은 벌레들의 극락왕생을 빌며 염불을 외었다. 또 나는 빛이 닿지 않는 도코노마● 천장에 악귀가 붙어 있을 것만 같아서 잠들지 못할 때가 있었다. 그러면 이모는,

"어디 보자."

하고 등불을 들어 천장을 비추고는,

"아무것도 없네요. 아무것도 없어요."

하고 나를 안심시켰다. 나는 악귀란 머리칼을 길게 늘어뜨린 검은 물체라고 생각했다. 이모는,

"한밤중에 무섭거든 크게 소리쳐. 이 이모는 무시무시한 사람이라 다들 꽁무니를 내빼지."

하고 여러 가지 이야기를 들려주며 나를 진정시켰다. 한자는 몰라도 놀랄 만큼 견문이 넓고 기억력이 좋은 이모는 이

● 다다미방 안쪽에 족자나 꽃병을 놓도록 만들어둔 공간.

야깃거리를 끝없이 가지고 있었다. 사무라이든 아가씨든 각기 다른 주인공의 표정과 음색을 구사했으며, 나중에는 귀신 얼굴까지 표현했는데, 등롱에서 은은하게 번지는 빛을 받아 더욱 진짜처럼 보였다.

18

그중에서도 특히 슬펐던 이야기는 저승으로 가는 강가에서 돌을 쌓는 아이와 〈센본자쿠라〉에 나오는 하쓰네의 장구•였다. 이모는 자못 슬픈 가락으로 순례의 노래를 한 곡조 부르고 설명을 덧붙였다. 대충 이해한 내용은 이렇다. 배 속에서 어머니를 고생시키면서도 은혜를 갚지 못하고 죽은 아이가 탑을 쌓아 속죄하려고 저승으로 가는 쓸쓸한 강가에서 돌을 쌓으면, 귀신이 와서 쇠몽둥이로 탑을 와장창 부수며 아이를 괴롭힌다. 그때 상냥한 지장보살이 다가와 아이를 법복 소매 아래에 감추어주었다는 이야기는 들을 때마다 숨 막히게 우울한 기분에 휩싸였다. 또 가여운 아이의 신세가 절절히 가

• 〈센본자쿠라〉에서 요시쓰네가 연인 시즈카고젠에게 선물한 여우 가죽 장구. 이 장구는 요시쓰네의 충신으로 변신한 여우의 부모님 가죽으로 만든 것이었다. 부모님을 그리며 장구를 따라가던 충신 여우가 위험에 처한 시즈카고젠을 구하고 이를 알게 된 요시쓰네는 이 장구를 충신 여우에게 하사한다.

슴에 다가와 훌쩍훌쩍 울면 이모가 등을 쓰다듬으며,

"이제 됐다. 됐어. 지장보살님이 오셨잖아."

라고 했다. 나는 지장보살이라고 하면 길가에 석장을 짚고 선 돌부처를 말하는 거라고 생각했다.

불심이 두터운 이모 손에 자란 덕택에 동물과 인간 사이에 아무런 차별도 두지 않는 나는 부모님의 가죽이 장구가 된 불행한 아기 여우 이야기를 마치 내 이야기처럼 들었다. 부모인 백여우는 가죽이 벗겨지면서도 "우리 아기 어쩌나, 우리 아기 어쩌나" 하고 울었다고 한다. 내가 알고 있는 세 가지 장구 이야기 중에서도 가장 슬프다. 신비로운 구름에 휩싸여 하늘에서 떨어진 장구 이야기도 아니고, 매정한 사람이 비단으로 만들었다는 소리 나지 않는 장구 이야기도 아닌, 야마토 들판에 살던 여우의 가죽으로 만든 평범한 장구가 자식의 정에 이끌려 아기 여우를 그리워하는 소리를 내었다는 이야기가 제일 좋았다. 나는 지금도 그 이야기를 떠올리면 옛날에 느꼈던 그 감정이 끓어오르는 것 같다.

이모는 또 《햐쿠닌잇슈》●를 전부 암송하고 있어서 잠자리에 들면 다소 쓸쓸한 가락을 붙여 하룻밤에 한두 수 꾸준히

● 약 1000여 년 전 백 명이 노래한 와카(57577의 음수율로 지은 일본 전통 시) 백 편을 후대의 가인(와카 짓는 사람) 후지와라노 사다이에(1162~1241)가 선별한 《오구라 햐쿠닌잇슈》를 이른다. 명절이나 특별한 날이면 《햐쿠닌잇슈》가 적힌 '가루타(카드)'를 누가 빨리 찾나 겨루는 시합을 한다.

외우게 했다. 이모가,

"헤어진대도."

라고 한다. 내가,

"헤어진대도."

라고 따라 한다.

"이나바산 푸르른."

"이나바산 푸르른."

"소나무처럼."

"소나무처럼."●

그러다 스르르 잠이 들었다. 잘 외우면 이모는,

"내일 상을 줄 테니 오늘은 이만 자자."

하며 토닥토닥 재워주었다. 내가 와카를 금세 외워서 대단히 훌륭한 아이라도 되는 것처럼 이튿날 어머니와 식구들에게,

"어젯밤에는 단숨에 두 편을 외워버리더라니까."

하고 자랑을 하기도 했다. 나는 잘 모르면서도 아는 단어들을 그러모아 어렴풋이 한 수의 의미를 상상했고, 거기다가 이모가 낭독하는 목소리에서 느껴지는 감상이 더해져 깊은 감흥을 얻곤 했다. 그즈음 나는 오래된 가루타를 가지고 있었는

● "헤어진대도 이나바산 푸르른 소나무처럼 기다리신다 하면 내 곧 돌아오겠소". 9세기 헤이안 시대의 가인 아리와라노 유키히라(818~893)가 동료들과 헤어져 멀리 떠나야 함을 아쉬워하며 지은 시.

데, 거기에는 장장이 시 한 수와 그 시에 어울리는 그림이 그려져 있었고, 종이에 보풀이 일어 소나무에 눈이 쌓인 모습이나 단풍 아래 사슴이 서 있는 모습을 어렴풋이 알아볼 수 있었다. 또《햐쿠닌잇슈》책도 있었다. 가루타 그림과 낭독하는 사람의 자세, 얼굴 생김새에 따라서 시가 좋아지기도 하고 싫어지기도 했다. 좋아한 시는 솔숲 와카,• 아와지섬 와카,•• 오에산 와카••• 등이었다. 솔숲 와카는 내 귀에 말할 수 없이 부드럽고 쓸쓸한 울림을 전해주었고, 가루타 그림에는 소나무가 서 있는 바닷가에 고운 파도가 밀려들고 있었다. 아와지섬 와카는 들을 때마다 눈물이 날 것 같다. 바다 위에 배가 떠가고 물떼새가 날아간다. 오에산 와카를 들으면 귀신에 홀린 아가씨가 산중으로 끌려가는 이야기가 떠올랐다. 소조 헨조와 사키노다이 소조 교손처럼 주름이 자글자글한 할아버지 스님은 싫었지만 세미마루••••만은 이름이 귀여워서 좋았다.

● "맹세했는데 서로의 젖은 소매 짜고 또 짜며 물 깊은 곳 솔숲은 파도 넘지 못하리".

●● "아와지섬을 드나드는 물떼새 우는 소리에 잠 못 이뤘으리라 스마의 관문지기".

●●● "오에산 너머 이쿠노 가는 길은 멀기만 하여 글도 나도 간 적 없소 아마노하시다테".

●●●● '매미, 동그라미'라는 뜻이다. 세 사람 모두《오구라 햐쿠닌잇슈》에 와카가 선별된 헤이안 시대의 가인이며 이들이 노래한 와카가 적힌 세 장의 가루타에 늙은 승려가 법복을 입고 앉아 있는 그림이 실려 있다.

19

눈 내리는 밤이면 이모는 화롯불을 쑤석거리며 흰옷 입은 눈사람 요괴가 문밖에 서 있다고 겁을 주었다. 날이 더워서 쉬이 잠들지 못하고 뒤척거릴 때 이모가 부쳐주던 부채에도 좋아하는 그림과 싫어하는 그림이 있었다. 나는 좋아하는 그림이 아니면 좀처럼 잠들지 못했다. 향긋한 모기장 안에서 바깥을 앵앵 날아다니는 모기 소리를 들으며 장난삼아 관절을 꺾고 있으면, 집 옆에 있는 절 대숲에서 부엉이가 운다. 이모는,

"부엉이는 나쁜 새라 부엉부엉 울 때마다 모기를 천 마리씩 토해낸다더라. 내일은 모기가 극성일 게야."

하고 말했다. 바람이 선선해지면 귀뚜라미가 울기 시작한다. 하루는 귀뚜라미를 예뻐해주려고 곤충 바구니에 넣어두었는데 두세 번 울고는 조용해져서 가만히 바구니 안을 들여다보니 위에 씌워둔 천을 물어뜯고 모두 도망가버렸다. 귀뚜라미 소리를 들으면 어린 마음에도 공연히 가을의 쓸쓸함이 느껴진다. 이모는 '날이 추워졌으니 옷 지어주세요'● 하고 우는 거라고 했고, 유모는 여동생에게 '젖 먹어. 젖 먹어. 젖 먹

● 귀뚜라미가 우는 소리를 '쓰즈레사세'라고 하는데 이는 쌀쌀해졌으니 옷을 지어 달라는 말에서 왔다. 쓰즈레는 '바늘로 기운 옷', 사세는 '솜을 넣고 누비라'는 뜻이다.

으면 잡아먹어야지' 하고 우는 거라고 했다.

어쩌다 아침 일찍 눈을 떠서 쇼린지 향나무에 둥지를 튼 까마귀가 우는 소리를 듣고 이모는,

"아직 첫 까마귀니까 더 자렴."

하며 좀처럼 깨우려 들지 않았다. 두 번째 까마귀가 울고 세 번째 까마귀가 울어야 겨우 일어나게 해주었다. 그렇게 둘러대며 적당한 시간까지 나를 재웠다.

저녁이면 방 앞의 울창한 산호수 덤불에 참새 떼가 보금자리를 찾아와서 고개를 까딱이며 부리를 닦고 앞다투어 가지를 쪼아대느라 소란스럽다. 해님이 넘어가고 이윽고 남아 있던 옅은 빛도 사라지면 쩍쩍대며 늦게까지 잠들지 못하던 녀석들도 하나둘씩 입을 다물고 사위는 고요해진다. 나는 그 참새들이 친구 같아서 세 번째 까마귀가 울 때까지 이부자리에서 뭉그적거리는 나를 쩍쩍 비웃는다는 생각에 부랴부랴 자리를 박차고 일어났다. 산호수에는 이름에 걸맞게 진홍색 열매가 맺혔다. 부드러운 이끼 위에 떨어진 열매를 줍는 일도 기쁘다.

20

삼사십 평가량 되는 뒷마당 공터는 절반이 화단이고 절반

이 밭이었다. 초여름이면 담장 너머로 모종 파는 행상이 시원스레 소리를 내지르며 지나간다. 이모는 그 사람을 불러 채소 모종을 샀다. 짚을 꼬아 만든 상자 속에 촉촉이 물기를 머금은 부드러운 흙이 깔렸고, 다양한 모종이 싱싱한 떡잎을 내고 있었다. 삿갓을 쓴 남자 행상이 아주 소중한 것을 다루듯 모종을 퍼서 건넸다. 이모는 가지며 물외를 조금씩 사서 밭에 심었다. 이모와 나는 둘이서 아침저녁으로 물뿌리개를 들고 나가 보랏빛이 도는 가지 모종, 희부연 가루를 뿌린 듯한 호박과 수세미 모종의 살랑살랑 흔들리는 타원형 떡잎에 물을 주었다. 모종은 하루가 다르게 쑥쑥 자라 덩굴이 나오고, 잎이 나오고, 마침내 온 밭을 뒤덮을 만큼 큰 열매가 열렸다. 기대에 차서 열매를 보러 간다. 수고로움을 자처했던 이모는 푸념을 늘어놓으면서도 줄기에 대를 세워 받침을 만들어주었고, 그러면 덩굴이 한 번 감고 두 번 감으며 나날이 휘감아나가다가 거친 이파리 틈 사이로 노랑과 보라 꽃을 피웠다. 거기에 동그스름한 등에가 날아와 마치 제 것인 양 꽃 속으로 파고든다. 수꽃이 폴폴 떨어지는 사이 암꽃의 밑동이 부풀어오르면서 넓적해지기도 하고 가늘어지기도 하면 세상 사람들이 말하는 호박의 형태가 완성된다. 기다란 복주머니처럼 생긴 가지와 축 늘어진 수세미, 꺼끌꺼끌해서 밉살스럽게 생긴 오이 등. 잎사귀를 젖히다 생각지도 못한 열매를 발견했을 때는 얼마나 기뻤는지 모른다. 작두콩, 완두콩, 몽당붓을 닮은 파꽃.

하루는 호박 모종을 사서 심었는데 나날이 조금씩 이상한 모양이 되더니 결국에는 조롱박이 되었다. 나는 주렁주렁 열린 조롱박을 보고 기뻐서 어쩔 줄 몰랐지만, 이모는 모종 행상에게 감쪽같이 속았다고 분개하며 제대로 돌보지 않았기에 다 떨어지고 말았다. 그런 뒤로 이모는 아랫마을 청과물 가게에 가서 모종을 샀는데 무슨 모종을 보든 조롱박이 아니냐고 의심을 했고, 만약 조롱박이 나온다면 조롱박 열린 나무를 그대로 반품하겠다고 청과물 가게 주인에게 엄포를 놓았다.

밭을 둘러싼 삼나무 담 내 둔덕에는 할머니의 밤나무와 내가 주워 와 씨를 심은 호두나무가 싹을 내밀고 있었다. 또 할머니가 좋아해서 심은 봉선화 씨앗이 흩어져 여기저기 꽃을 피웠다. 뛰어나게 아름답다고는 할 수 없지만 나는 봉선화가 좋았다. 장난삼아 꽃을 뜯어 손톱을 물들이기도 했다. 하얀 열매를 으깨서 흰 가루를 내는 게 재미있었다. 살구꽃, 복숭아꽃. 오래된 아몬드나무에는 구름처럼 푸르스름한 꽃이 피었는데, 그게 우리 형제들에게 무엇보다 큰 즐거움이었다. 우리는 행여 새들이 와서 다 쪼아 먹을까 싶어 훠이, 훠이 쫓기도 했다. 커다란 열매가 줄줄이 열리다가 나중에는 땅에 축 처져버린다. 키가 닿는 곳은 손으로 따고 가지 높이 자란 곳은 손으로 툭툭 쳐서 소쿠리 한가득 묵직하게 담아 돌아왔다. 화단에는 참나리와 흰 백합이 피었다. 나는 너무 밝은색이나 너무 짙은 색을 보면 숨이 막히는 압박감을 느끼곤 했는데, 꽃으로 말하자면 백합의 수술머리에 진득하게 붙어 있는 누런 꽃가루가 바로 그랬다.

21

동네에 염라대왕을 모신 절이 있었다. 지옥의 가마솥 뚜껑이 열리는 날,● 음울한 종소리가 사람들의 발걸음을 재촉하듯 울리기 시작하면 이모는 내키지 않아 하는 나에게 삼베로 만든 쪽빛 기모노를 입히고 깔깔한 편직물 허리띠를 가슴 높이 매준 뒤 참배에 데려갔다. 오본●●이면 으레 그 삼베 기모노를 입었기 때문에 나중에는 쪽빛만 봐도 기분이 우울해졌다. 비좁은 경내에는 한 그릇에 닷 푼 하는 빙수와 어묵, 스시를 파는 노점으로 꽉 들어찼고 삑삑거리는 풍선 소리, 행상이 내지르는 소리 따위가 모래 먼지에 뒤섞여 견딜 수 없는 소음을 만들어냈다. 앞치마를 두른 수습 승려들은 염라대왕이 자기들 것이라도 되는 양 까불며 떠들어댔다. 나는 이런

● 불교에서 염라대왕에게 제를 올리는 음력 1월 16일과 7월 16일.
●● 조상에게 음식을 바치고 제사를 지내는 우리나라의 추석에 해당하는 일본의 큰 명절. 본디 음력 7월 15일이었으나 오늘날에는 양력 8월 15일로 굳어졌다.

부류의 인간들이 특히 싫었다. 돌계단을 두세 칸 올라 사람들이 참배 기념으로 붙인 종이가 덕지덕지 붙어 있는 붉은 문을 지나면, 오른편에 염라대왕을 모신 작은 사당이 있고 판에 박은 듯 무시무시한 얼굴을 한 염라대왕이 앉아 있었다. 선향● 연기가 자욱한 가운데 마을 아이가 쉬지 않고 댕댕댕댕 종을 쳐대는 통에 머리가 깨질 것처럼 아픈데도 이모는 매번 종 치는 나무망치를 빌려 와 기어이 내게도 두세 번 치게 했다. 그런 다음 염라대왕의 얼굴을 똑똑히 보게 한 뒤에야 절을 나왔다. 잠시 한숨 돌리고 있으면 이번에는 본당에 있는 삼도천 할멈●●에게 나를 데려갔다. 눈가가 움푹 파이고 피부가 희멀건 노파가 희고 붉은 천을 머리에 칭칭 두르고 앉아 있었다. 나는 무섭기도 하고 뙤약볕에 너무 오래 서 있어서 극심한 두통에 시달렸는데, 그럼에도 미신을 믿는 이모는 어찌어찌 매년 나를 데리고 갔다.

열반회●●● 날에는 거뭇하게 그은 와불 족자를 걸고 그 앞에 작은 상을 마련해 향을 피웠다. 이 좀 슨 족자와 불단 위의 새카만 대흑천상은 이모에게 남은 유이한 두 재산이었다. 이모는

● 향료 가루를 가늘고 긴 선으로 만들어서 풀로 굳힌 향.

●● 저승으로 가는 길목에 있는 강가에서 죽은 자의 옷을 벗기는 귀신 할멈. 나뭇가지에 건 옷이 늘어지는 정도로 죄업을 가렸다.

●●● 석가모니의 기일인 2월 15일에 열리는 법회.

작은 상 앞에 앉아 염불을 외면서 내게 향을 피우게 하고, 이런 저런 부처님 이야기를 들려주었다. 부처님이 열반할 때 코끼리와 사자를 비롯해 아수라, 긴나라, 용족, 천인•이 모여들었고, 이들은 고귀한 미신가 이모의 능수능란한 말솜씨로 인해 생생히 살아나 금세 눈물을 글썽였다. 사라쌍수•• 가지에 가로로 길게 드러누운 구름 위에서 아래를 내려다보는 아름다운 사람은 석가모니의 생모인 마야부인이라고 했다. 이모는 마야부인이 하늘에서 던진 약 꾸러미가 사라수 가지에 걸린 것을 아무도 눈치채지 못했다면서 부처님의 열반이 부모와의 생이별이라도 되는 것처럼 말했기에 나는 석가모니가 가여워져서 눈물이 났다.

22

매달 세 차례 열리는 대일여래 공양 날에는 비 올 때만 빼고 늘 갔다. 내가 이모 소매를 하도 붙잡고 늘어지며 걸어서 옷이 한쪽으로 쏠리면 이모는 길가에 멈춰 옷매무새를 가다

• 이교의 신이었다가 불교에 귀의해서 부처님에게 봉사한 여덟 호법신. 나머지 네 신은 야차, 건달바, 가루라, 마후라가다.

•• 부처님이 열반할 때 사방에 한 쌍씩 서 있었다는 나무.

듬었는데, 사람이 많이 지나다니는 곳에서는 이모가 내 손가락을 하나하나 펴서 놓게 해야 했을 정도로 나는 이모 곁에 딱 달라붙어 있었다. 이모의 겉옷 끈은 내가 옭매듭으로 묶어주고, 내 것은 이모가 비단 매듭으로 묶어주었다. 대일여래상에 다가가면 이모는 내게 새전 함에 동전을 던지라고 하고는,

"초를 부탁합니다."

라고 했다. 사당 안쪽 반짝반짝하는 부근에서 젊은 스님이,

"네."

하고 대답하며 초에 불을 붙여 본존불 앞에 나란히 올렸다. 이모는 일심으로 염불을 외고는,

"자, 이제 됐다."

하고 내가 당신 소매를 잡게 한 뒤 절 문을 나섰다. 이모는 '이 아이의 병이 나을 수 있게 해주세요', '길을 갈 때 상처 입지 않게 해주세요' 등등 다양한 소원을 매달 공양 날인 8일, 18일, 28일이 올 때까지 생각해두었다가 대일여래에게 부탁했다.

공양 날에는 거지들이 떼로 몰려나와 절 담벼락에 기대섰다. 내가 들어갈 즈음에는 아직 다 모이지 않아서 다리를 절거나 다리가 불편한 이 중에 발 빠른 사람 두세 명이 자리를 깔고 구걸할 준비를 하고 있었다. 나는 어느새 이모의 감화를 받아 어린 마음에도 다른 사람에게 적선한 뒤 만족스러운 자비심을 느끼게 되었다. 거지 가운데 고토*를 켜는 용모 단정

한 맹인 여자가 있었다. 지금처럼 고토가 흔하지 않던 시절이어서 이모는 유모와 종종 그 여자 이야기를 하며 옛 귀족이 아니면 궁에서 일하던 사람이 틀림없다고 했다. 여자는 알아들을 수조차 없는 뭉개진 목소리로 고토 반주에 노래를 했다. 손톱에 낀 깍지가 줄 위를 스르르 통통 미끄러져가는 모습이나 구름이 흘러가듯 나뭇결이 살아 있는 악기에 기러기발이 듬성듬성 서 있는 모습까지 모두 귀하고 아름답게 보였다.

23

행사가 있는 날 조금 일찍 가면 곡예단 사람들이 거미처럼 천막을 치고 있었다. 그 옆에 놓인 곡예에 쓸 도구와 동물 상자를 호기심 가득한 눈으로 보고 있으면 잠시 후 그림 간판이 내걸렸다. 대부분 기분 나쁜 그림이었는데 눈이 큰 인어가 바닷속을 헤엄치거나 두 갈래로 갈라진 혀를 내민 구렁이가 닭을 잡아먹는 식이었고 그 와중에 가끔씩 쥐가 재주를 부리는 그림이 섞였다. 하늘색 간판에 알록달록한 기모노를 입은 생쥐들이 우르르 몰려나와 쥘부채를 들고 곡예를 펼쳤다. 나는 그게 무척 마음에 들어서 그 그림이 걸릴 때마다 공연을 보러 들어

● 가야금과 유사한 일본의 전통 현악기.

갔다. 생쥐 여러 마리가 달려 나와 수레를 끌고 두레박 도르래를 당겼다. 마지막에는 장난감 곳간에서 작은 쌀가마니를 물어와 층층이 쌓아 올리는 묘기를 선보였다. 갈색 반점이 있는 생쥐나 새하얀 생쥐가 이리저리 달리는 게 정말로 귀여웠다. 쥐를 다루는 사람은 서른 살 남짓 되어 보이는 여자였는데, 그 무렵 보기 드물던 트레머리에 모자를 쓰고 외국 여자 같은 차림새를 하고 있었다. 여자는 생쥐가 쌀가마니를 물어 올 때마다,

"영차, 영차. 잘한다, 잘한다."

하고 박자를 맞추었다. 방정맞은 생쥐가 떨어뜨린 쌀가마니가 관객들 쪽으로 굴러오면 아이들이 금세 주워 던져주었고, 그러면 여자는,

"고마워요."

하고 친절하게 웃으며 고개를 숙였다. 종종 내 앞으로도 쌀가마니가 굴러왔다. 나는 줍고 싶었지만 왠지 가슴이 조마조마해서 손이 뻗어지지 않았다. 생쥐들의 곡예가 끝나면 여자는 파랗고 빨간 바구니에서 앵무새 한 마리를 꺼내 말을 시켰다. 앵무새는 손바닥 위에 얌전히 앉아 여자가 하는 말을 곧이곧대로 따라 했는데, 기분이 나쁠 때는 갓털을 세우고 끼룩끼룩 울 뿐 아무 말도 하지 않았다. 그럴 때면 여자는 고개를 갸웃거리며,

"다로 씨가 오늘은 무슨 일일까?"

하고 난감한 듯 말했다. 그런 날이면 앵무새의 그림 같은

자태, 갈고리 모양의 부리, 영특해 보이는 눈매를 떠올리며
아쉬움을 가득 안고 천막을 나섰다.

24

밤거리 노점 가운데 꽈리를 파는 가게도 내 마음을 흔들어놓
았다. 장사꾼 아저씨가 톱니바퀴가 달린 대통을 윙윙 돌리며,
　"꽈리요, 꽈리가 왔어요."
　하고 호객을 했다. 노송나무 잎사귀를 깐 대나무 발 위에
빨강, 파랑, 하양 꽈리가 놓여 있고 거기서 물방울이 똑똑 떨
어졌다. 부채 모양을 한 바다꽈리,● 도깨비불을 닮은 땅꽈리,
덴구꽈리, 나기나타꽈리. 이것들은 모두 바다에서 난 꽈리로,
가죽 주머니 속에 바다의 향이 물씬 나는 얼룩이 묻어 있었
다. 난바꽈리와 센나리꽈리까지. 아저씨는 대통을 돌리며 외
쳤다.
　"꽈리요, 꽈리가 왔어요."
　다른 꽈리는 소리가 나지 않기에 바다꽈리를 사달라고 해
서 소중히 손에 들고 돌아왔다. 난바꽈리는 주황색 법복을 입

● 고둥의 알 주머니를 이르는 이름으로 구멍을 내어 입에 물고 불면 피리 소리가
　난다.

은 스님 같은 모습을 하고 있었다. 껍질을 벗겼을 때 안에 모기가 들어 있으면 누나는 분해서 다다미 바닥에 내동댕이쳤다. 모기는 나쁜 녀석이다. 꽈리가 아직 푸를 때 몰래 달콤한 즙을 빨러 들어온다. 그런 꽈리는 표면에 살짝 상처가 있어서 문지르다보면 거죽이 금세 벗겨진다.

여름이면 곤충 가게에 정신이 팔리곤 했다. 심홍색 매듭술을 늘어뜨린 부채 모양, 배 모양, 물새 모양 곤충 바구니에서 줄베짱이나 방울벌레가 찌이찌이 우는 소리가 났다. 귀뚜라미는 빽빽한 문이 열리는 소리로 울고, 철써기는 바스락바스락 울었다. 나는 줄베짱이나 방울벌레가 갖고 싶었는데 이모는 항상 귀뚜라미만 사주었기 때문에 하루는 일부러 이모가 싫어하는 철써기를 사다가 밤새도록 잠을 설치게 만들기도 했다. 곤충 가게에서는 그런 곤충들을 모서리가 빨갛거나 파란 허름한 대나무 바구니에 넣어주었다. 참외 조각을 격자 사이로 밀어 넣으면 곤충들은 수염을 파르르 떨며 참외를 먹었다. 어리둥절한 표정이나 어울리지 않게 긴 다리가 뒤로 뻗어 있는 것도 신기했다.

또 화초 화분을 사 오기도 했다. 잘 때가 되면 밤이슬을 적셔준다며 처마 끝에 내놓았다. 그렇게 키운 꽃들을 볼 때의 마음을 뭐라고 표현하면 좋을까. 그 뒤로는 두 번 다시 느끼지 못할 순진무구한 기쁨이 있었다. 날이 밝자마자 잠옷 차림으로 눈을 비비며 꽃에게 달려가보면, 꽃과 이파리에 이슬이 맺혀 있고 벨벳 같은 패랭이꽃, 여자의 틀어 올린 머리 모양 같은 팬지꽃, 금잔화 들이 싱싱하게 눈을 뜨고 있었다.

에조시●를 사면 둘둘 말아 가운데 띠를 묶어주는데 그걸 손에 쥐고 가끔씩 원통 안을 들여다보며 집에 왔다. 그러면 다들 "얼마나 예쁜지 보여줘"라고 하기에 아까운 듯 소중히 펼쳐 보여주었다. 너도나도 할 것 없이 눈을 동그랗게 뜨고 "나도 갖고 싶다, 나도" 했다. 테두리에는 빨간 잉크로 '신판 동물 대전'이라는 글귀가 쓰여 있었다. 기다란 코 아래로 방긋방긋 웃는 코끼리도 있고, 주둥이가 항아리처럼 생긴 토끼도 있고, 사슴, 양, 모두 귀여웠다. 다른 동물들은 차분한데 곰만 혼자 시뻘건 긴타로●● 스모를 하고, 코끝이 죽순처럼 뻗어 나온 멧돼지는 사무라이에게 졌다. 식구들에게 한바탕 보여주고 나면, "그럼 이만, 잘 자요" 하고 잠자리에 들었다. 누워서도 이모의 허풍스러운 그림 해설을 들으며 또 한참을 들여다보다가 머리맡에 두고 잠이 들었다.

● 에도 시대에 유통되던 그림이 인쇄된 목판본 소책자.

●● 빨갛고 통통한 몸에 괴력을 지닌 전설 속 아이. 마귀할멈의 자녀로 깊은 산중에서 짐승들과 함께 자랐다.

25

숙기가 없던 나는 사람들 앞에서는 한마디도 못 하고, 갖고 싶은 물건이 눈에 띄어도 이모 옷깃을 움켜쥔 채 말없이 제자리에 멈추어 섰다. 그러면 이모는 내 마음을 간파하고 주위를 둘러보며 "이거니? 저거니?" 하고 물었다. 제대로 맞힐 때까지 계속 고개를 저었는데 좀처럼 맞히지 못하면 하는 수 없이 가만히 손을 내밀었다가 부끄러운 듯이 그 손가락을 입에 물었다. 삼자 견제 장난감•이 제일 좋았지만 이모가 뱀을 싫어해서 나도 모르게 어디론가 치워버렸다. 대나무로 만든 토끼 장난감은 깡충 뛰었다. 날이 따뜻해지면 아교풀이 녹아 깡충 뛰지 못하고 슬금슬금 엉덩이를 들다가 옆으로 픽 쓰러졌다. 그 밖에 새장 안에 달려 있는 대롱을 불면 뱅글뱅글 돌아가는 장난감이나 꼬리를 살랑살랑 흔들며 미끄러져 내려오는 도미 달린 활 장난감도 좋아했다.

초겨울 찬바람 부는 날이면 노점상 호롱불이 쓸쓸한 소리를 내며 타들어가고 등불 심지는 핏발 선 눈동자처럼 보였다. 그런 계절이면 포도떡 파는 할머니가 견딜 수 없이 가여워진

• 뱀, 개구리, 민달팽이 모형 장난감. 개구리는 뱀을 무서워하고 뱀은 민달팽이를 무서워하며 민달팽이는 개구리를 무서워하듯 삼자가 서로를 견제해서 꼼짝 못 한다는 관용어를 이들 모형 장난감에 자석을 달아 서로 쫓고 쫓기는 형태로 표현했다.

다. 포도떡이 어떻게 생겼는지는 모른다. 일흔 살 가까이 먹은 주름이 자글자글한 할머니가 '포도떡'이라고 적힌 너덜너덜한 행등을 켜놓고 작은 상 위에 봉투 여러 개를 올려놓았는데 아무도 살 생각을 하지 않았다. 나는 그 모습이 안타까워 볼 때마다 그 떡을 사달라고 졸랐지만 봉투가 너무 더러워서 이모도 망설이며 사주지 않았다. 몇 년 뒤 나 혼자 절 행사에 찾아갈 수 있게 된 뒤로도 그 할머니는 여전히 메밀국숫집 모퉁이에 좌판을 열었다. 나는 장이 설 때마다 그 앞을 오락가락하며 눈물을 훔쳤다. 하지만 늘 그러듯이 선뜻 떡을 사지 못하고 매번 돌아왔다. 그러다 어느 날 밤 이윽고 작심하고 포도떡 행등 옆에 섰다. 할머니는 내가 손님이라고 생각하고,

"어서 오세요."

하고 종이봉투를 집어 올렸다. 나는 뭐라고 하면 좋을지 몰라 멍하니 2전짜리 동전만 던져두고 뒤도 돌아보지 않고 쇼린지 숲속으로 달아났다. 가슴이 두근두근하고 얼굴이 화끈하게 달아올랐다.

하치만구 바카바야시에는 갈 생각도 하지 않았다. 코가 납작한 바보 가면과 눈이 짝짝이인 익살스러운 얼굴, 거기다가 광대가 너무 집요하게 치근덕대는 꼴에 속이 울렁거렸기 때문이다. 하지만 식구들은 나의 우울을 고쳐주겠다는 무지한 친절을 발휘해서 이모까지 합세해 나를 데려가려 했다. 아홉

살, 열 살부터는 그런 곳에 가는 게 나에게 얼마나 고통인지 누차 설명했지만, 다들 내가 그냥 도망치고 싶어서 하는 말이라고 쉽게 생각하고 힘으로 밀어붙이곤 했다. 그럴 때면 근처 들판으로 나가 거목이 늘어선 절벽 위에 누워서 산을 바라보며 시간을 보냈다.

26

이 근방 아이들은 간다 쪽 개구쟁이들에 비하면 순한 편이었고, 길거리도 조용해서 나 같은 아이에게는 안성맞춤인 세계였다. 그래서 이모는 나와 친구가 될 만한 아이를 열심히 찾아다니다 우리 집 맞은편에 사는 오쿠니라는 여자아이를 찾아냈다. 오쿠니의 아버지는 아와 지역 사무라이로 당시 유명 인사였다는 사실을 최근에야 알게 되었다. 어쨌든 이모는 언제 조사했는지 오쿠니가 몸이 허약하고 성격이 착하며 두통까지 있다는 사실을 알아내고는 나와 좋은 친구가 될 거라고 생각했다. 하루는 이모가 나를 업고 오쿠니와 친구들이 노는 공터로 데리고 가서는,

"이 아이도 착하니까 좀 끼워주렴."

하고 말하며 한사코 싫다는 나를 그곳에 내려놓았다. 다들 떨떠름한 눈치였지만 금세 다시 신나게 놀기 시작했다. 그날

은 구경만 하기로 하고 이모 옷깃을 붙잡은 채 한참을 쳐다보다 그냥 돌아왔다. 이모는 이튿날도 나를 데리고 갔다. 그렇게 사나흘 지나며 서로 조금씩 낯이 익어 그 애들이 재미있게 웃으면 나도 후훗 하고 미소를 보이게 되었다. 오쿠니와 친구들은 항상 '연꽃이 피었습니다' 놀이를 했다. 이모는 집에 가서 내게 끈질기게 그 노래를 연습시키고, 잘하게 되었을 때 나를 다시 그리로 데리고 갔다. 그러면서 싫다는 나를 억지로 오쿠니와 친구들 무리에 밀어 넣었는데, 수줍음이 많은 나와 오쿠니는 둘 다 어쩔 줄 몰라 하며 손을 내밀지 않았고, 그걸 본 이모가 대충 얼러가며 우리 둘의 손을 잡아끌어 손바닥을 겹치게 하고, 손가락을 구부리게 해 손을 꼭 잡게 만들었다. 여태껏 남의 손을 잡아본 적 없는 나는 어쩐지 무서워진 데다 이모가 도망갈까봐 걱정이 되어서 이모 쪽만 바라보았다. 새로 온 아이가 같이 어울리기 힘들어하자 다른 아이들도 흥이 깨져 빙빙 돌지 않고 가만히 서 있었다. 그걸 보고 있던 이모는 아이들이 손을 맞잡은 원 안으로 들어가 힘차게 손뼉을 치며,

"피었나, 피었나. 무슨 꽃이 피었나."

하고 노래를 부르면서 발을 구르고 빙글빙글 돌아 보였다. 아이들은 어느새 거기에 이끌려 작은 목소리로 노래를 부르기 시작했고, 나도 이모의 재촉에 이끌려 모두의 얼굴을 둘러보며 남몰래 노래를 따라 불렀다.

"피었나, 피었나. 무슨 꽃이 피었나. 연꽃이 피었지……."

작은 원이 슬금슬금 돌기 시작하는 걸 본 이모는 그 기회를 놓칠세라 손뼉을 치며 박자를 맞추었다. 노랫소리가 점점 높아지며 원이 차차 빠르게 돌기 시작했다. 평생 제대로 걸어본 적도 없는 나는 가슴이 두근거리고 눈이 뱅글뱅글 도는 것만 같았다. 손을 놓고 싶어도 아이들이 모두 놀이에 빠져 내 손을 끌고 빙글빙글 돌았다. 그러다가,

"피었나 했더니 금세 오므렸네."

하고 아이들이 이모 주변으로 한 차례 우르르 몰려가자 이모는,

"아니네, 아니네."

라고 하며 원을 빠져나왔다.

"오므렸나, 오므렸나. 무슨 꽃이 오므렸나. 연꽃이 오므렸지……."

손을 맞잡은 채 쭉 내민 팔을 박자에 맞춰 흔들며 노래했다.

"오므렸나 했더니 금세 피었네."

오므렸던 연꽃이 활짝 피면서 내 팔이 빠질 정도로 양쪽으로 당겨졌다. 대여섯 번 그런 동작을 반복하는 사이 익숙하지 않은 동작에 녹초가 되어버린 나는 이모에게 손을 풀어달라고 해서 집으로 돌아왔다.

27

오쿠니는 내 생애 첫 친구였다. 처음에는 나도 이모가 옆에 붙어 있지 않으면 같이 놀지 못했고, 이모도 말하자면 신참 어린이인 내 처지를 걱정해 곁을 떠나지 못했다. 하지만 이곳은 간다 부근과 달리 나 같은 아이를 위한 세계라고 해도 좋을 정도로 조용하고 안전한 동네라는 사실을 파악한 이모는 "자동차가 오면 문 안으로 들어가라", "도랑 옆으로는 가지 마라" 같은 세세한 주의 사항을 지루하게 늘어놓고는 나 혼자 두고 집에 가고는 했다.

오쿠니는 나와 단둘이 마주 보게 되자 아이들끼리 가까워질 때 늘 하는 방식에 따라 부모님 성함부터 내 생년월일까지 물어보았다. 그러고는 무슨 띠냐고 묻기에 순순히 닭띠라고 대답했더니,

"나도 닭띠니까 사이좋게 지내자."

라고 했다. 그러고는 둘이서 꼬끼오 꼬꼬 꼬끼오 꼬꼬 하며 소맷자락을 파닥거리면서 돌아다녔다. 동갑내기라는 것만으로도 기쁘고 반가운 법이다. 오쿠니는 또 식구들이 자기를 말라깽이라느니 각다귀라느니 하며 놀린다고 털어놓았는데 나도 식구들한테서 문어라는 소리를 듣는 게 분했던 터라 진심으로 친구를 동정했다. 서로 다양한 이야기를 나누는데 의견이 하나하나 일치해서 우리는 곧 친한 사이가 되었다. 오쿠니

는 마르고 까무잡잡한 얼굴에 콧날이 높은 아이로, 앞머리는 내리고 뒷머리는 땋아서 빨간 댕기를 묶고 다녔다.

오쿠니와 나는 벌레 먹은 문기둥에 기대 있거나 길가에 쪼그리고 앉아 찰흙 놀이를 해가며 서로 머리가 부딪칠 만큼 바싹 마주 앉아, 어제 몇 번째 이가 빠졌다느니 어느 손가락에 가시가 박혔다느니 하는 밑도 끝도 없는 이야기를 늘어놓으며, 둘이서 무슨 일이든 아하하 하고 웃어넘겼다. 오쿠니는 마침 송곳니 한 개가 빠져서 웃을 때마다 그곳이 동굴처럼 보였다. 집에서 이모만 상대하던 나는 오쿠니와 친구들을 사귀고 난 뒤 좋은 쪽으로든 나쁜 쪽으로든 갑자기 지혜를 깨치기 시작했고, 같은 나이라고는 하지만 내 생일이 한참 뒤였기에 뭐든 오쿠니의 말을 들으며 놀았다.

근처에 오미네라고 우리보다 한 살 많은 아이가 있었다. 오미네는 심술궂고 질투가 심해 다들 싫어했는데, 날마다 얼굴을 마주해야 했기에 어쩔 수 없이 꾹 참고 같이 놀 때가 있었다. 하루는 내가 오쿠니와 또 나이 이야기를 하면서 꼬끼오 *꼬꼬 꼬끼오 꼬꼬* 하고 홰를 치며 퍼덕거리자 오미네는,

"나는 원숭이띠니까."

라고 하면서 깍깍 울더니 우리 둘을 할퀴었다.

28

오쿠니의 머리핀에는 붉은 바탕에 국화꽃 마키에● 장식이 있었다. 다홍색과 하늘색 지리멘●●으로 만든 술이 달린 비녀도 갖고 있었다. 오쿠니는 새로 산 물건을 자랑하고 싶어 보여주면서도 자세히 보려고 하면 기모노 소매 안에 쏙 감춰버려서 사람 애를 태웠다. 나는 그런 물건을 볼 때마다 내가 여자로 태어나지 못한 것이 억울했고, 또 남자는 어째서 여자처럼 예쁘게 꾸미지 않는지 안타까웠다.

숨바꼭질할 때면 오쿠니는 어제 뒷동산 숲속에서 세눈박이 괴물을 봤다거나 뱀이 똬리를 틀고 있다고 은근히 겁을 준 다음, 나더러 자두나무 그늘에서 눈을 감고 있으라고 하고 어디론가 숨어버렸다. 나는 집을 한 바퀴 빙 돌고는 뒤뜰로 찾으러 나갔다. 대울타리가 죽 둘러진 마당에 거위 두 마리를 키웠는데 나는 그게 무서워서 견딜 수가 없었다. 살금살금 지나가려고 하면 거위가 에비스님이 쓴 길쭉한 모자 같은 머리를 처들고 꽥꽥거리며 쫓아왔다. 겨우 그곳을 빠져나와 차밭 쪽으로 가면 이번에는 옆집 젖소가 고개를 쭉 빼고 음매 하고 울었다. 그게 또 무서워서 차밭은 대충 지나고 정원을 뒤

● 금은으로 무늬를 놓은 일본의 전통 공예.

●● 조글조글한 재질의 견직물.

졌다. 큰 나무가 많아 좀처럼 눈에 띄지 않았다. 주위를 둘러보았지만 사람은 없고 돌아가는 길에는 소와 거위가 딱 버티고 있으니 마음이 약해져서,

"이제 됐어?"

하고 불러보았다. 호젓한 가운데 내 목소리만 울릴 뿐 아무 소리도 들리지 않았다. 오쿠니가 나를 속이고 어디론가 떠나버린 것은 아닐까 하는 생각이 들자 한층 쓸쓸해져서 이모가 어서 데리러 오면 좋겠다고 생각하며 다시 한번,

"이제 됐어?"

하고 불러보았다. 거의 울먹였다. 그러자 대숲 근처에서,

"이제 됐어."

하고 작은 목소리가 들렸다. 저기 있구나 싶어 대숲 입구까지 갔지만 담장 너머에는 절의 은행나무가 시커멓게 서 있고, 대나무 틈새에는 동백나무며 쥐엄나무가 빽빽해서 한층 더 어두컴컴했다. 세눈박이 괴물을 봤다는 건 진짜일까 싶어 잔뜩 움츠려 있는데, 안쪽에서 쿡쿡 하고 웃는 소리가 났다. 그래서 겨우 힘을 내고 대숲 안으로 들어가니 대나무 그루터기와 뿌리가 곳곳에 삐죽삐죽 튀어나온 데다 온통 엉겅퀴 천지라 평소 내 앞에 떨어진 돌멩이 하나에도 요란을 떨던 이모 손에 자란 나는 바늘 산을 걷는 심정이 되어 발 디딜 틈이 없었다. 그 근처에 뱀이 똬리를 틀고 있을 것만 같은 기분 나쁜 생각이 드는데도 필사적으로 한 발씩 내디뎌 겨우겨우 찾아

낼 만한 곳까지 가자 오쿠니가 어두컴컴한 구석에서,

"귀신이다!"

하고 눈에 흰자를 보이며 튀어나왔다. 그게 오쿠니라는 걸 알면서도 모골이 송연해져서,

"하지 마. 하지 마."

하며 도망쳤고 오쿠니는 깔깔거리며 쫓아왔다. 그러다 이번에는 내가 숨을 차례가 되었다. 하지만 나는 덤불 속에 숨을 자신도 없고, 게다가 오쿠니는 그곳을 손바닥 보듯 훤히 다 알고 있어서 금방 들통이 났다. 하지만 어쩌다가 좀처럼 찾을 수 없게 되면 오쿠니는 집에 돌아가 과자를 먹었고, 나는 그것도 모르고 숨어 있다가,

"이제 됐어. 끝났어."

라고 하며 나와보면,

"저기, 찾았다."

하고 입을 냠냠거리며 오쿠니가 자기 집에서 나와서는,

"너도 한 개 줄게."

하며 긴카토● 바스라기 같은 걸 건넸다.

● 설탕을 물에 녹여 도미나 새우, 죽순 모양으로 굳힌 뒤 색을 입힌 과자.

29

우리는 판박이 붙이기 놀이를 무척 좋아했다. 거기서 폴폴 풍겨 나는 석유 냄새를 맡을 때의 기분이란 이루 다 말할 수 없다. 빨리 붙이는 사람이 이긴다기에 판박이 위에 끈적끈적하게 침을 묻히고는,

"빨리 붙어라. 빨리 붙어라."

하고 주문을 외며 손끝으로 싹싹 비볐다. 다양한 빛깔의 새와 동물이 찍힌 손등을 나란히 놓고 장난삼아 살갗을 늘였다 줄였다 하는 것이 재미있었다. 조금 지나면 말라서 간지러워지는데 꾹 참고 판박이 붙은 곳 주변을 살살 긁었다. 어떤 때는 서로의 팔죽지에 똑같은 그림 한 쌍을 붙이고는 오래오래 간직하자면서 옷에 쓸리지 않도록 조심했는데, 이튿날 아침에 보면 우글쭈글하게 벗겨져서 무슨 모양인지도 알아볼 수가 없었다. 아침밥을 다 먹자마자 쭈뼛쭈뼛 오쿠니 집으로 찾아가,

"판박이가 벗겨졌어. 미안해."

라고 하니 오쿠니는 일부러 뾰로통한 얼굴을 하고 이것 좀 보라며 소매를 걷어 올렸다. 그러면 마찬가지로 엉망이 되어 있었고,

"내 것도 이렇게 됐어."

라고 하며 재미있다는 듯 웃었다.

벚꽃이 질 무렵에는 꽃잎을 실에 꿰어 누구의 꽃목걸이가

더 긴지 경쟁했다.

하루는 오쿠니 집 현관 앞에서 개여뀌를 밥그릇 가득 담고 괭이밥 열매를 오이 반찬인 척 늘어놓으며 소꿉놀이를 하고 있는데 오미네가 다가와,

"같이 놀자."

라고 했다. 그러자 오쿠니는 내 귓가에 대고,

"얄미우니까 골려주자."

라고 하며 울타리에 자란 갈퀴덩굴•을 뜯더니 갑자기,

"너한테 홀딱 반한 풀."

하고 냅다 던졌다. 오미네도 지지 않고 자기 몸에 붙은 걸 뜯어 우리한테 도로 던졌다. 오쿠니가 손에 가득 들고 있던 걸 내게 반쯤 건네주었기에 나도 평소 답답한 마음을 풀어내 듯 힘껏 내던졌다.

"너한테 홀딱 반한 풀."

"너한테 홀딱 반한 풀."

"너한테 홀딱 반한 풀."

기습 공격인 데다가 우리가 수적으로 우세했기 때문에 도 망가는 오미네를 뒤쫓아 더욱더 내던지자 오미네의 등짝에 갈퀴덩굴이 다닥다닥 들러붙었다. 오미네가 험상궂은 얼굴로

● 가시털이 있어 옷 따위에 잘 들러붙는 덩굴풀로 그런 특징 때문에 '홀딱 반한 풀'이라는 별명이 붙었다.

노려보다가 홀딱 반한 풀을 몸에 덕지덕지 붙이고 집으로 돌아가기에 일러바치려나 싶어 지켜보았더니 몸을 홱 돌려 메롱 하고 혀를 내밀고는 달려갔다.

누에콩 이파리를 후 불면 청개구리처럼 배가 빵빵해지는 게 재미있어서 밭에 들어가 잡아 뜯다가 혼이 나기도 했다. 산다화 꽃잎을 혀에 올리고 숨을 들이쉬면 피리와 비슷한 소리가 났다.

봄이 되면 현관 앞 유생 같은 자두나무가 구름처럼 꽃을 피우고, 그 창백한 꽃이 눈부신 햇살을 받아 달크무레한 향기가 주위에 감돌았다. 동네 아이들은 모두 꽃그늘로 모여들어 갖가지 놀이를 했다. 아이들 목소리가 들려오면 이모는 나를 데리고 밖으로 나가 아이들에게 귀엣말을 한 뒤 혼자 집으로 돌아갔다. 다들 나보다 서너 살 많았는데 이모가 아이들을 끔찍이 예뻐해서 아이들은 "○○네 아주머니, ○○네 아주머니" 하고 부르며 잘 따랐고 자연스럽게 다들 내 편이 되어 놀아주며 아이들 나름대로 나를 잘 돌봐주었다. 이상한 건 나보다 덩치가 훨씬 큰 형, 누나들이 뭘 하든 금세 나한테 졌다. 술래잡기를 하면 아무도 나를 잡지 못했고, 팽이 돌리기를 하면 신기하게도 내 팽이만 넘어지지 않았다. 뭐가 어떻게 돌아가는지도 모르는 사이에 항상 내가 이겼다. 집으로 돌아와 기세등등하게 그런 이야기를 식구들에게 하면,

"아이고, 대단하다. 대단해."

하고 칭찬해주었다. 실은 아무도 나를 상대해주지 않았던 것이라는 사실을 깨닫기에 나는 너무 미련했다.

30

이 동네에는 또 농부 겸 장사꾼으로 살아가는 엿장수 아저씨가 있었다. 날씨가 좋았다 하면 꼭 나팔을 불며 수레를 끌고 나왔다. 세상 모든 조화로움을 깨부술 듯한 그 울림이 묘하게 아이의 마음을 설레게 해서 집에 있던 아이들은 밖으로 뛰어나오고 밖에서 놀던 아이들은 하던 걸 몽땅 그만두고 쫓아왔다. 막대기를 칼이라고 허리춤에 찬 놈, 흙이 잔뜩 묻은 팽이를 품에 넣은 놈 등이 엿장수 수레 앞에서 와와 떠들어댔다. 엿 말고도 제비뽑기나 막과자도 있었기에 다들 앞다투어 빨강과 파랑 종이를 들춰 제비뽑기를 했다. 아저씨는 통 속에서 호박색으로 반짝이는 엿을 쑥쑥 뽑아 올려 나무젓가락 끝에 반짝반짝 둥글게 뭉쳤다. 그걸 입안 가득 물고 빙빙 돌리면 농후한 단맛이 침에 녹아 점점 작아졌다.

요카요카 엿장수* 도 왔다. 놋쇠로 된 테를 잔뜩 끼운 큼지막한 대야 옆에 작은 국기가 빙 둘러 꽂혀 있고, 깃대 끝에 원

● 머리에 엿을 이고 다니면서 "요카요카 둥둥"이라고 노래하고 북 치던 장사꾼.

앙새 모양을 한 빨갛고 하얀 엿이 달려 있었다. 잉어가 폭포 수를 거슬러 올라가는 문양이 그려진 유가타를 입은 남자 엿 장수가 둥둥둥 큰북을 치고 허리와 어깨를 흔들며 분위기를 만들면 뒤이어 여자 엿장수가 머릿수건을 쓰고 나타나 지잉 지잉지잉 샤미센을 켰다. 엿이 많이 팔리면 오카메 가면●을 쓰고 춤을 추었고 그 모습을 아이들이 죽 둘러싸고 구경했다. 고개를 갸웃거리고 소매를 흔들며 샤미센 연주에 맞춰 멋대 로 춤을 추다가 이상한 걸음새로 도망가면 뒤에서 아이들이 깍깍거리며 쫓아왔다. 춤이 끝나면 엿장수는,

"소란을 피워 죄송하구먼유."

하고 대야를 머리에 얹었다가 장난삼아 일부러 떨어뜨리고 는 엉엉 우는 시늉을 하며 집으로 갔다.

오쿠니 아버지는 골격이 장대하고 무섭게 생긴 분이었는 데 일 때문에 집에 없기 일쑤였지만, 그래도 가끔씩 집에 계 실 때는 하루 종일 2층에 틀어박혀 무언가 글을 쓰곤 했다. 우리는 조금만 시끄럽게 해도 혼이 났기 때문에 나도 오쿠니 아버지가 집에 계신 날이면 놀러 가지 않았고, 오쿠니도 집에 조용히 웅크리고 있었다. 어쩌다 아버지가 계신 줄도 모르고,

"오쿠니, 놀자!"

하고 불렀더니 오쿠니가 현관 장지문을 살짝 열고 엄지손

● 볼이 통통하고 귀염성 있게 웃는 여성 얼굴 가면.

가락을 코앞으로 내밀며 겁에 질려 손을 가로저었다.

히나마쓰리● 때 오쿠니 집에 초대된 적이 있었다. 해가 잘 드는 방 정면으로 높다란 계단식 장식장에 멋진 히나 인형들이 놓여 있었다. 우리 집 히나 인형은 눈에 들어갈 것처럼 작은데 오쿠니네 히나 인형은 다섯 배쯤 더 컸다. 히나 인형들이 살아 숨 쉰다고 생각했던 나는 몸이 오싹해져서 수차례 연달아 절을 올렸고 다들 그 모습에 와하하 하고 웃었다. 그때 안 계신 줄 알았던 오쿠니 아버지가 갑자기 나타나서 나는 히나 인형과 오쿠니 아버지를 번갈아 보며 당장이라도 울음을 터뜨릴 것처럼 울상을 지었다. 오쿠니 아버지는 겁에 질린 나를 보고 전에 없이 따뜻하게 웃으며 볶은 콩을 종이에 싸주고는 나이는 몇 살인지, 이름은 무엇인지 이런저런 것을 물었다. 그러면서,

"여기 있는 사람 중에 누가 제일 무서우니?"

하고 묻기에 내가 솔직하게 오쿠니 아버지를 향해 손가락질하자 또 다들 와하하 웃었다. 아버지도 웃으며,

"얌전히만 군다면 화는 내지 않으마."

하고는 2층으로 올라갔고, 나는 그제야 마음이 놓여 한숨을 내쉬었다.

● 매년 3월 3일로, 여자아이의 건강을 빌며 히나 인형과 떡, 술, 복사꽃 등을 장식하는 명절.

31

그 한적하던 어린 날의 놀이들이 진심으로 그립다. 그중에서도 저녁에 하는 놀이가 제일 즐거웠다. 특히 초여름 타오르는 노을이 구름을 물들이며 해가 저무는 광경을 보면 이제 그만 집에 갈 때가 되었다 싶은 마음에 헤어지기 아쉬워서 아이들이 더욱 열심히 놀이에 집중했던 기억이 난다. 술래잡기도, 까막잡기도, 사방치기도 지루해진 오쿠니는 앞머리를 쓸어 올려 땀에 젖은 이마에 바람을 쏘이며,

"이번에는 뭐 하고 놀까?"

하고 묻는다. 나도 얼굴에 맺힌 땀을 소매로 닦으며,

"가, 고메 가고메● 하자."

라고 대답한다.

"좋아. 가, 고메 가고메, 새장 속의 새는 언제 언제 나오나……."

비 온 뒤에는 고개 숙인 삼나무 담 새싹에 물방울이 맺혀 반짝반짝 빛났는데, 그걸 털면 물방울이 일제히 후드득후드득 떨어지는 게 재미있었다. 조금 시간이 지나면 다시 아까처

● 술래가 눈을 감고 앉아 있으면 아이들이 노래하며 술래 주위를 빙글빙글 돌다가 노래가 끝났을 때 술래 뒤에 있는 사람을 알아맞히는 놀이. "가, 고메 가고메"는 이 놀이의 노래 첫 소절이며 가고메는 새장으로 쓰던 대바구니 결을 따라 난 틈새 또는 사투리로 '(술래를) 에워싸라, (술래는) 몸을 숙여라'라는 뜻이 있다.

럼 물방울이 맺혔다.

놀이터 구석 커다란 자귀나무에는 덥수룩한 연분홍색 꽃이 피었고, 저녁나절 그 이상한 이파리가 잠들 즈음이면 멋진 나방이 날아와 두꺼운 갈색 날개를 흔들며 이 꽃에서 저 꽃으로 정신 나간 사람처럼 날아다니는 게 기분 나빴다. 자귀나무는 기둥을 문지르면 간지러워한다는 소리를 듣고 오쿠니와 함께 나무껍질이 벗겨질 때까지 문지른 적도 있다.

저녁놀 드리운 구름의 색이 서서히 바뀌면 뒤에서 남몰래 기다리고 있던 달이 은은하게 빛을 드리웠다. 우리는 온화한 달님을 보며 〈달님은 몇 살일까〉라는 노래를 불렀다.

"달님은 몇 살, 열세 번째 일곱,• 아직 한창이구나……."

오쿠니는 두 손을 말아 눈에 대고 망원경을 보는 척하며,

"이렇게 하고 보면 토끼가 떡방아를 찧고 있는 게 보여."

라고 하기에 나도 흉내 내어 손 안경 너머로 바라보았다. 저 희미하게 둥그런 나라에서 토끼가 홀로 떡방아를 찧고 있다니 순진하고 호기심 가득한 어린 마음에 얼마나 기뻤는지 모른다. 달빛이 밝아지면 푹신푹신하게 따라 걷는 그림자를 뒤쫓아 그림자밟기 놀이를 한다. 이모가,

"이제 그만 들어오너라."

• 음력 13일 신시(오후 3시~5시)를 이른다. 에도 시대의 시간 개념으로 하루를 숫자 역순으로 아홉(자시, 오시)부터 넷(사시, 해시)까지 두 번에 나누어 불렀다.

하고 집에 데려가려고 했지만 나는 한사코 안 가겠다고 버티며 일부러 비틀거렸다.

"못 당해요. 못 당해."

그러면서 이모는 나를 살살 달래가며 데리고 돌아갔다.

"내일 또 놀아다오."

라고 하는 이모의 당부에 오쿠니는 안녕히 가세요, 하고 인사하며 돌아서는 걸음걸음,

"가라. 가라. 잘 가라. 내일 또 보자."

라고 했다. 나도 아쉬워서 똑같이 외쳤다. 그렇게 집에 다 들어갈 때까지 둘이 번갈아가며 소리치고는 했다.

32

그렇게 안온한 나날을 보내던 어느 날, 우리 둘에게 큰 사건이 일어났다. 둘 다 여덟 살이 되어 학교에 들어가야 했다. 언젠가 이모 등에 업혀 누나 도시락을 가지고 간 적이 있어서 학교 분위기는 알고 있었다. 온통 심술궂게 생긴 아이들이 득시글한 그곳에 어떻게 다닌단 말인가. 매일 밤 장난감 상자를 가지고 나와 거실에서 놀 때마다 아버지 어머니는 나더러 학교에 가라고 끈질기게 설득했지만 나는 고집스럽게 고개를 가로저었다. 어머니는 학교에 안 가면 훌륭한 사람이 될

수 없다고 했다. 나는 훌륭한 사람 따위 안 돼도 상관없다고 했다. 아버지는 학교에 가지 않는 아이는 집에 둘 수 없다고 했다. 나는 장난감 상자를 들고 이모랑 같이 집을 나가겠다고 했다. 작은 지혜를 짜내 나름대로 항변도 해보고, 몸이 아프다는 하소연도 해보았는데, 처음에는 웃어넘겨주었지만 입학식 날이 다가오자 고문은 더욱더 극심해졌고 가여운 아이는 매일 밤 울음을 터뜨리다가 이모 손에 이끌려 잠자리에 들게 되었다. 그 와중에도 내 사정은 아랑곳하지 않고 새 책가방, 두툼한 종이 필통, 큰 연습용 붓까지 모든 장비가 착착 갖추어졌다. 누나들은 좋은 물건을 받아서 좋겠다고 부러워했지만 나는 거들떠보지도 않았다. 강아지님과 입술연지 소 말고는 아무것도 원하지 않았다. 지금까지처럼 밖에서는 오쿠니와 놀고, 집에서는 이모와 열매 치기를 하면 된다. 하기 싫은 걸 억지로 시키는 이유를 알 수 없었다.

하루는 고민 끝에 오쿠니에게 그 이야기를 했더니,

"나도 날마다 혼나."

라고 했다. 오쿠니도 학교 가기 싫어서 나처럼 우울한 꼴을 당하는 모양이었다. 그래서 우리는 자두나무 밑에 앉아 부끄러운 속마음을 죄다 털어놓으며 서로를 위로했다. 그러다가 헤어질 때 오쿠니가,

"난 절대로 학교 안 갈 거니까 너도 가지 마."

라고 했고 나는 굳게 약속한 뒤 집으로 돌아왔다.

33

이윽고 학교 가는 날이 밝아왔지만 나는 아침부터,

"오쿠니가 안 가면 나도 안 가."

라는 말만 반복했고 그럭저럭 하루가 저물었다. 그날 밤, 나는 은신처인 침실에서 거실 재판장으로 끌려 나왔다. 식구들이 협박도 하고 달래기도 하며 학교에 가라고 종용했지만 이미 마음을 정한 나는 꿈쩍도 안 했는데 형이 갑자기 벌떡 일어나 내 멱살을 잡고 나를 바닥에 내동댕이치며 연달아 뺨을 때렸다. 이모가 깜짝 놀라 형을 뜯어말렸다.

"몸도 약한 아이한테 왜 이러니, 왜 이래. 내가 알아듣게 타이르마."

그러면서 나를 감싸 안고 방으로 도망쳤다. 형은 고등중학교에서 유도를 했다. 이튿날 볼이 퉁퉁 부어 밥도 먹지 않고 방에 틀어박혀 있었더니 걱정스러웠던 이모가 부처님 공양밥을 살그머니 내게 건넸다. 그날부터 갑자기 열이 나기 시작했고 가뜩이나 신경이 예민한 내가 밤새 잠들지 못하자 이모는 쉼 없이 염불을 외며 한숨도 자지 않고 나를 간병해주었다. 사오일 그렇게 앓아누워 있는 동안 학교 이야기가 나오지 않았는데, 이윽고 두통도 낫고 열도 떨어지자 그날 밤부터 다시 고문이 시작되었다. 나는 여전히 굳은 각오를 다지며 오쿠니가 안 가면 나도 안 가겠다고 주장했지만, 어쩐지 이번에는

다들 차분하게,

"오쿠니가 가면 가는 거야?"

하고 묻기에,

"응, 갈게."

하고 단언했다. 이튿날 이모는 얼굴이 새파랗게 질린 나를 등에 업고 학교가 파할 무렵 교문 앞으로 데리고 갔다. 집에서 학교까지는 150미터 정도밖에 안 됐다. 땡땡땡 학교 종소리가 울리더니 얼마 후 학생들이 우르르 나왔다. 그런데 놀랍게도 오쿠니가 다른 아이들과 똑같은 보퉁이를 안고 활기차게 나오는 것이 아닌가. 이모가 오쿠니에게 연신 장하다, 장해, 하고 칭찬을 하자 의기양양해진 오쿠니는 신나게 학교 이야기를 들려주었다. 나는 이모 등에 업혀 오쿠니가 너무하다고 생각했다. 그날 밤 나는 하는 수 없이 학교에 가기로 했다.

이튿날 아침 아버지와 함께 하오리 하카마• 차림으로 학교 교문 안으로 들어갔다. 교무실로 들어가니 유리가 끼워진 선반 안에 지구본, 새와 물고기 표본, 신기한 동물 괘도 등 내 마음을 빼앗는 것들이 가득했다. 다만 이것은 모두 나중에 알게 된 이름으로 아버지는 내 머리가 그리 좋지 않고 몸이 허약하며 겁이 많다는 사실을 꼬치꼬치 다 이야기해서 창피해 죽을 지경이었다. 그 말을 듣고는 내 얼굴을 빤히 쳐다보며

• 중요한 날 격식을 갖춰 입는 상하의 전통 예복.

고개를 끄덕이던 선생님이 부드럽게 물었다.

"올해 몇 살이니?"

"이름은?"

"아버지 성함은?"

"집은 어디야?"

그런 것쯤은 이미 예전에 집에서 다 배웠고, 선생님이 의외로 상냥한 데도 마음이 놓여 어찌어찌 무사히 대답을 마쳤다. 선생님은 머리가 좋지 않다는 말을 듣고 내가 바보라고 생각했는지 이런저런 질문 끝에,

"이 정도면 괜찮습니다."

하고 입학을 허가해주었다. 그날은 그대로 집에 돌아가 누나들에게 학교 예절과 인사법, 고리에 가방 거는 법 따위를 배우며 지냈다. 그리고 다음 날 벚꽃 마크가 달린 모자를 쓰고, 내 덩치에 맞지 않는 큰 가방을 비스듬히 멘 채 뭐라 말할 수 없이 복잡한 심경으로 이모 손에 이끌려 학교에 갔다. 어색한 내 모습을 남들에게 보이는 게 부끄럽고, 아직 잘 모르는 학교생활에 대한 걱정으로 가슴이 꽉 조여와서 발끝만 보며 슬금슬금 따라갔다. 누나들이 나를 교실로 데려가 제일 앞자리에 앉혔다. 소학교 1학년 을반이었고, 같은 1학년생 중에서도 몸이 허약하고 머리가 나쁜 아이들이 들어가는 반이었다.

34

먼저 들어간 아이들은 이미 학교에 익숙해진 데다 나 같
은 겁쟁이는 단 한 명도 없었기 때문에 다들 제집인 양 와글
와글 떠들어댔다. 그럭저럭하는 사이에 익숙한 종소리가 땡
땡 울렸다. 막상 가까이에서 들으니 귓속까지 꽝꽝 울려서 너
무 싫었다. 누나들은 다음 쉬는 시간에 또 오겠다고 했고, 이
모는 수업이 끝날 때까지 교문 밖에서 기다리겠다고 약속하
고 나갔다. 그렇게 혼자가 되어 주뼛주뼛 주위를 둘러보는데
힘이 세고 못돼 보이는 녀석들이 저쪽에서 기분 나쁜 표정으
로 이쪽을 흘끔흘끔 보고 있었다. 나는 소심해져서 책상에 뚫
린 옹이구멍만 들여다보았다. 그런 참에 들어온 사람이 담임
인 후루사와 선생님이었다. 얼굴 전체에 곰보 자국이 있어서
얼핏 보면 무서웠지만 사실은 상냥하기로 소문이 나 있어서
학생들이 "후루사와 선생님, 후루사와 선생님" 하며 따랐다.
책은 이모한테서 배운 강아지 멍멍, 고양이 야옹 같은 에조시
나 개, 젓가락, 책, 책상이 그려진 그림책과는 달랐지만, 나름
대로 쉬웠기 때문에 교과서는 안 보고 선생님의 흰머리 섞인
머리칼이 바람에 살랑살랑 날리는 것만 보고 있었다. 이윽고
수업이 끝났다. 교실에서 우르르 쏟아져 나온 개구쟁이들이
운동장 가득히 자란 등나무 아래서 개구리 뛰기를 하고 술래
잡기를 하고 흉내 내기 놀이를 했다. 지금까지 오쿠니와 함

께 작은 세계에서만 지내던 세상 물정 모르는 나에게는 정신 없이 눈이 핑핑 도는 곳이라 우물쭈물하며 서 있었더니 누나 친구들이 이 아이가 말로만 듣던 남동생이네, 라고 말하는 듯이 여기저기서 다가와 나를 에워쌌다. 그러면서 하나같이 조숙하게 붙임성 있는 표정으로 몇 살이니, 이름은 뭐니, 같은 빤한 질문의 화살을 사방에서 퍼부었다. 가여운 겁쟁이는 암컷 표범 무리에 둘러싸인 당나귀처럼 오들오들 떨며 얼굴도 들지 못하고 위아래로 고개를 끄덕일 뿐이었다. 그때 운 나쁘게 선생님이 다가와 갑자기 내 허리띠를 잡고는 '허업' 하는 구령을 넣으며 나를 공중으로 들어 올렸고, 그 바람에 아침부터 그렁그렁하던 눈물이 일시에 터져 나와 두 다리를 버둥거리며 왕 하고 울어버렸다. 선생님은 화들짝 놀라,

"저런, 큰일 났네. 미안하다. 미안해."

하고 나를 땅에 내려놓으며 손수건으로 눈물을 닦아주었다. 나중에 누나한테 듣기로는 누나네 담임선생님인데 내가 귀여워서 그랬다고 한다. 누나는 앞으로 그런 일이 있어도 울어서는 안 된다고 나를 타일렀고, 그 상황이 이해가 갔던 나는 앞으로 절대 울지 말아야겠다고 생각했지만 그 뒤로 선생님은 나에게 질렸는지 두 번 다시 나를 들어 올리지 않았다.

다음 시간인 받아쓰기 수업 때 벌어진 소동도 각별했다. 먹물 통을 엎어서 우는 아이도 있었고, 종이에 경단 모양의 동그라미만 잔뜩 그려서 혼나는 녀석도 있었다. 후루사와 선생

님은 그 난리 통 속에서도 세상에 존재하는 모든 귀찮은 감정은 다 잊은 사람처럼 하나부터 열까지 다 돌보고 토닥토닥 등을 두드려주며 한 사람 한 사람 손을 쥐고 글씨 쓰는 법을 알려주었다. 선생님이 백묵이 잔뜩 묻은 손으로 붓을 쥔 내 손을 쥐면 몸이 움츠러들면서 붓끝이 벌벌 떨려서 몇 차례나 이로하●를 다시 써야 했다. 너무 격렬한 자극 속에 내던져져 낯선 경험을 한 탓에 두통이 일고 숨이 막혀 그날은 곧장 집으로 돌아왔다. 이모는 찬물로 머리를 식혀주며,

"장하다. 장해."

하고 목침 서랍에서 계피 막대 사탕을 꺼내주었고, 누나는 상으로 장식 구슬 부적을 만들어주어서 두통도 금방 나았다. 그날 온 식구들이 나에게 장하다, 장해, 하고 칭찬을 해주었다. 하교 시간에 맞춰 오쿠니 집에 놀러 갔더니 역시 다들 장하다, 장해, 라고 해주어서 나까지 진짜 장한 일을 했구나 싶어 의기양양해졌다.

35

며칠이 지나자 학교 교문까지만 데려다주면 그 뒤로는 혼

● 히라가나를 이르는 말.

자 있을 수 있게 되었다. 이모는 내가 좋아하는 막과자를 키조개 껍질에 넣어 빨간 종이로 싸두었다가 수업이 끝나고 집에 오면 불단 서랍에서 얼른 꺼내주었다. 그중에서 이걸 집을까 저걸 집을까 고민하는 일이 즐거웠다. 그사이 나는 을반에서 갑반으로 옮겨 가게 되었다. 다들 신입생을 둘러싸고 쑤군댔는데 마침내 한 녀석이 다가와 우리 형이 가방에 써준 독일어 글자를 보고 말했다.

"오, 영어가 쓰여 있군."

다른 녀석들도 고개를 내밀고 우와 했다. 뭐라고 쓰여 있느냐고 묻기에 집에서 배운 대로 내 이름이라고 했더니 모두 부러운 눈길로 바라보는데 그중 한 녀석이 딴지를 걸었다.

"흥, 일본인이 왜 코쟁이 이름을 쓰냐."

또 다른 녀석이 부적과 방울을 발견하고는 더러운 손으로 만지작거리기 시작했다. 참을 수 없을 만큼 화가 났지만 무서워서 그냥 내버려두었다. 부적은 하늘색과 흰색으로 된 장식 구슬이 달린 벤케이●였고, 방울벌레 모양이 새겨진 방울에는 보라색 끈에 유리로 된 작은 표주박이 달려 있었다. 그 녀석이 "방울 같은 건 왜 달고 다니는 거야?" 하고 묻기에 "길을 잃었을 때 이모가 소리를 듣고 찾아올 수 있게 하려고"라고

● 몸집이 작고 허약한 미나모토노 요시쓰네(1159~1189)를 보호하던 덩치 크고 무시무시하게 생긴 천하무적의 장수.

대답했더니 경멸하는 투로 자기들끼리 서로 마주 보았다. 그러다가 녀석들이 너무 심하게 부적을 만지작대는 바람에 약한 재봉실이 끊어져 장식 구슬이 와르르 떨어져버렸다. 나는 울음이 터질 것만 같아서 울먹거렸다. 녀석들은 큰일 났다 싶었는지 재빨리 뒤로 물러서며,

"우리가 그런 거 아니야. 재수가 없어서 그런 거지."

하고 멀찌감치 서서 걱정스레 상황을 지켜보았다. 나도 어떻게 할까 싶었지만 아무도 와주지 않고, 운다고 해결될 것 같지도 않아서 흩어진 장식 구슬을 바라보며 훌쩍이는데, 마침 누나가 와서 설움이 와락 몰려오는 바람에 덮어놓고 울어 젖혔다. 녀석은 누나한테 혼날까 무서워서,

"울보래요. 울보래요."

하고 발을 구르며 소란을 피우더니 어디론가 숨어버렸다. 당장 집에 갈 거라면서 떼를 쓰고 우는 나를 누나는 "또 만들어줄게" 하고 겨우 달래며 눈물을 닦고 코를 풀어주었는데, 그러다가 종이 울리자 "다음 쉬는 시간에 또 올게" 하며 교실을 나갔다. 교실 밖에서 몰래 상황을 지켜보고 있던 악당들이 누나가 사라지자 동시에 우당탕 달려 들어와,

"울다가 웃으면 바보래요. 바보래요."

하고 놀리며 내 주변을 빙글빙글 돌았다.

갑반 담임은 턱수염을 기른 미조구치 선생님이었다. 후루사와 선생님과 마찬가지로 아이들을 돌보기 위해 이 세상에

태어난 것이 아닌가 싶을 정도로 좋은 분이었고, 특히 차분한 나를 예뻐했다.

나란히 한 책상을 쓰는 아이는 지붕 공사 집 아들 이와하시였는데, 아이들을 괴롭히는 데 이골이 난 녀석이었다. 녀석은 책상 한가운데에 연필로 줄을 긋고 내 팔이 조금이라도 넘어가면 곧장 팔꿈치로 찌르거나 코딱지를 묻혔다. 그런 녀석이 수업 시간 중에 계속 말을 붙여서 짜증이 났지만 얼렁뚱땅 대답을 해주었는데 선생님이 보고 칠판에 우리 둘의 이름을 적고는 그 위에 큼직하게 검은 동그라미를 쳤다. 이와하시는 그걸 보자마자 석판 위에 엎드려 울기 시작했다. 나는 무슨 영문인지도 모르고 선생님 얼굴만 쳐다보았다. 쉬는 시간이 되자 누나가 와서 웃으며, "수업 시간에 잡담을 했구나"라고 했다. 그새 누가 일러바쳤나 싶고 왠지 나쁜 짓을 한 것만 같아 잡담 같은 거 한 적 없다고 했더니 "아무리 숨기려 해도 칠판에 검은 동그라미가 쳐져 있으니 소용없어"라고 했다. 검은 동그라미는 나쁜 짓을 했을 때 치는 거란 사실을 알고 갑자기 서글퍼졌다.

36

이와하시는 빨간 색연필로 책에 마구 낙서를 했다. 불이 난

곳에서 경찰관 아저씨가 길 잃은 아이의 손을 잡아주는 그림에는 울고 있는 아이의 머리에 화려한 후광이 비치고 경찰관 아저씨의 눈이 터질 것처럼 큼직해져 있었다. 이와하시는 석판에 한눈박이와 세눈박이 괴물을 그려 넣고는,

"어때, 어때?"

했다. 지난번 검은 동그라미 사건으로 혼쭐이 난지라 모르는 척했더니 책상 밑으로 주먹을 부르쥐고 노려보았다. 수업이 끝나고 선생님이 나가자 주먹에 후후 숨을 불어넣는 시늉을 하며 덤벼드는 통에 복도로 나가 녀석에게 들키지 않을 만한 곳에 가만히 서 있었다. 그랬더니 얼굴이 빨갛고 지저분한 같은 반 아이가,

"내가 좋은 것을 주지."

라고 하면서 무언가를 손에 들고 내 손을 펴보라고 했다. 나를 속이는 거라고 생각했지만 무서워서 순순히 손을 내밀었더니 빨간 나무 열매 두세 개를 내 손바닥 위에 얹어주었다. 그런 물건은 갖고 싶지 않았지만 그 아이의 친절이 기뻐서,

"고마워."

라고 하며 빙그레 웃었다. 그것이 학교 뒷마당에 있는 오미자 열매라는 걸 안 것은 그 뒤로 5~6년이 흘러서였다. 그 아이는 얼굴이 빨개서 원숭이라는 별명을 갖고 있었고, 초헤이라는 이름 때문에 촛페이라고도 불리는 덴보인 사찰 앞 생선가게 아들이었다. 그날 이후 촛페이와는 유일하게 가까운 사

이가 되었지만 나로서는 되도록 촛페이하고 말을 섞고 싶지 않았는데, 녀석은 무슨 기대를 품었는지 계속 말을 걸어왔다.

하루는 촛페이가,

"이번 수업 시간에 같이 화장실 가자."

라고 했다.

"싫어. 선생님한테 혼나."

그랬더니,

"싫은 게 어디 있어."

라며 험상궂은 얼굴을 하기에 나는 서둘러,

"갈게. 갈게."

했다. 녀석은 곧장 기분이 풀려서는,

"내가 하는 대로만 따라 해."

하고 말했다. 얼마 후 녀석이 손을 들고,

"선생님, 화장실 가고 싶습니다."

라고 했다. 선생님은,

"정말로 가고 싶은 거냐. 거짓말하면 다 안다."

라고 했다. 촛페이는 조금도 물러서지 않고 태연하게,

"정말로 마렵습니다."

라고 했다. 선생님도 싸면 큰일이다 싶었는지,

"그렇다면 다녀와. 갔다가 당장 돌아와야 해. 샛길로 빠지면 검정 동그라미다."

라고 했다. 다른 녀석들까지 "선생님, 저도요" 하고 손을 들어서 대여섯 명이 한꺼번에 화장실에 가게 되었다. 촛페이가 성큼성큼 걸어 나가며 내 쪽을 흘끗 보기에 큰일이다 싶어서 우물쭈물하며,

"선생님."

하고 촛페이를 흉내 내며 손을 들고는,

"화장실 가고 싶어요."

라고 했다. 선생님은 내가 촛페이에게 꼬임을 당했다는 것도 모르고 곧장 허락해주었다.

화장실은 교실에서 한참 떨어져 학교와 이웃한 절의 조릿대 덤불 아래 있었다. 촛페이는 거기서 나를 기다리고 있었다.

"우리 스모 하자."

둘러보니 다른 녀석들도 복도 손잡이를 뛰어넘어 절벽의 칡뿌리를 캐고, 찰흙으로 경단을 만들어 서로 던지며 놀고 있었다. 아이들은 화장실 간다는 핑계로 잠깐 바람을 쐬러 나온 것이었다. 옆에서는 촛페이가,

"스모 하자. 하자."

하고 졸라댔고 이제껏 이모를 상대로 시오텐과 기요마사 난투극밖에 해본 적이 없는 나는 몹시 당황했지만 어쩔 수가 없어서,

"위험하니까 살살 해야 해."

하고 약한 소리를 하며 적당히 맞잡았다. 힘이 센 촛페이는,

"으라차차."

하고 신나게 구령을 넣어가며 나를 빙글빙글 돌렸고, 이모를 상대했을 때는 용맹하기만 했던 나도 그 자리에서 옷자락을 밟고 엉덩방아를 찧고 말았다. 촛페이는 콧대가 하늘을 찔러서는,

"약해빠졌군. 다음에 또 하자."

라고 하며 먼저 돌아갔다. 나도 구겨진 옷을 바로 하고 뒤를 따랐다. 교실에 들어가자마자 녀석은 시치미를 뚝 뗀 얼굴로,

"선생님, 다녀왔습니다."

하고 고개를 꾸벅 숙였다. 나도 말없이 고개를 숙였다. 다른 녀석들도 줄줄이 따라 들어왔지만 칡뿌리를 파던 녀석은 그걸 너무 오래 질경질경 씹고 있다가 선생님한테 들켜서 벌을 섰다. 게다가 품에서 비죽 튀어나온 칡뿌리를 들키기까지 해서 꿀밤을 먹었다. 나는 두 번 다시 화장실에 가지 않겠다고 마음먹었다.

37

아이들이 제일 좋아하는 교과목은 수신●이었다. 선생님이 화려한 괘도를 칠판에 걸고 재미있는 이야기를 들려주기 때

● 20세기 초 초중등학교의 교과목으로, 도덕의 실전 윤리를 가르쳤다.

문이었는데, 총에 맞은 어미 곰이 게를 잡는 데 정신이 팔린 아기 곰을 살리기 위해 번쩍 들어 올린 바위를 껴안은 채 뒤로 쓰러져 죽은 그림이라든지 장군이 턱을 괴고 거미가 집을 짓는 장면을 지켜보는 그림 등이 있었다. 학생들은 아름다운 그림에 정신이 팔려 "하나만 더 해주세요. 하나만 더" 하며 이야기를 더 해달라고 졸랐다.

"너희가 착하게 굴면 얼마든지 더 해주마."

선생님은 한 장 한 장 종이를 넘기며 흥미진진하게 이야기를 풀어나갔다. 그렇게 보통은 괘도 한 묶음에 속한 이야기를 다 듣고는 했는데, 이상하게 제일 처음에 나오는 외국인 여자가 아이를 안고 눈 속에 쓰러져 있는 그림만은 그냥 넘겨버렸다. 아이들은 그걸 보면서도 이야기를 해달라고 조르지 않았다. 나는 그 그림이 제일 마음에 들어서 이제나저제나 기다렸지만 그 이야기는 해주지 않았다. 종이 울리자 아이들이 우르르 모여들어 선생님 의자를 에워싸고 무릎에 앉거나 어깨를 움켜쥐며 "한 번만 더 해주세요. 한 번만 더" 하고 같은 이야기를 듣고 또 들었다. 나는 그 아이들처럼 대담하지 못해서 조금 떨어진 곳에서 멍하니 그림을 바라보았다. 그러자 선생님이 나를 보며,

"○○도 이야기 하나 해줄까? 무슨 이야기가 좋으니?"

하고 물었는데 내가 얼굴이 빨개지자,

"어서 말해봐. 어서."

하고 재촉했다. 나는 젖 먹던 힘을 다해,

"이거."

하고 머뭇거리면서 아까 그 그림을 가리켰다. 모두가 불만스러운지,

"그건 시시해. 시시해."

하고 입을 모았다. 선생님도,

"그건 재미없는데. 괜찮겠니?"

하고 거듭 확인했다. 나는 말없이 고개를 끄덕였다. 선생님은 내가 아직 그 이야기를 모른다는 사실을 깨닫고, 지루해하는 모두를 설득해서 신입생을 위해 그 이야기를 들려주었다. 눈 내리는 날, 길 잃은 어머니가 자기 옷을 벗어 아이에게 입혀주었다가 결국 길에서 동사하고 말았다는 이야기였다. 그림도 어린이의 눈을 즐겁게 할 만한 색채가 아니었고, 이야기도 거기서 끝이라 아이들이 조금도 흥미를 보이지 않아서 선생님도 그냥 건너뛴 것이었는데, 나는 그 이야기가 제일 재미있었다. 이모한테서 도키와고젠• 이야기를 들었을 때처럼 마음이 아팠다. 이야기가 끝나고,

---

• 헤이케와 겐지의 난에서 패한 미나모토노 요시토모(1123~1160)의 측실. 남편이 먼저 죽고 세 아들을 데리고 도망치다 헤이케의 수장 다이라노 기요모리(1118~1181)에게 잡히지만, 자식 대신 자기를 죽여달라는 말에 감동한 기요모리가 그들을 살려준다. 이때 함께 눈길을 도망친 막내가 훗날 명장 미나모토노 요시쓰네가 되어 기요모리의 숨통을 끊고 가마쿠라 막부를 세우는 주역이 된다.

"재미있었니?"

하고 묻는 선생님의 질문에 나는 정직하게 고개를 끄덕였다. 선생님은 뜻밖이라는 표정이었고, 아이들은 경멸의 눈초리로 나를 보며 키득키득 웃었다.

38

나는 그즈음부터 사람들 눈에서 벗어나 혼자 있고 싶다는 생각이 자주 들어서 책상 밑이든 찬장 속이든 장소를 가리지 않고 숨어들었다. 거기 틀어박혀 이런저런 생각을 하고 있으면 더할 나위 없이 안온하고 만족스러웠다. 그중에서도 가장 마음에 드는 은신처는 작은 서랍장 측면이었다. 창고 옆에 있는 그 방은 창밖에서 들어오는 햇살이 유일한 빛이라 굉장히 음침했는데, 그 창문과 서랍장 사이에 무릎을 세우고 앉으면 공간이 딱 맞았다. 나는 거기 쪼그려 앉아 유리창에 방사상으로 깨진 금, 그 옆의 비자나무, 썩은 나무에 뒤엉킨 오미자, 오미자의 붉은 덩굴, 덩굴 끝에서 즙을 빼는 유충을 바라보았다. 그렇게 반나절이든 온종일이든 혼자서 무언가를 중얼중얼하며 어느새 연필로 하나둘씩 서랍장에 히라가나 '오(を)'를 쓰는 버릇이 생겼는데, 나중에는 큰 '오'에 작은 '오'까지 무수히 많은 '오' 자가 행렬을 이루었다. 내가 너무 자주 거기

들어간다는 걸 이상하게 생각한 아버지가 그 구석을 들여다보고 줄줄이 늘어선 '오'를 발견했지만, 아버지는 그저 시시한 낙서라고 생각했는지 글쓰기 연습을 하려거든 종이에 하라고 타일렀을 뿐 크게 혼내지는 않았다. 그러나 그것은 단순한 낙서가 아니었다. '오'는 어쩐지 앉아 있는 여자의 모습을 닮았다. 나는 몸도 약하고 마음도 여려서 무슨 일이 있을 때마다 '오' 자에서 위안을 얻었고 이 글자들도 내 마음을 어루만지며 위로해주었다.

이 동네로 이사 온 뒤로는 사흘이 멀다 하고 악몽에 시달려 한밤중에 온 집을 도망 다녀야 했다. 악몽 중 하나는 지름이 팔뚝만 한 검은 소용돌이가 공중에 걸려 째깍째깍 시계가 돌아가듯 맥이 뛰는 것이었다. 그게 미치도록 기분 나빴는데 꾹 참았더니 어디선가 변신한 학이 한 마리 날아와 그 소용돌이를 입에 물었고, 또 다른 꿈에서는 암흑 속에서 오장육부처럼 생긴 것들이 서로 얽히고설켜 싸웠다. 그런가 하면 이번에는 그것들이 여자의 얼굴이 되어 바보처럼 입을 열어젖히고 있다가 눈을 번쩍 뜨더니 기다란 얼굴이 되었다. 그러다가 이번에는 입을 꾹 다물고 얼굴이 옆으로 늘어나더니 눈도 코도 홀쭉하게 줄어 말도 안 되게 납작한 얼굴이 되었다. 그런 식으로 내가 엉엉 울어젖힐 때까지 늘어났다가 줄어들기를 반복했다. 내가 그토록 악몽을 꾸어대는 건 이모가 해주는 옛날이야기 때문일 거라고 식구들이 의심하기도 했고, 잠자리를 한번 바꿔보는 게 어떻겠느냐는 이야기도 나와서 나는 아버지 곁에서 자기로 했다. 하지만 매일 밤 아버지가 해주는 미야모토 무사시나 요시쓰네 벤케이의 무용담도 아무런 소용이 없고, 요괴는 아버지쯤은 문제도 아니라며 변함없이 찾아왔다. 먼저 자던 방에서는 거실 천장에 요괴가 있었지만, 이번 방에서는 기둥에 걸린 팔각시계가 외눈박이 괴물이 되고, 네 짝의 장지문이 거대한 입으로 변신했다.

39

아버지는 의사 선생님의 추천에 따라 몸이 자주 아픈 어머니와 나의 건강을 위해 바닷가로 여행을 떠나기로 했다. 가는 길에 그동안 《햐쿠닌잇슈》 가루타 그림으로나 보던 멋진 자연이 고스란히 눈앞에 펼쳐져서 어린 마음에도 몹시 기뻤다. 자그마한 상상의 항아리로는 다 길어 올릴 수 없었던 신비로운 바다도 보았다. 맑고 깨끗한 쪽빛 바다 위를 작은 돛단배가 은빛으로 반짝이며 나아갔다. 반듯하게 잘려 나간 절벽 사이를 지나갈 때는 참을 수 없이 쓸쓸했고, 그곳에 간신히 자란 풀들이 가여웠다. 용궁처럼 생긴 중국인 거리의 사당에서는 중국인 할머니가 돌층계 위에 돌멩이를 던지며 무언가를 빌고 있었다. 머리를 매끈하게 양 갈래로 묶은 인형처럼 생긴 아이가 귀여운 발을 아장아장 떼며 걸어가는 모습이 예뻤다. 조가비 세공품을 파는 가게에는 바다 밑 보물이 가득 장식되어 있었다. 아버지는 누나들 줄 선물로 머리핀 몇 개를 사고 나에게는 눈알고둥을 사주었는데, 이렇게 예쁜 것들을 아버지가 왜 몽땅 사들이지 않는지 의아했다. 인력거를 타고 바닷가 소나무 들판을 달릴 때는 아무리 달려도 끝없이 소나무가 나왔다. 설날에 거는 다카사고● 족자에도 소나무가 있고, 이모도 평소 소나무가 신령한 나무라고 했기 때문에 나는 소나무를 거의 미신적으로 좋아했다. 얼마 후 숙소에 도착했다. 모처럼 고요한 소나무 들판을 즐기며 왔는데 여관은 사람들로 시끌벅적해서 나는 그만 집에 가겠다고 울어댔고, 여관 지배인과 하녀들이 달려 나와 마치 오래 알고 지냈던 사람처럼 도련님, 도련님, 하며 어르고 달랬다. 나는 안심이 되어 곧 울음을 그쳤다. 그러고는 온종일 바닷바람의 향기를 맡으며 모든 시름을 잊고 어린 소나무 너머로 철썩철썩 부서지는 파도를 멍하니 바라보았다.

밤이 되자 불이 켜졌다. 원통형 대나무 살에 종이를 발라 만든 갓을 끼운 등불이 검게 칠한 고즈넉한 선반 위에 놓여 있었다. 말매미충 한 마리가 불빛을 타고 날아와 앉았다. 아

● 소나무 그늘을 깨끗이 쓸어 청소하는 다정한 노부부의 전설을 다룬 그림. 소나무처럼 천수를 누리고, 사이좋은 노부부처럼 백년해로하라는 뜻이 담겨 있다.

름다운 녹색 몸통에 눈과 눈 사이가 넓은 인상이 못 견디게 귀여웠다. 손끝으로 만져보려는데 옆으로 포르르 날아 도망친다. 선녀벌레도 왔다.

어느 날 밤, 툇마루로 나가 마당에서 하는 불꽃놀이를 지켜보는데 아름다운 여인이 과자를 한 아름 가져와,

"이거 먹으렴."

했다. 나는 그 사람이 게이샤라는 걸 얼핏 들었는데, 게이샤라고 하면 뭐든 사람을 속이는 무서운 사람이라고 생각했다. 그런 게이샤가 내 옆으로 다가와 귀엽네, 몇 살이니, 하고 물으며 내 어깨에 손을 얹고 뺨이라도 비빌 듯이 가까이 다가와 내 얼굴을 들여다보았다. 나는 좋은 냄새가 나는 소매 속에 폭 싸여 대답도 하지 못하고 귀까지 빨개져서 난간에 매달려 있었는데, 문득 귀신이 나를 홀리러 온 거라는 생각이 들자 갑자기 겁이 나서 허둥지둥 소매 밑으로 빠져나와 어머니가 있는 곳으로 도망쳤다. 두근거리는 가슴을 진정시키며 어머니에게 그 이야기를 했더니 부드럽게 웃는 얼굴로 내가 무례한 행동을 했다고 나무랐다. 그 뒤로 불꽃놀이를 볼 때마다 또 나한테 말을 걸면 대답을 해야지, 과자를 주면 감사히 받겠다고 인사를 해야지, 다짐했지만 그 여인은 화가 났는지 두 번 다시 내 옆으로 오지 않았다. 나는 내가 후회하고 있다는 걸 알릴 기회가 없었음을 진심으로 안타깝게 생각한다.

하루는 아버지와 함께 깊은 솔숲으로 들어간 적이 있었다.

그윽하게 솔 냄새가 나고 솔방울이 가득 떨어져 있었다. 아버지는 어슬렁어슬렁 걸었지만 나는 솔방울을 줍느라 시종 종종걸음으로 따라가야 했다. 가득 주워 모아 기모노 옷소매 속에도 넣고 품에도 넣어 불룩해진 솔방울과 마음속으로 사이좋게 이야기를 나누며 줄레줄레 아버지 뒤를 따라가는데, 그 길에 있는 정자에서 눈썹이 새하얀 할아버지가 갈퀴로 낙엽을 긁어모으고 있었다. 그걸 보고 나는 당시 정말로 다카사고의 할아버지가 있다고 한없이 기뻐하며 평소와 달리 내가 먼저 아버지에게 이런저런 말을 걸었다. 아버지는 숙소로 돌아가 어머니에게,

"오늘은 우리 문어가 말을 아주 잘하더군."

라고 하며 싱글벙글 웃었다.

40

여행지에서 돌아왔더니 오쿠니가 아버지의 전근으로 멀리 이사 가고 없어서 맥이 탁 풀어지고 쓸쓸한 기분이 들었다. 그 후로 악몽에 시달리는 일도 없이 몸도 무럭무럭 자랐지만, 학교에 자주 빠지고 천성적으로 넋을 놓는 버릇은 여전했다. 허약해서 그런 것만은 아니었고 순진한 내게 학교생활이 너무도 복잡하고 고통스러워 견디기 힘들었기 때문이다. 그나

마 즐거웠던 건 그때 담임이었던 나카자와 선생님이 무척 좋
은 분이었고, 더군다나 내 자리가 선생님 책상 바로 앞이었다
는 사실이다. 나카자와 선생님은 내가 아무리 결석을 해도 아
무 말 하지 않았고, 아무리 성적이 나빠도 허허 웃기만 했다.
하지만 언젠가 내가 옆자리에 앉은 안도 시게타라는 녀석과
싸움을 했을 때만은 딱 한 번 나를 꾸짖었다. 어째서인지 그
녀석과는 마음이 맞지 않아 늘 티격태격했는데, 하루는 산수
시간에 녀석이 석판에다 애꾸눈 얼굴을 그려놓고 거기에 내
이름을 적어 넣고는,

"야, 어떠냐?"

하며 보여주었다. 그래서 나는 큼직한 게다에 눈과 코를 그
려 넣고 그 옆에 '시게타 개새끼'라고 적었다. 그랬더니 녀석
이 느닷없이 내 정강이를 걷어찼고 나도 지지 않고 옆구리를
한 대 쳤다. 그런 식으로 몰래 싸움을 하다가 결국 선생님에게
들켜서 수업이 끝난 뒤 둘만 교실에 남았다. 선생님은 평소와
달리 무서운 얼굴로 왜 싸웠냐고 물었다. 나는 있었던 일을 모
두 말하며 내가 나빴던 게 아니라고 주장했지만, 시게타는 내
가 먼저 자기를 놀렸다고 거짓말을 했고 선생님은 "싸움은 늘
쌍방에 문제가 있다"라면서 둘 다 집에 가지 못하게 했다. 다
른 아이들은 모두 보따리를 껴안고 부리나케 집으로 돌아갔
다. 개중 호기심 많은 녀석들은 교실 밖에서 안을 들여다보며
키득거렸다. 학교에 있던 학생들이 모두 하교해서 학교 안은

쥐 죽은 듯했다. 이러고 있다가 밤이 되면 어쩌나. 밥도 못 먹고, 잠도 못 잘 테고, 빨리 이모가 데리러 와서 사과해주면 좋을 텐데, 그런 생각들이 머릿속에서 꼬리에 꼬리를 물어 자연스레 눈물이 솟았다. 선생님은 반쯤 울먹거리는 우리 둘의 얼굴을 흘끗흘끗 바라보며 빙그레 웃는 얼굴로 책 읽는 척을 했다. 시게타는 어지간히 집에 가고 싶은 모양인지 어깨에 멘 책보퉁이 끈을 만지작거리더니 마침내 울음을 터뜨렸다.

"죄송해요."

시게타가 사과했다. 선생님은,

"기특하게도 사과를 다 하다니 용서해주마."

그러면서 시게타를 집에 돌려보냈다. 나도 집에 가고 싶은 마음이 굴뚝같았지만 잘못한 것도 없는데 벌을 서고 있는 게 부아가 치밀어서 울고 싶은 걸 꾹 참고 있었다. 하지만 결국에는 울음을 터뜨리는 수밖에 없었다. 나는 일단 울음이 터지면 양쪽 손등으로 눈을 문지르면서 훌쩍훌쩍 우는 버릇이 있었는데, 그러면서 시시비비를 하나하나 따져 내가 나빴다는 사실을 깨달으면 금세 눈물을 그쳤고, 그러지 않으면 그저 작고 연약해서 이런 부당한 처우를 받는다는 사실이 분해서 '어디 두고 보자'라는 생각에 흐느끼고는 했다. 충분히 다 울었다 싶으면 가슴이 후련해지고 기관지 주변이 아릿하면서 일종의 쾌감이 느껴졌다. 그러면 선생님은 어찌할 바를 모르며,

"사과하면 돌려보내마. 사과하면 집에 갈 수 있어."

라고 했지만,

"아무리 생각해도 내 잘못은 없어요."

라고 하며 사과하지 않았다. 그러나 선생님 말씀을 들으며 먼저 싸움을 건 건 시게타 잘못이지만 수업 중에 그걸 맞받아친 것은 옳지 못한 행동이었다는 게 납득이 되어서,

"죄송합니다."

하고 고개를 숙인 뒤 집으로 돌아올 수 있었다. 식구들은 숫기 없는 문어가 싸움을 했다니 기적이나 다름없다면서 웃었다.

41

공부를 게을리한 대가는 그 즉시 나타나 이윽고 시험을 보게 되었을 때는 적을 수 있는 게 거의 없었다. 다른 녀석들은 쓱쓱 해내고 집에 돌아가는데 나 혼자 삶은 문어처럼 끙끙거리고 있으니 정말이지 보통 일이 아니었다. 특히 힘든 과목은 독본이었다. 나는 가장 마지막에 선생님 책상으로 불려 갔다. 문제는 울산성 전투●라는 장이었다. 울산이라는 글자는 살면서 본 적도 없었다. 묵묵히 서 있었더니 선생님은 하는 수 없이 책에 쓰인 글자를 한 자 한 자 짚어가며 읽어보라고 했다. 나는 가토 기요마사가 조선, 명나라 연합군에 포위된 삽화만

들여다보았을 뿐 책 내용은 도무지 알 수가 없었다. 선생님도 그만 지쳐서,

"어디든 읽을 수 있는 곳을 한번 읽어보렴."

하고 독본을 내 앞으로 던졌다. 나는 주눅도 들지 않고,

"아무 데도 읽을 수가 없습니다."

하고 말했다. 시험이 끝난 뒤에도 자리에 앉아 있어야 했다. 나는 내가 제일 앞자리에 앉아 있으니 공부도 제일 잘한다고 생각했다. 이름표가 제일 마지막에 걸려 있는 것도, 출석을 부를 때 제일 마지막에 이름이 불리는 것도 내가 공부를 못해서라는 사실은 꿈에도 몰랐다. 좋아하는 선생님 옆에 앉으면서 꾸지람 한번 듣지 않으니 내가 일등이 아니고 무엇이겠는가. 따로 뭘 배우러 다닌 적도 없으면서 학교에서 집에 가면 식구들에게 내가 일등이라고 자랑을 했고, 다들 장하다, 장해, 하고 웃으며 칭찬해주니 혼자서 그저 천하태평이었다.

학기가 거의 끝나갈 무렵 옆집에 새로운 사람이 이사를 왔다. 그 집하고 우리 집 사이에는 뒤꼍 밭과 삼나무 담뿐이라 자유롭게 오갈 수 있었다. 뒤로 가서 몰래 상황을 살펴보는데

● 1597년부터 1598년까지 경상남도 울산에서 펼쳐진 조선, 명나라 연합군과 일본군의 전투. 당시 일본군 수장 가토 기요마사(1562~1611)는 울산성을 점령했으나 곧 포위당해 집으로 돌아가지 못하고 굶어 죽을 뻔했다. 부산에 주둔한 왜군의 도움을 받아 구사일생으로 도망쳤으나 괴멸적인 피해를 입어 결국 울산성을 포기하고 퇴각했다.

내 또래쯤 되는 여자아이가 삼나무 담 옆으로 나왔다가 별안간 몸을 숨기더니 삼나무 틈새로 가만히 이쪽을 살피는 듯했다. 얼마 후 여자아이가 다시 나와 나를 흘끗 보기에 나도 흘끗 보았고, 그런 뒤에는 둘 다 다른 곳을 보며 딴전을 피웠다. 수차례 그런 짓을 하는 동안 나는 그 아이가 깡마르고 어딘가 아파 보여서 괜스레 마음이 갔다. 그다음 눈이 마주쳤을 때, 그 아이가 살짝 미소를 지었다. 그래서 나도 슬쩍 웃었다. 그 아이는 내 얼굴을 외면하며 외발로 빙그르르 돌았다. 나도 빙그르르 돌았다. 그 아이가 폴짝 뛰었다. 나도 폴짝 뛰었다. 폴짝 뛰면 폴짝 뛰었다. 그렇게 둘이 같이 폴짝폴짝 뛰는 사이 어느 틈엔가 나는 자두나무 그늘을, 그 아이는 삼나무 담 옆을 벗어나 서로 이야기를 나눌 수 있을 정도로 가까워졌다. 하지만 그때,

"아가씨, 식사하세요."

하고 안에서 누가 불러서,

"네."

하고 대답하고 그 아이는 후딱 달려가버렸다. 나도 혼자 남겨진 게 서운해서 얼른 집에 들어가 밥을 먹고 다시 가보니 벌써 그 아이가 먼저 와서 기다리고 있었는지,

"같이 놀자."

하고 상냥하게 다가왔다. 나는 친해질 때까지 대여섯 번 정도 더 뛸 생각이었는데 의외로 친근하게 말을 걸어와서 얼굴

이 빨개졌지만,

"그래."

하며 그 애 곁으로 다가갔다. 그 아이는 부끄러워하는 기색
도 없이 시원시원한 말투로,

"너 몇 살이야?"

하고 물었다.

"아홉 살."

하고 대답하니,

"나도 아홉 살."

하고 살짝 웃으며,

"하지만 설날 태어났으니 내가 더 많이 먹었지."

하고 조숙하게 말했다. 내가,

"이름이 뭐야?"

하고 물으니,

"케이."

하고 또록또록하게 말했다. 서로 이름을 이야기하며 첫 대
면 인사가 끝나자 케이는,

"나 이제 곧 학교에 들어가니까 우린 같은 학교 다닐 거야."

하고 말했고 나는 기뻐서 우리 학교의 어떤 점이 좋은지,
수신 과목이 얼마나 재미있는지, 담임선생님이 얼마나 친절
한지 하나하나 열거하며 얼마 없는 지혜를 짜내 케이가 다른
학교로 가지 못하게 했다. 케이는 지기 싫어하고 붙임성이 좋

은 성격에 눈매가 또렷하고 머리칼이 새카맸다. 해쓱하고 매끈한 뺨에는 아름다운 혈색이 투명하게 비쳤다. 그런 성품과 조숙함 때문에 패기 없고 멍한 어린아이 앞에서 흡사 여왕처럼 행동하는 경향이 있었지만, 나는 기꺼이 새로 군림한 여왕의 시종이 되기로 마음먹었다.

42

며칠 후 케이가 할머니 손에 이끌려 학교로 들어오는 모습을 보고 새삼스럽게 가슴이 두근거렸다. 그다음 날부터 케이는 책 보퉁이를 안고 같은 교실로 들어왔는데 신입생이라 제일 앞자리에 있던 내 옆에 앉게 되었다. 수업에 집중이 안 되어서 가만히 곁눈으로 보니 케이는 어른스럽게 조용히 책을 보고 있었다. 쉬는 시간에도 아직 친구가 없어 혼자 있기에 말을 걸고 싶었지만 다른 아이들에게 놀림을 받을까 두려워 입을 다물고 있었는데, 케이도 나를 뻔히 알면서 모르는 척 시치미를 뗐다. 나는 뭐라 말할 수 없이 혼란스러운 기분으로 겨우 하루 수업을 마치고 하굣길에 오늘은 이런 것도 이야기해야지, 저런 것도 물어봐야지, 생각하며 집에 돌아오자마자 뒷마당으로 나갔더니 케이가 벌써 혼자서 공기놀이를 하고 있었다.

"케이야."

나는 그 아이 이름을 부르며 날듯이 달려갔다. 그랬더니 케이는 마치 나를 경멸하듯이,

"꼴찌하고는 안 놀아."

라고 하더니 후다닥 집으로 들어갔고, 나는 풀이 죽어 집에 들어가 이모에게 그 이야기를 했다.

그날 밤 평소처럼 온 가족이 거실에 모였을 때, 나는 내가 꼴찌라는 사실을 전해 듣고 충격을 받았다. 처음에는 내가 일 등이라고 고집스럽게 우겨댔지만, 최근에 선생님에게 머리 가 나쁜 아이를 억지로 밀어붙이기는 뭣하지만 이대로라면 도저히 낙제를 면할 수 없으니 다음 시험은 조금만 더 신경 을 써달라는 주의를 들었다는 이야기를 듣고, 나는 앙하고 울 음을 터뜨렸다. 내가 오랫동안 꼴찌였다는 남부끄러운 사실 을 단번에 깨달았다. 선생님은 나를 머리가 나쁜 아이라고 생 각해 놀고 싶은 만큼 놀게 하고, 아무리 공부를 못해도 혼내 지 않았던 것이다. 나는 바보 취급을 받고 있었다. 나도 꼴찌 가 창피하다는 건 안다. 게으름을 피우면서도 일등이라고 생 각만 하고 공부를 하지 않았다. 그 말을 조금 더 일찍 해주었 더라면 복습도 하고 결석도 하지 않았을 텐데. 돌이켜보면 모 두가 원망스럽다. 나는 머리가 펄펄 끓어오를 정도로 상기되 었다가 정신을 차려보니 운다는 게 슬퍼서 우는 지경이 되어 있었다. 이모도 흐느껴 울면서,

"그만 울자. 그만."

하며 나를 침실로 데려갔다.

그 뒤부터 작은 책상 하나를 끌고 와서 그날그날의 복습과 내일을 위한 예습을 하고, 지금까지 배운 것들을 꼼꼼히 들여다보게 되었다. 주판이니 글씨 쓰기처럼 쉬운 건 이모가 맡고, 나머지는 누나 둘이 맡아 가르쳐주었다. 매일 교실에서 케이와 얼굴을 마주하는 일이 괴롭고 성질도 났지만 그 후로는 한 번도 결석을 하지 않았다. 케이는 옆에서 태평하게 친구들과 놀았다. 나는 같은 반 아이들에게도 주눅이 들어 괜스레 움츠러들게 되었는데, 집에 오면 바로 책상 앞에 앉아야 한다는 괴로움도 컸다. 부끄러운 일이지만 지금까지 수업 시간에 뭘 배웠는지 조금도 모르고 있었다. 낙담해서 몇 번이나 책을 집어 던지고 싶었는지 모른다. 그래도 상으로 주는 과자 같은 것들에 넘어가고 또 넘어가는 사이 얇은 종잇장이 벗겨지듯 조금씩 이해가 되기 시작했다. 독본 글자도 한 자 두 자 외워지고, 산수 문제도 한 문제 두 문제 풀리면서 지식이 차츰차츰 기하급수적으로 늘어났고, 마침내 자신감도 생기고 흥미도 붙어서 집에 돌아오면 누가 뭐라고 하지 않아도 스스로 책상을 내오게 되었다. 남들한테 칭찬을 받고 싶다는 생각이 주요한 동기였다. 그다음 시험에서는 미처 따라잡지 못했지만, 공부한 보람이 있어서 그다음 학기에는 2등까지 올라갔다. 케이는 여자 중에서 5등이었다.

43

갑자기 슬기로워진 나는 사람이 한 껍질 벗겨진 것처럼 세상이 환하게 밝아졌고 동시에 비약했던 몸이 무럭무럭 자라 스모와 깃발 뽑기 등 무얼 하든 제일 잘하는 두세 명 안에 들게 되었다. 그럭저럭 지내는 사이 수석이던 쇼다라는 아이가 떠난 자리를 꿰차고 반장이 되었을 때는 이미 케이를 향한 부끄러움이나 원통함도 남아 있지 않아서 나는 아름답게 싹을 틔워 당장이라도 잎을 펼칠 기세였고, 꽃도 피우지 못한 채 뿌리를 내린 어린 우정의 풀이 다시금 봄볕을 받아 달콤하게 되살아나리라고 기대하고 있었다. 케이도 나와 같은 기분처럼 보이기는 했지만 어쩐지 적당한 기회가 없어서 서로 좋은 때만 엿보았다.

어린이들의 사회는 개들의 사회와 마찬가지로 강자 하나가 다른 녀석들을 모조리 꼬리 내리게 한다. 쇼다가 사라지자 일인천하가 된 나는 모두가 고분고분해진 것을 기회로 삼아 맹위를 떨쳤는데, 그 또래 골목대장 중에서는 가장 합리적인 축이었다고 자부한다.

하루는 촛페이가 어떤 사건 때문에 친구들과 멀어지게 되어 "원숭이래요. 원숭이래요" 하는 놀림을 받자 얼굴이 새빨개져서는 친구들을 할퀴고 다녔는데, 머릿수에 밀려 결국은 책상 위에 엎드려 엉엉 울고 말았다. 그걸 본 나는 떠들썩하게 소란스러운 무리 속으로 불쑥 들어가 "앞으로 촛페이를 원숭이라고 놀리면 재미없을 줄 알아" 하고 엄포를 놓았다. 그 후로 녀석은 원숭이라는 오명을 벗을 수 있었다. 처음 학교에 들어왔을 때 받은 빨간 열매에 대한 약간의 보답이었다.

이와하시는 그때도 여전히 약한 아이를 괴롭히는 장본인으로 여학생들에게 못된 짓만 일삼았다. 하루는 언제나처럼 선생님이 우리를 인솔해서 근처 산으로 운동을 하러 갔는데 이와하시가 혼자 덤불 속에 들어가 열심히 개벼룩을 잡고 있기에 또 무슨 장난을 하려고 저러나 싶었는데, 이윽고 양손 가득 개벼룩을 쥐고는 눈을 부릅뜨고 뛰쳐나왔다. 여자아이들은 평소에도 이와하시가 두려워서 가까이하지 않았는데 하필이면 케이가 무심코 그곳을 지나고 있었다. 이와하시는 옳다구나 하며 길을 가로막고 케이에게 개벼룩을 내던졌다. 케이는,

"싫어. 싫어."

하고 소리치며 소매로 떨쳐내고 도망가려 했지만 이와하시가 집요하게 쫓아와 던졌고, 케이는 그걸 피하려다가 넘어져서 무릎을 찧으며 왕 하고 울음을 터뜨렸다. 그걸 본 나는 단숨에 달려가 의기양양 서 있는 이와하시를 밀어뜨렸고, 씩씩거리는 녀석은 거들떠보지도 않은 채, 일어나서 흙 묻은 옷에 먼지도 안 털고 소매에 얼굴을 묻고 있는 케이에게 다가가 옷과 머리칼에 가득 붙은 개벼룩을 하나하나 떼어주었다. 케이는 누가 자기를 돌보아주는지도 모르고 분해서 엉엉 울며 내

가 하는 대로 내버려두었는데, 이윽고 눈물을 멈추고 누구야? 하는 표정으로 소매 너머로 내 얼굴을 확인하더니 기쁘다는 듯이 방긋 웃었다. 긴 속눈썹이 젖어 커다란 눈이 아름답게 물 들었다. 그렇게 우리의 우정은 이제 막 향기롭게 피어나려 하는 모란 꽃봉오리가 나비의 간지러운 날갯짓에 살며시 벌어지 듯 닫혔던 마음이 스르르 녹으면서 이어지게 되었다.

44

우리는 학교에서 돌아와 예습, 복습을 하는 동안에도 안절 부절 마음을 졸이다가 얼른 끝내놓고 추억이 많은 뒷마당으로 나갔다. 내가 먼저 나오는 날에는 혼자서 사방치기를 하거나 줄넘기를 하며 이제나저제나 하고 케이를 기다렸다. 케이가 먼저일 때는 일부러 들으라는 듯이 공을 뻥뻥 찼다. 빨강, 파랑 털실을 예쁘게 교차시켜 감싼 공이었다. 얼굴을 보자마자 제일 먼저 가위바위보를 했다. 케이는 자기가 지면 애가 타서 몸을 꼬는 버릇이 있었다.

"오넨조사마, 오요네조, 십이오."●

"오넨조사마, 오요네조, 이십이오."

● 아이들이 공을 차며 리듬에 맞춰 부르던 노래.

나는 공놀이를 잘했기 때문에 좀처럼 떨어뜨리지 않았다. 케이는 기다리다 지쳐 끊어진 밧줄을 던지기도 하고 나무 막대기를 찌르기도 하면서 떨어뜨렸다.

"오넨조사마, 오요네조, 십이오."

"오넨조사마, 오요네조, 이십이오."

상기된 얼굴을 한 케이는 공과 함께 끄덕이며 열심히 공을 찼다. 그때마다 탐스러운 머리칼이 어깨를 휘감고 두 발끝이 쫓고 쫓기는 생쥐처럼 빙글빙글 돌았다. 나에게 지지 않으려고 공을 턱으로 누르기도 하고 가슴으로 받기도 하면서 비틀비틀 계속했다.

"휘리리리, 휘파람새야, 휘파람새야, 어쩌다 도시로 왔니, 어쩌다 도시로 왔니, 매화나무 가지에서 깜빡 졸다가 아카사카에서 온 그 사람 꿈을 꾸었네. 베갯머리에는 치요에게 오라는 편지가 있었네……."●

옷자락이 끌리는 줄도 모르고 정신없이 공을 찼다. 토끼가 장난치듯 양손이 깡충깡충 공을 튀기고 둥글게 벌어진 입술 안쪽에서 하아하아 하는 목소리가 새어 나왔다. 그 아름다운 목소리에서 울려 퍼지는 순수한 가락이 지금도 내 귓가에 그리운 여운을 남긴다. 석양이 들판 너머로 지고 그 뒤로 달이 흔들흔들 떠오르기 시작하면 꽃밭 이파리에 숨어 있던 작은

● 공을 찰 때 부르던 구전 가요.

나방이 잿빛 날개를 펄럭이며 푸덕푸덕 날아올랐다. 절 앞 향나무에는 까마귀가 무리 지어 날아와 앞다투어 가지를 차지하고, 정원의 산호수에 앉은 참새는 짹짹 지저귀었다. 이윽고 우리는 누렇게 변해가는 달님을 우러러보며 노래했다.

"토끼야, 토끼야. 무얼 보고 깡충 뛰니, 십오야 달님 보고 깡충 뛰는 거구나. 깡충, 깡충, 깡충."

우리는 구부린 무릎에 손을 얹고 허리를 굽힌 채 깡충깡충 뛰었다. 이미 녹초가 된 다리는 두세 번 뛰어오르는 사이에 탄력을 잃어 저절로 털썩 엉덩방아를 찧고는 그게 또 재미있다고 자지러지게 웃었다. 그렇게 둘 다 집에서 부를 때까지 모든 걸 다 잊고 노는 재미에 푹 빠져 있다가도 말 잘 듣는 케이는 무엇을 하든지,

"아가씨, 이제 들어오세요."

하는 소리가 들리면,

"네."

하고 고분고분 대답한 뒤 가기 싫다는 표정을 지으면서도 냉큼 들어갔다. 헤어질 때는 내일 놀 약속을 하며 서로 손가락이 빠질 만큼 새끼손가락을 세게 걸었고, 혹시 거짓말을 하는 날에는 이 손가락이 썩는다는 말에 물론이지 하고 생각하면서도 어쩐지 무서운 기분이 들었다.

45

그렇게 날이 갈수록 허물없이 친해지자 승부욕 강한 나와 지는 건 못 참는 케이 사이에 한 치의 양보도 없는 말다툼이 벌어졌다. 그날도 언제나처럼 뒷마당에서 공을 튀기며 노는데 어쩌다보니 케이가 번번이 졌고, 그러자 케이가 비열하니 어쩌니 하며 억울함을 토로하더니 나중에는 울면서 두 팔로 나를 팍팍 때렸다. 그 바람에 케이의 옷소매에 들어 있던 공깃돌이 땅으로 와르르 떨어졌다. 케이는 그걸 주우려고도 하지 않고,

"이제 너하고 안 놀아."

라고 하며 얼굴을 손에 파묻었다. 나는 딱히 잘못한 것도 없으면서 사과를 했지만 그 소리는 듣지도 않고 가버렸다. 뒤에 남겨진 나는 일단 공기를 다 주워 들고 집에 왔는데 이번에는 그게 또 마음에 걸려서, 만약에 내가 분해서 홧김에 공깃돌을 주워 간 거라고 케이가 생각하면 어쩌나, 그냥 원래 있던 곳에 두고 올까, 내일 학교에 가서 책상 서랍 속에 넣어둘까, 망설이며 오만 생각을 다 했다. 하지만 어쨌든 남의 물건을 가져와서 서랍에 넣어둔다는 게 마음에 너무 걸렸다. 그렇게 불안한 하룻밤이 밝았다. 이튿날 아침 어쩐지 얼굴을 마주치는 게 무섭기도 하고, 마주치지 않는 것도 걱정이 되어 누구보다 먼저 학교에 가서 내 자리에 쓸쓸히 앉아 어제의 일과 앞으로의 일을 생각하는 사이에 하나둘 아이들이 들어

왔고 교실은 점점 소란스러워졌다. 하지만 케이의 모습은 보이지 않았다. 혹시 화가 나서 학교에 안 오는 게 아닐까, 아직은 시간이 좀 있으니 괜찮다, 하고 안타까워하는데 항상 늦게 나타나는 촛페이가 오고 마침내 시간이 다 되었다. 가만히 있을 수가 없어서 교실 문으로 가서 바깥을 살펴보니 언덕 위에서 보통이를 안고 걸어오는 케이의 모습이 보여서 그제야 가슴을 쓸어내렸다. 케이는 내가 거기 있는 줄도 모르고 교실로 들어오려다가 문 뒤에서 불쑥 튀어나온 내 얼굴을 보고는 약간 어색한 웃음을 지으며 묵묵히 자기 자리로 가버렸다. 괜찮구나. 화가 많이 난 건 아닌 것 같다. 내가 답답한 하루를 보내는 동안 케이는 친구들과 신나게 놀았다. 집에 돌아와 책상에 앉으며 뒷마당에 나갈까 말까 고민하고 있는데 조용히 현관 격자문이 열리며,

"미안. 같이 놀자."

하는 작은 목소리가 들렸다. 나는 곧장 튀어 나가 현관 칸막이 뒤에서,

"케이야."

하고 부르며 현관 마루로 나와 섰다. 그때 케이는 우리 집 안으로 들어온 게 처음인 탓인지 조금 수줍어하면서 늘 그렇듯 어색한 웃음을 지었기에 지금까지 내 어깨를 짓누르던 무거운 짐이 한순간에 내려앉았다. 나는 귀한 손님을 현관 옆 자습실로 안내했다.

케이는 안절부절못하면서도 방 안을 둘러보고, 팔걸이 창에 기대 등불처럼 생긴 등대꽃을 바라보며 마음을 조금 가라앉히더니,

"어제는 내가 잘못했어."

하고 제대로 두 손을 다다미에 짚으며 후회하듯 사과를 했다. 너무도 진지하고 어른스럽게 용서를 구해서 거꾸로 내가 당황했지만, 그동안 마음고생 한 것을 생각하면 얄밉기도 했고 또 저렇게 사과할 일은 아니라는 생각도 들었다. 케이는 어제 그 일이 있고 나서 집에 들어가 혼이 났다고 했다. 그러면서 제발 부탁이니 공깃돌을 달라고 하기에 한참 약 올린 뒤에 겨우 서랍에서 꺼내주었다. 이 공깃돌은 유젠치리멘이라고 외국에서 들여온 고급 기모노 원단으로 만든 것이라는데 오동나무 꽃과 봉황의 날개가 조각조각 이어져 있었다. 우리는 그 유서 깊은 공기를 가지고 놀았다. 나비처럼 날아오르다 떨어지는 공기와 함께 케이의 얼굴이 오르락내리락할 때마다 비녀 끝에 달린 알록달록한 붉은색과 흰색 술이 관자놀이 근처에서 팔랑거렸다.

"말로 갈아타고, 가마로 갈아타고, 말로 갈아타고, 가마로 갈아타고."

손등에 얹은 것을 떨어뜨리지 않으려고 자꾸만 얍삽하게 꾀를 썼다.

"좁은 다리를 건너. 좁은 다리를 건너."

다다미 위에 가느다란 손가락으로 다리를 만들어 공기가 술술 빠져나가게 했다. 케이의 귓불이 아름답게 달아오르고 있었다. 그렇게 안달을 내면 낼수록 몸이 경직되어 꼭 중요할 때 실수를 하고는 공기를 집어 던지거나 내 옷소매를 잡아채곤 했지만, 그날 이후로 날마다 공기를 가지고 우리 집에 놀러 오게 되었다.

46

독본 한 권이 끝나자 선생님은 복습이라며 '이어 읽기'를 시켰다. 남녀가 편을 나누어 한 사람이 잘못 읽으면 다음 한 사람이 재빨리 그 부분부터 올바로 고쳐 읽으며 끝날 때까지 읽은 쪽수가 많은 쪽이 이기는 시합이었다. 남학생들은 평소에 이러쿵저러쿵 거만을 떨지만 막상 읽기 대결을 시작하면 돌연 기가 꺾이기 일쑤였다. 게다가 정작 자기 차례가 되면 기침을 해대면서 금세 틀려서 순서를 빼앗겼다. 첫 읽기 주자였던 나는 그것을 명심하고 슬금슬금 읽어나갔다. 다들 내가 전에 없이 느릿하게 읽는 것을 보고 경멸하며 비웃었지만 아무리 시간이 흘러도 글자 한 자 틀리지 않고 줄줄 이어갔다. 고대 영웅 야마토타케루가 검으로 풀을 베어 화마를 잠재우는 대목, 갈색 말과 누런 말과 회색 점박이 말 등 여러 마리의 말이 나오는 대목, 흑인이 낙타를 타고 사막을 걷는 대목을 한 장 두 장 읽다가 이윽고 마지막 부분인 원나라가 일본을 치는 장까지 왔다. 중국의 전함이 엉망으로 망가졌고 일본의 작은 배가 그리로 노 저어 오는 그림에는 음력 윤달 7월 30일 밤 폭풍우가 불어와 십만 대군이 단 세 명만 남았다고 쓰여 있었다. 여학생들은 이제 와서 너무 봐줬다고 후회하며 내가 잠시 숨을 쉴 때도 손을 들고 읽기를 빼앗아 가려고 했다. 당황한 기색이 역력한 그 모습이 너무 우스워서 오히려 더 침착하게 마침내 도자기 이야기를 다룬 장까지 나아갔는데, 애석하게도 나는 도자기 굽는 법에 별 흥미가 없어 평소 그 부분만 건너뛰고 복습을 한지라 어물어물하다가 변명의 여지 없이 다음 주자에게 넘겨주고 말았다. 마지못해 여학생 조에게 순서를 내주고는 그 얄미운 적이 누구인가 싶었는데 뜻밖에도 케이였다. 나는 흐뭇한지 약이 오르는지 알 수 없는 이상한 기분이 들었다. 케이는 분해서 눈물이라도 글썽였는지 눈 주위가 빨갰다. 책을 들고 일어서기는 했는데 울먹거리느라 한 자도 못 읽었다. 그러는 사이 종이 울려 그날은 드물게도 남학생 조가 압승을 거두었다.

학교가 파하고 언제나처럼 우리 집 뒷마당으로 놀러 온 케이는 아직 조금 부은 눈을 하고서 민망한 듯이 말했다.

"근데 아까는 나 진짜 분했어."

그러더니 옷소매에서 끈 뭉치를 꺼내며,

"실뜨기하자."

라고 했다. 작은 무릎과 무릎을 맞대고 앉아 핼쑥한 손목에 예쁜 끈을 얼기설기 엮고, 가느다란 손가락으로 젖히고 잡아 빼며 다양한 모양을 만들었다. 케이가,

"물."

이라고 하며 내게 끈을 건넸다. 나는 소중히 받아서,

"마름모."

케이는 열 개의 손가락을 차례로 걸며,

"둥둥, 고토를 타라."

하고 고토를 만든다. 나는,

"원숭이."

"장구."

흡사 서로의 우정이 손에서 손으로 이어지듯 우리는 정답게 놀며 시간을 보냈다.

47

하루는 수신 수업 날 선생님이 이렇게 말했다.

"오늘은 선생님 대신 너희들이 이야기를 하나씩 해다오."

그러면서 화롯불 옆으로 의자를 끌고 와 불을 쬐면서 제일 먼저 자신감이 넘쳐 보이는 아이나 익살스러운 아이를 불

러 이야기를 시켰다. 일평생 훌륭히 골목대장 역할을 하고 귀여움 넘치는 익살을 떨어왔다 해도 난생처음 교단 위에 서서 사방팔방 자기를 보는 얼굴을 마주하면 뺨이 얼어붙고 혀가 꼬여서 아무 말도 할 수가 없게 된다. 평소 아이들의 장단을 잘 맞춰주는 도코로라는 이름의 키 큰 남자아이가 제일 먼저 불려 나가 무릎을 달달 떨며 입을 열었다.

"다비● 이야기를 하겠습니다."

선생님은,

"오, 다비 이야기? 그것 참 재미있겠구나."

하고 흥을 돋우었다. 도코로는 더듬더듬,

"저쪽에서 다비가 떠내려오고 이쪽에서 다비가 떠내려와서 한가운데에서 맞닥뜨리더니 다비타비●● 고생 많으십니다."

하고는 그럭저럭 물러났다. 그다음은 요시자와라고 아랫니가 윗니를 덮는 하관을 가진 솔직한 녀석이었는데, 에헤헤, 에헤헤 하고 이유도 없이 웃으며 말했다.

"창 이야기를 하겠습니다."

선생님은,

"이번에는 창 이야기로구나. 이것도 재미있겠군."

했다.

● 엄지와 검지 사이가 갈라진 일본식 버선.
●● '번번이'라는 뜻.

"저쪽에서 창이 떠내려오고 이쪽에서 창이 떠내려와서 한가운데에서 맞닥뜨리더니 창창• 고생 많으십니다."

하고는 물러났다. 나도 내심 소심해져 있는데 다들 쉬운 이야기를 먼저 해버리고 운 나쁘게도 마지막으로 내가 걸렸다. 이야기는 이모가 해주어서 여럿 알고 있었지만 짧으면서도 말하기 좋은 이야깃거리가 한 개도 없었다. 그래서 하는 수 없이 접시가 말라버린 갓파 이야기를 했는데, 막상 이야기를 시작하니 의외로 담력이 생겨서 신경 쓰이는 케이를 홀끗거리며 툭툭 이야기를 꺼냈다. 그러고는 선생님께 인사를 하고 자리로 돌아가려는데 선생님이 내 머리를 툭 치며,

"너 꽤나 넉살이 좋구나."

하고 웃었다. 그다음은 여자아이들 차례였는데 책상에 찰싹 달라붙어서 아무도 나오려고 하지 않아 1번부터 순서대로 불려 나오게 되었다. 그래도 나오지 않고 우는 녀석까지 있었다. 그렇게 5번의 차례가 돌아왔다. 케이는 각오를 하고 있었는지 고분고분하게,

"네."

하고 일어서며 교단에 섰다. 그러면서도 역시 얼굴이 목깃 부근까지 빨갛게 달아올라서는 고개를 숙이고 있었는데, 잠시 후 꿈속을 헤엄치는 듯한 손놀림으로 한 마디씩 토막토막

• 창은 일본말로 '야리'이고 야리야리는 '내내'라는 뜻이다.

이야기를 하기 시작하자 나는 걱정과 동정심으로 마음이 조마조마해서 제대로 케이의 얼굴을 볼 수조차 없었다. 하지만 점차 이야기가 진행되면서 놀란 토끼 눈이 차분히 안정되고 침착하고 어른스러운 자세가 되어, 더할 나위 없이 맑고 투명한 목소리로 또랑또랑하게 이어간 이야기는 바로 내가 늘 들려주던 하쓰네의 장구 이야기였다. 학생들은 생각지도 못했던 이야기꾼의 태도에 매료되어, 드물게 재미있는 이야기에 빨려 들어가 어느새 쥐 죽은 듯 조용해졌다. 이야기가 끝나자 선생님은,

"오늘 남학생 조는 모두 잘 이야기를 해주었지만 여학생 조는 한 사람도 나오지 않아서 여학생 조가 질 거라고 생각했는데 방금 이야기를 해준 ○○의 이야기 하나로 여학생 조가 이겼다. 아주 훌륭했어. 감동했다."

하고 말했다. 여자아이들은 뜻하지 않은 승리에 방긋방긋 웃었다. 케이도 얼굴이 살짝 붉어지며 눈을 내리깔고는 자기 자리로 돌아갔고 나는 그 모습을 기쁘면서도 질투 나기도 하는 신기한 기분으로 바라보았다. 그 이야기를 케이에게 해주지 말걸 그랬다.

48

겨울밤 놀이는 절절히 몸에 사무치도록 즐겁다. 케이는 손이 꽁꽁 언 채로 방에 들어오자마자 화롯불에 몸을 녹인다. 이모는 이 귀여운 손님을 위해 매일 밤 고봉으로 숯을 담아 두었다. 케이가 오들오들 떨며 어깨를 움츠리고 한동안 화로를 감싸 안듯 하고 있는 것을 기다리다못해 나는 늘어뜨린 머리카락을 당기기도 하고, 둥글게 만 머리 안으로 손가락을 집어넣기도 했다. 그러면 안 그래도 나한테 지기 싫어하는 불뚱이인 케이는 버럭 성질을 내며 울음을 터뜨리기도 했다. 그럴 때는 나도 두말없이 굴복해 무조건 미안하다고 사과를 한다. 폭 엎드린 케이의 귓가에 대고,

"용서해줘. 용서해줘."

라고 해도 케이는 고개를 돌리고 좀처럼 받아주지 않는다. 하지만 한바탕 울고 나면,

"이제 됐어."

하고 훌훌 털고 일어나 원망하는 듯 쓸쓸한 미소를 보여주었다. 그러면 나는 케이의 눈꺼풀에 희미하게 맺힌 눈물을 닦아주기도 했다.

케이는 우는 흉내를 잘 냈다. 하찮은 이야기로 두세 마디 언쟁을 하다가 어느새 뾰루퉁한 표정을 짓고 있다 싶으면 별안간 내 무릎에 얼굴을 묻고 엉엉 울었다. 내가 그 묵직한 온

기를 느끼며 머리에 꽂은 장신구를 빼보기도 하고, 간지럼을 태우기도 하는 등 온갖 수단과 방법을 써서 기분을 풀어주려고 하면 할수록 더 울어대기에 내 탓은 아니라고 생각하면서도 나는 열심히 용서를 빌었다. 그러면 케이는 실컷 애를 먹이다가 갑자기 얼굴을 들고 메롱 하고 혀를 내밀고는 아이, 고소해, 라고 하듯이 자지러지게 웃어젖혔다. 매끄럽고 가느다란 혀였다. 나는 번번이 그런 수법에 당했기 때문에 나중에는 이마에 핏대가 서는지 안 서는지만 봐도 진짜인지 가짜인지 분간할 수 있었다.

또 케이는 눈싸움을 잘해서 내가 늘 졌다. 얼굴을 자유자재로 움직이며 자기 마음대로 표정을 지을 수가 있었다. 알나리깔나리 하며 두 손으로 눈가를 고무처럼 늘리며 올렸다 내렸다 했다. 나는 눈싸움이 아주 싫었다. 내가 져서라기보다는 케이의 정돈된 얼굴이 흰자를 드러내기도 하고 메기 같은 입이 되기도 하고, 보기에도 무참하게 불완전해지는 것이 참으로 무시무시했기 때문이다.

그러는 사이 나는 강아지님이나 입술연지 소와 마찬가지로 케이가 너무도 소중해져서 케이에게 쏟아지는 세상의 평판이나 행복, 불행까지도 내 마음에 온전히 스며드는 기분이되었다. 나는 케이가 예쁜 아이라고 생각하기 시작했다. 그게 얼마나 자랑스러웠는지 모른다. 하지만 그와 동시에 내 용모가 일찍이 생각도 못 했던 고통스러운 짐이 되었다. 더욱더 사랑스러운 아이가 되어 케이의 마음을 빼앗고 싶다. 세상에서 오직 우리 둘만 친한 사이가 되어 언제까지나 같이 놀고 싶다. 나는 그런 생각을 하기 시작했다.

어느 날 밤 우리는 나란히 창가에 앉아 배롱나무 잎사귀 너머에서 들이치는 달빛을 받으며 노래를 부르고 있었다. 그때 창틀에 무심히 늘어진 내 팔을 보는데 나조차 넋을 잃고 바라볼 정도로 아름답고 투명하게 비쳐 보였다. 그것은 달님이 만들어낸 아주 잠깐의 장난이었지만 만약 정말로 내 몸이 이런 색이라면 얼마나 좋을까 하는 생각이 들어서,

"이것 봐, 정말 예쁘지."

라고 하며 케이 앞으로 팔을 내밀었다.

"어머, 진짜네."

그렇게 말하며 연인은 자기 소매를 걷어 올리고,

"내 것도 봐."

하고 팔뚝을 드러냈다. 낭창낭창한 팔이 백옥처럼 보였다. 두 사람은 그것을 신기하게 여기며 팔죽지에서 정강이로, 정강이에서 가슴으로, 서늘한 밤공기에 살갗을 드러내며 시간이 가는 것도 잊고 연신 감탄을 해댔다.

49

그 무렵 서쪽으로 이웃한 집에 자수를 놓고 금박, 은박을 찍어내는 일을 하는 집이 이사를 와서 그 집 아들 도미코가 새로 동급생이 되었다. 공부는 못했지만 입담이 좋고 나이가 우리보다 두 살이나 위라 힘이 세서 금세 학급의 골목대장이 되었다. 자연스레 나는 지금까지처럼 위세를 떨치지 못하게 되었는데 체면상 쉽게 고개를 숙이지도 못해 혼자 따돌림을 받는 신세가 되고 말았다. 도미코는 집 근처에 친구가 없어서 하교하면 나를 불러내 뒷마당에서 놀았다. 나는 그 녀석을 그다지 좋아하지 않았고 케이하고 놀고 싶은 마음이 굴뚝같아 조금도 놀고 싶지 않았지만, 놈에게 반감을 사는 게 두려워서 하는 수 없이 어울렸다. 원래 말괄량이처럼 노는 걸 좋아하는 케이는 우리가 노는 모습을 담장 너머에서 궁금하다는 듯이 보고 있었고 나중에는 자기도 와서 우리가 하는 걸 흉내 내며 줄넘기를 하거나 굴렁쇠 굴리기를 했다. 붙임성 있는 도미코는 케이를 "아가씨, 아가씨"라고 부르며 아부를 하면서 물구나무서기를 하거나 공중제비를 하는 등 다양한 재주를 선보였다. 그런 행동을 대단히 좋아하는 케이는 "도미, 도미" 하며 녀석의 뒤만 졸졸 쫓았다. 이모의 손에서만 자라 소꿉친구라고는 오쿠니밖에 없었던 나는 수련이 부족했기에 도저히 그런 화려한 기술은 할 줄 몰랐고, 바보같이 도미코가 작은 여왕님의 총애를 받는 모습을 손가락 빨며 지켜볼 수밖에 없었다.

케이는 밤에 우리 집에 와서도 도미코 이야기만 해대며 내가 잘 보이려고 꺼낸 그림책이나 구사조시 같은 건 거들떠보지도 않았다. 셋이서 놀 때도 도미코는 우쭐대며 나를 멍청한 겁쟁이라고 놀렸고 둘이서 나를 바보 취급했다. 물구나무서기도 못 하고 공중제비도 할 줄 모르는 재주 없는 놈으로 나를 키운 이모가 새삼 원망스러웠다. 그런 상황이라 나는 도미코가 미워 죽을 것 같았지만 화를 꾹 참으며 따라가고 있었는데 마침내 인내심에도 한계가 와서, 하루는 너무 심한 말을 하기에 발끈하며 성을 냈더니 도미코가 나에게 실컷 더러운 욕을 해대고는 케이의 귓가에 대고 의미심장하게 귓속말을 하면서 나를 째려보며,

"그럼, 나중에 보자."

하고 가버렸다. 그걸 케이까지 흉내 내어,

"그럼, 나중에 보자."

하며 도미코의 뒤를 따라 가버렸다. 도미코가 케이를 자기 집으로 데려간 게 분명했다. 그 뒤로 케이는 발길을 뚝 끊었다. 가끔씩 얼굴을 마주하면 웃지도 않고 숨어버렸다. 도미코가 이간질한 게 분명하다는 생각이 들자 나의 작은 가슴이 끓어오를 듯한 질투와 분노로 부글거렸다. 학교에서도 녀석은 아이들을 부추겨 나 혼자만 외따로 따돌렸다. 말재주는 물

론 완력도 나는 놈에 비해 한참 떨어졌다. 그렇기에 지금은
그저 내가 수석이라는 것만이 그나마 작은 위로가 되었다. 그
렇다고는 해도 케이가 없다면 공허한 그 자리가 무슨 의미가
있단 말인가.

50

미칠 것 같은 날들이 이어졌다. 하루는 내가 또 혼자 자습
실에 틀어박혀 이런저런 생각에 괴로워하고 있는데 문득 딸
깍딸깍 탁탁 게가 끄는 귀여운 소리가 났다. 가슴이 두근거렸
지만 애써 진정시키며 끝까지 창문을 안 열었다. 그러자 잊을
수도 없는 그리운 목소리가,

"미안, 같이 놀자."

하고 격자 문 너머에서 말을 걸었다.

"누구세요."

이모가 짐짓 시치미를 떼며 나가더니,

"어머나, 누구신가 했더니 이렇게 예쁜 아가씨였네."

하며 덥석 품에 안아 안으로 들이는 듯했다. 이모는 어찌
된 일인지도 모르고 그동안 감기에 걸렸었느냐, 자고 갈 것이
냐, 이것저것 물어댔다. 케이는 이모가 열어준 문으로 차분하
게 들어오더니,

"그동안 잘 지냈어?"

라며 얌전히 손을 내밀었다. 그 한마디에 꾹 참았던 마음이 팽팽한 현이 끊어지듯 툭 끊어져 나도 모르게,

"케이야."

하고 부르자 동시에 억울한 눈물이 터져 나왔다. 그 모습이 크게 신경 쓰이지도 않는지 소매에서 공기를 꺼내는 케이에게,

"어째서 그동안 안 왔어?"

하고 물었더니 의외로 태연하게,

"도미네 집에 놀러 갔었어."

라고 한다. 더 밀어붙이며,

"어째서 오늘은 안 갔어?"

하고 추궁하니 아무렇지 않다는 듯,

"도미네 집에는 가는 거 아니라고 엄마한테 혼났거든."

하고 대답한다. 나는 마음이 풀리면서도 그동안 쌓였던 울분을 조금 털어놓았고 케이는,

"미안해."

하고 순순히 사과하면서,

"도미코가 너 같은 애하고 놀지 말고 자기 집에 가면 재미있는 게 훨씬 더 많다고 했어."

라고 변명을 하더니,

"엄마한테 혼이 나서 도미코가 싫어졌으니까 다시 너랑 사이좋게 지내고 싶어."

라고 했다. 그때 내 심정을 어떻게 표현해야 할까. 케이는 역시 나의 사람이었다. 그런 줄도 모르고 도미코는 하루 종일 케이를 기다리다 지쳤으리라. 이튿날 학교에서 도미코는 내가 지켜보는 줄도 모르고 살며시 케이 옆으로 다가와 무슨 말인가 했는데 케이는 "이제 너하고 다시는 안 놀 거야" 하고 쌀쌀맞게 거절했다. 케이는 엄마에게 혼이 나서 진심으로 도미코가 싫어진 것 같았다.

51

간사한 도미코는 자기가 거절당하자 친한 척 내 옆으로 다가와 요리조리 비위를 맞추더니 케이가 상처받을 만한 말을 내게 하며 자기도 저런 애하고는 놀지 않기로 했으니까 너도 절대 같이 놀지 말라고 했고, 나는 속으로 피식 웃으며 적당히 대꾸했다. 그러다가 나중에 내가 케이와 다시 원래대로 사이가 좋아진 것을 안 도미코는 무시무시한 복수를 꾀했다. 도미코는 매일 쉬는 시간마다 다른 아이들을 부추겨 나와 케이를 놀려댔다. 그러다가 다들 시들해져서 못살게 구는 일을 멈추면, 멋대로 지어낸 말도 안 되는 소리를 아이들 한 명 한 명에게 귓속말로 속닥거리고 다녔다. 나와 케이는 반에서 따돌림을 당했고 무언가 수상쩍다는 눈길에 둘러싸여서 비참

한 처지가 되고 말았다. 하지만 오히려 그런 상황 덕에 둘 사이가 더욱 돈독해져서 지루한 하루 과업을 마치고 집에 돌아와 같이 놀 때는 서로의 가슴에 말할 수 없는 기쁨과 위로가 넘쳐흘렀다. 도미코의 괴롭힘은 날이 갈수록 악랄해졌고, 우리의 적의도 점점 더 강해졌다. 나는 다른 졸병들을 수에 넣지도 않았으며, 도미코 녀석도 생각보다 강하지는 않은 듯했다. 그 증거로 가끔씩 내가 열이 받아서 바싹 들이대면 녀석은 일대일로 싸우려 들지 않고 요리조리 도망을 다니며 멀리서만 괴롭히려 했다. 나는 이윽고 녀석을 업신여기게 되었고 언젠가는 되갚아주겠다는 마음이 무럭무럭 자라났다. 그러던 어느 날 예의 촛페이가 하굣길에 가만히 다가와,

"내일 잠복하고 있다가 습격한대."

라고 하고는 말을 마치자마자 들킬까봐 겁이 나는지 얼른 뛰어갔다. 나는 촛페이가 마음을 써준 게 기뻤다. 이튿날 아침 나는 팔뚝 길이 정도 되는 울퉁불퉁한 대나무 막대기를 외투 속에 숨기고 자, 오기만 해봐라, 하는 심정으로 학교에 갔다.

마지막 시간이 끝나고 도미코는,

"다들 모여봐. 모여봐."

하고 손짓을 하며 제일 먼저 교실에서 뛰쳐나갔다. 남아 있는 녀석 중에서도 아첨꾼 서너 명이 줄줄이 뒤를 따랐다. 나는 각오를 다지고 일부러 제일 마지막에 교실을 나와 집으로

향했는데, 아니나 다를까 상대 무리가 인적이 드문 신사 조릿대 숲 부근에서 기다리고 있다가 아첨꾼이 에헴, 에헴, 하며 바보처럼 헛기침을 했다. 오늘에야말로 놈들을 혼내주자 싶은 생각은 마음속에 숨기고 모른 척 지나가려는데 도미코가,

"어이, 이리 좀 와봐."

하고 명령을 했다. 다른 녀석들은 딱히 다른 뜻이 있어 보이지 않았고, 게다가 어차피 나의 적수가 아니기 때문에 그저 주위를 둘러싸고 왁자지껄 법석을 떨 뿐이었지만, 그중에 절에 사는 눈이 짓무른 녀석 하나가 무슨 충심인지 갑자기 뒤에서 목덜미를 물고 늘어졌다. 도미코는 내심 흠칫하면서도 듬직한 아군의 행동에 힘을 얻어,

"너 이 새끼, 건방져."

라고 하며 다가왔고 나는 벼락처럼 품에서 대나무 막대기를 꺼내 도미코를 정면에서 한 대 때려주었다. 그랬더니 도미코는 의외로 금세 맥없이 주저앉으며,

"뭐야, 왜 이렇게 난폭해."

하고 이마를 누르며 훌쩍훌쩍 울기 시작했다. 미덥지 못한 대장이 어이없이 쉽게 져버리자 졸병들은 엉뚱한 녀석 말을 듣고 따라왔구나 싶은 얼굴로,

"어어, 난 몰라."

하며 각자 슬금슬금 돌아갔다. 다만 놀랄 만한 것은 눈이 짓무른 빡빡머리 중놈으로, 대장과 함께 전사할 각오인지 눈

을 꼭 감고 결사의 각오로 착 달라붙어 떨어지려 하지 않았다. 내가 제아무리 강인하다 해도 그놈에게는 몹시 애를 먹었는데, 들러붙은 녀석을 억지로 떼어놓고 집으로 돌아왔을 때는 사실 나도 거의 울먹이고 있었다.

52

고드름을 꺾고 참숯을 실에 매달아 눈을 낚으며 노는 사이에 히나마쓰리의 계절이 왔다. 우리 집에는 간다에서 난 큰 화재 이후 신기하게도 불타지 않고 살아남았다는 오래된 히나 인형 세트가 있었는데, 어느새 악기를 든 연주자 인형 다섯 개가 세 개가 되고, 호위무사 인형이 든 화살의 화살촉이 모두 부러지는 등● 엉망이었지만, 그래도 아이들을 위해 매년 장식하고는 했다. 이모는 집 안에 굴러다니는 잡동사니를 다 그러모아 자개 병풍을 치기도 하고, 지요가미●●로 접은 그릇에 자잘한 것들을 가득 담아서 부족한 부분을 채워 아이

● 전통적인 히나 인형은 가장 높은 단에 혼인하는 공주와 왕자 인형이, 둘째 단에 술과 음식을 든 세 명의 궁녀 인형이, 셋째 단에 악기를 든 다섯 명의 여성 연주자 인형이 있으며, 네 번째, 그리고 다섯 번째 단에는 칼과 화살을 든 남성 호위 무사 인형이 있다.

●● 화려한 전통 무늬가 들어간 색종이.

들 눈에는 그야말로 아주 번듯한 히나 인형으로 보이도록 멋
지게 꾸며주었다. 붉은 융단을 깐 단 위에 예쁜 인형들을 나
란히 앉히고, 제일 높은 단에는 나를 위해서, 두 번째 단에는
누이동생을 위해서, 세 번째 단에는 막내를 위해서 마름모꼴
삼색 떡과 찹쌀강정을 올려줄 때 얼마나 기뻤는지. 잠든 사이
에 뿔소라가 도망가지 않을까 걱정한 게 웃음거리가 된 일도
기억한다. 명절날에는 특별히 케이를 불렀다. 케이는 아주 멋
스러운 기모노에 빨간 술이 달린 겉옷을 입고 찾아왔다. 둘이
서 사이좋게 히나 인형 장식 앞에 앉아 볶은 콩 같은 걸 먹고
있으면 이모는 세 개가 한 벌인 술잔 세트를 가져와 제일 작
은 크기를 손님에게 주고, 중간 크기를 내게 주며 하얀 단술
을 쫄쫄 따라주었다. 나는 단술이 술병 입구에서 막대처럼 떨
어지며 소복이 담긴 것을 앞니로 훑으며 송사리처럼 꼴깍꼴
깍 마셨다. 나를 끔찍이 사랑한 이모는 이런 식으로 어린 나
에게 기쁨을 주는 일이 다른 무엇보다 즐겁고 당신도 우리
모습을 보는 게 기뻐서,

"둘이 같이 있으니 참말로 예쁘다. 예뻐."

하고 양손으로 동시에 우리 등을 어루만져주었다. 유모는
상투적으로 "꼭 히나 인형 부부 같네"라면서 장난을 쳤다. 예
쁘게 꾸미고 온 케이는 공이랑 공깃돌도 챙겨 왔으면서 만지
작거리기만 할 뿐 가지고 놀려고 하지 않았다. 주사위 놀이,
물속에 퍼지는 꽃을 가지고 노는 놀이, 장기 놀이, 구슬 놀이

를 하며 가까워지다가 그즈음 누나한테서 물려받은 나리타
야의 간진초와 오토와야의 스케로쿠●가 그려진 하고이타●●
로 케이를 뒤뜰로 데려왔다. 하지만 둘 다 금붕어처럼 파닥
거리기만 했고 하고이타가 너무 커서 두세 개 들고 있다보면
떨어지기 일쑤였다.

"기름 가게 오소메, 히사마쓰야."●●●

그래도 반쯤 재미 삼아 하고이타로 엉덩이를 통통 때리며
놀기도 했다.

53

히나마쓰리 명절이 지나고 얼마 지나지 않아 케이의 아버
지가 돌아가시는 바람에 케이는 한동안 오지 않았지만, 어
느 날 밤 갑자기 다시 딸깍딸깍 탁탁 게다 끄는 귀여운 소리

● 나리타야와 오토와야는 모두 가부키 배우들이 속한 가문이다. 간진초는 요시쓰
네를 지킨 명장 벤케이를 이르며 스케로쿠는 요시와라 유곽에 애인을 둔 미남
협객이다.

●● 가부키 배우의 얼굴이 그려진 나무판.

●●● 기름 가게 종업원인 히사마쓰와 가게 주인의 딸인 오소메가 사랑에 빠졌다
가 결국 동반 자살하는 가부키 극. 당시 아이들은 가부키 배우의 얼굴이 그
려진 하고이타를 들고 대사를 읊으며 놀았다.

를 내며 놀러 왔다. 하지만 기분 탓인지 무척 우울해 보여서 나는 안절부절못했고 식구들도 안타까워서 이런저런 위로의 말을 건네자 케이가 말했다. "우리 집 내일 이사 가." 할머니랑 어머니랑 같이 고향으로 돌아간다고 했다. 그러면서 이렇게 힘없이 덧붙였다.

"이사는 즐거운데 멀리 가면 다신 같이 놀 수 없으니 그게 싫어."

무슨 말을 어떻게 해야 할지 몰라 가슴이 막막한 채로 둘이서 마주했다. 오늘이 마지막이라며 그날 밤은 모두 다 같이 놀았지만 어머니마저도,

"가여워서 어쩌니."

하고 케이의 얼굴을 가만히 들여다보았다. 다음 날은 할머니 손에 이끌려 현관까지 작별 인사를 하러 왔다. 나는 늘 그러듯 어른스러운 말투로 얌전히 인사하는 케이의 목소리를 듣고 날듯이 달려나가고 싶었지만 갑작스레 이유를 알 수 없는 부끄러움이 북받쳐서 뭉그적뭉그적 맹장지 그늘에 숨어 있었다. 케이는 떠나버렸다. 배웅을 하고 있던 식구들은 제각기,

"참 예쁜 아이였는데."

하고 말했다. 케이는 히나마쓰리 때 입은 것과 똑같은 기모노를 입었다고 한다. 혼자 책상 앞에 앉아 '어째서 나가보지 않았을까' 하고 허무하게 눈물짓고 있는데 유모가 단박에 알아차리고,

"아이고, 우리 도련님 가엾게 되었네."

라고 했다.

이튿날 나는 누구보다 먼저 학교에 갔다. 그러고는 케이가 앉았던 자리에 앉아보았는데 이제 와서 그리움이 끓어올라 가만히 책상을 안고 있었다. 케이는 장난꾸러기였다. 거기에는 연필로 그린 낙서가 가득했다.

벌써 20년 전 이야기다. 나는 왠지 케이가 죽었을 것만 같다. 그런가 하면 한편으로는 지금도 살아서 가끔씩 옛날 생각을 하고 있을 것만 같은 기분도 든다.

후편

1

    나카자와 선생님은 상냥했지만 걸핏하면 짜증을 냈고 어쩌다 성질이 나면 교편을 들고 눈앞이 뱅글뱅글 돌 만큼 머리를 세게 내리쳤다. 그래도 나는 선생님을 좋아해서 일부러 우리 마당의 종려나무 가지를 꺾어 따끔하게 아픈 새 회초리를 가져다드렸다. 그러면 선생님은 늘 싱글벙글 웃으며,

    "고맙다. 머리를 때리는 데는 이게 제일이야."

    하며 한 차례 때리는 시늉을 했다. 선생님 말도 안 듣고 제멋대로 구는 나 때문에 어지간히 애를 먹었겠지만, 그래도 선생님은 나를 귀여워할 거라고 혼자 믿고 있었다. 아이들이 떠들면 선생님은 화가 치밀어 얼굴이 불덩어리처럼 달아올랐고, 그러면 떠들던 학생들도 주눅이 들어 금세 잠잠해졌다.

그럴 때도 나는 태연하게 앉아 웃으면서 선생님을 보고 있었
는데 하루는 선생님이 교실을 둘러보러 온 교장 선생님에게
내가 아주 무신경한 놈이라고 한마디 흘렸다. 두 분에게 다가
가 내 이야기를 재미있다는 듯이 듣고 있는 나에게 교장 선
생님이,

"선생님이 무섭지 않느냐?"

하고 물었다.

"네, 조금도 무섭지 않습니다."

내가 대답했다.

"어째서 무섭지 않느냐?"

"선생님도 똑같은 인간이라고 생각하니까요."

두 선생님은 얼굴을 마주하며 쓴웃음을 짓더니 더 이상 아
무 말도 하지 않았다. 나는 그 무렵부터 짐짓 점잔을 빼며 살
아가는 어른 안에 우스꽝스러운 어린아이가 숨어 있다는 사
실을 꿰뚫고 있어서 평범한 아이들이 으레 느끼는 어른에 대
한 특별한 존경심이 애초에 없었다.

　그럭저럭 지내는 사이에 청일전쟁이 시작되었다. 나는 꽤
심각한 홍역에 걸려 며칠 학교를 쉬고는 이윽고 출석했는데
생각지도 못하게 담임선생님이 바뀌어 있었다. 나카자와 선
생님은 징집되었다고 했다. 자주 군함 이야기를 들려주었는
데 원래는 해군 사관이었고 병 때문에 예비군이 되었다고 했
다. 신기한 《서유기》 이야기를 해주던 선생님, 붓끝을 할짝할

짝 핥으며 아름다운 그림을 그리던 선생님, 종려나무 회초리로 머리를 때리던 것 말고 다른 건 다 마음에 들었던 선생님 얼굴을 이제 더는 볼 수 없다. 그런 생각이 들자 가슴이 먹먹해져서 방과 후 아이들에게 다가가 선생님이 작별 인사를 하러 왔을 때의 모습을 그나마 자세히 들어보려고 했는데, 아이들은 그저 그날그날 노는 일에 정신이 팔려서 헤어진 지 아직 보름도 지나지 않았는데 그런 일은 벌써 다 까맣게 잊어버린 뒤였다. 게다가 잘 놀고 있는데 방해를 하는 내가 불만인지 볼멘 얼굴로 뿌루퉁하게 있더니 이윽고 한 녀석이 무언가 생각난 듯이 말했다.

"시시● 털처럼 생긴 외투를 입고 왔어."

그러자 다른 녀석들도 제각기,

"맞아. 시시 털이야."

"그래, 시시 털이지."

라고 한다. 멍청한 놈들. 아마 시시 털도 잘못 알고 있는 것이겠지만, 넋이 나가 무엇 하나 기억을 못 하고 있다. 그렇게 시시콜콜 캐묻는 나를 실컷 애태우더니 마지막에 한 녀석이 선생님이 이런 말을 했다고 했다.

"나는 전쟁터에 나가니 두 번 다시 못 만날지도 모르지만 너희들은 다음에 오시는 선생님 말씀을 잘 듣고 공부해서 훌

● '사자'라는 뜻. 보통 축제 때 탈을 쓰고 한바탕 춤을 춘다.

름한 사람이 되어라."

그 말을 듣고 내가 갑자기 눈물을 뚝뚝 흘렸기에 다들 어안이 벙벙해서 내 얼굴을 들여다보았고, 개중에는 서로 눈짓을 하고 소매를 당기며 경멸 조로 비웃는 녀석도 있었다. 녀석들은 아직 울 일이 없어서 '남자는 3년에 한 번 운다'라는 선생님의 가르침을 어겨서는 안 된다고 생각하고 있었다.

2

내게 한층 더 불행한 일은 새로 온 담임인 우시다 선생님이 나와 전혀 맞지 않는 사람이라는 사실이었다. 유도를 잘하는 선생님이라 학생들이 무서워했고, 선생님 자신도 득의양양해서 상대를 가리지 않고 아무나 엎어치기를 했는데, 언제인가 그림 실기 시험 때 내가 그린 호리병을 보고 선생님보다 더 잘 그린다며 삼중 동그라미를 쳐준 일 외에는 무엇 하나 감동할 만한 구석이 없었다. 내가 선생님을 싫어하는 것처럼 아마 선생님도 나를 싫어했으리라. 이렇게 언제부터라고 할 것도 없이 서로 적대적인 관계에 놓이고 말았다.

그건 그렇고 전쟁이 시작된 이후로 친구들은 아침부터 밤까지 일본 정신이니 변발의 중국인들이니 하는 이야기만 했다. 게다가 선생님까지 합세해 아이들을 더욱 부추기며 입만 열면 일본 정신이며 변발의 중국인 이야기를 반복했다. 나는 그런 모습이 진심으로 불쾌하고 기분 나빴다. 선생님은 예양●이나 비간●● 이야기는 입 밖으로 내지도 않고 쉴 새 없이 원나라의 침공과 조선 정벌 이야기만 했다. 음악시간에는 살풍경한 전쟁 노래를 부르게 하고 재미도 없는 체조처럼 절도 있는 춤을 추게 했다. 아이들은 또 그걸 모두 진심을 다해 하면서 눈앞에 철천지원수인 변발 중국인이 밀려 들어오기라도한 것처럼 어깨를 치켜올리고 팔꿈치를 뻗으면서 설피 바닥이 찢어질 때까지 열심히 발을 굴러 펄펄 날리는 먼지 속에서 박자며 리듬이며 무시하고 소리만 질러댔다. 나는 이런 부류와 한패가 되는 게 부끄럽다는 기분이 들어서 일부러 선생님보다 한층 더 높은 목소리로 장단을 맞추며 노래했다. 그렇지 않아도 좁은 운동장은 저마다 자기가 가토 기요마사와 호조 도키무네 같은 용맹한 무사인 줄 아는 놈들로 소란했고, 겁쟁이는 모두 변발의 중국인 취급을 당하며 목이 졸렸다. 마을을 걷다보면 그림 종이 파는 가게에 아름답고 화려한 모양이나 그림은 자취를 감추고 보이는 곳마다 총알이 튀기는 더러운 그림이 가득 걸려 있었다. 눈과 귀가 닿는 모든 곳이 나

● 전국시대 진나라의 자객. 자신을 알아봐주는 이를 위해 목숨을 바치는 의로운 인물이다.

●● 중국 은나라 주왕의 숙부. 주왕이 폭정을 하자 간언을 하다 살해되었다.

를 화나게 만들었다. 하루는 많은 아이가 한데 모여 여기저기서 주워들은 소문으로 무시무시한 전쟁담을 꽃피우고 있었는데, 나는 그들과 반대 의견을 내놓으며 "결국은 일본이 중국한테 질 거야" 하고 말했다. 이 생각지도 못한 대담한 예언에 아이들은 한동안 서로 눈길을 마주할 뿐이었지만, 이윽고 그 가소롭고도 갸륵한 적개심은 반장의 권위를 무시하는 데까지 뻗어나가 한 녀석이 과장되게,

"뭐, 이런 나쁜 놈이 다 있어."

라고 했다. 다른 한 녀석은 주먹으로 슬쩍 코끝을 문질러 보였다. 또 한 녀석은 선생 흉내를 내며,

"안됐지만 일본인에게는 일본 정신이 있어."

라고 한다. 나는 더욱 큰 반발심에 확신을 가지고 그들의 공격을 홀로 떠안으며,

"분명히 진다. 분명히 져."

라고 단언했다. 그러고는 시끌시끌한 소동 한가운데 앉아 온갖 지혜를 짜내 상대방의 말도 안 되는 주장을 격파했다. 신문을 주워 읽지도 않는 녀석들 천지다. 세계지도도 들여다본 적이 없다. 사마천이 쓴 《사기》나 증선지가 편찬한 《십팔사략》 이야기도 모른다. 그런 지경이니 나 혼자 떠벌리고 다들 마지못해 입을 다물었다. 하지만 좀처럼 울분이 가라앉지 않았는지 다음 시간에 선생님에게 일러바쳤다.

"선생님, ○○는 일본이 진대요."

선생님은 늘 그렇듯 의기양양한 표정으로,

"일본인에게는 일본 정신이 있다."

라고 하며 언제나처럼 중국인이 어쩌고저쩌고하는 욕을 해 댔다. 나는 내가 욕을 먹은 것만 같아 분노를 참지 못하고 말을 내뱉었다.

"선생님, 일본인에게 일본 정신이 있다면 중국인에게는 중국 정신이 있겠지요. 일본에 가토 기요마사와 호조 도키무네가 있다면 중국에도 관우와 장비가 있지 않습니까. 게다가 선생님은 언젠가 겐신이 신겐에게 소금을 보낸 이야기●를 하며 적을 가엾게 여기는 것이 무사도라고 가르쳐주셨으면서 어째서 그렇게 늘 중국인 험담을 하시는 겁니까."

그러면서 마음속에 쌓이고 쌓였던 분노를 싹 털어놓았더니 선생님은 못마땅한 얼굴을 하고 있다가 잠시 후,

"너한테는 일본 정신이 없구나."

라고 말했다. 나는 관자놀이에 찌릿찌릿 핏대가 서는 기분이었지만 그 일본 정신이라는 것을 끄집어내 보여줄 수도 없었기에 얼굴을 붉힌 채 그대로 잠자코 있었다.

용맹함과 충성심이 뛰어난 일본 병사는 나와 중국 병사의

● 전국시대 무적 장수 에치고의 겐신이 소금 부족으로 어려움을 겪는 숙적 장수 고슈의 신겐에게 소금을 보내 군사들이 목숨을 건졌다는 이야기. 위기에 처한 라이벌을 도울 때 쓰는 '적에게 소금을 보내다'라는 관용구가 나온 유래다.

깜찍한 예언을 완전히 무너뜨리고 말았지만 선생님을 향한 나의 불신과 동급생들을 향한 경멸은 어찌할 수가 없었다.

이런저런 일이 있으면서 다른 아이들과 다 같이 함께하는 게 바보 같다는 생각이 들고, 언제부터인가 내가 먼저 멀어지게 되어 항상 옆에서 다른 아이들의 멍청한 소란을 비웃으며 지켜보게 되었다. 하루는 혼자 복도에 서서 몇 년 전부터 개구쟁이들의 손에 치여 너덜너덜해진 난간에 팔을 걸치고 등나무 아래로 뛰어오르는 아이들을 바라보며 웃고 있는데, 그때 내 뒤를 지나가던 선생님이 불쑥 다가와 물었다.

"왜 웃고 있냐."

"애들 노는 게 웃겨서요."

내가 대답했다.

선생님은 웃음을 터뜨리며,

"너는 아이가 아니냐."

라고 하기에 진지하게,

"아이는 아이지만 저런 바보는 아닙니다."

라고 하자,

"너를 어쩌면 좋냐."

라고 하며 교무실로 들어가 다른 선생님들에게 이야기를 했다. 나는 아마도 선생님들에게 어찌해야 좋을지 모를 아이로 찍힌 모양이다.

3

나는 동급생들이 하나같이 어쩔 도리가 없는 멍청이라고 내심 얕보고 있었는데, 그중에서도 멍청이의 대장이라 할 만한 가니모토에게는 진심으로 동정심을 느꼈다. 거의 백치나 다름없었지만 훌쩍 큰 키로 보아 열여섯 살이나 열일곱 살쯤이었으리라. 한 학년을 2~3년씩 걸려서 올라가다보니 결국 한참 나중에 입학한 우리와 같은 학년이 되었다. 본인 나이도 몰랐고, 백치가 으레 그렇듯 아직 앳된 얼굴이어서 녀석이 몇 살인지는 아무도 몰랐다. 복스럽게 둥근 얼굴을 한 가니모토는 뺨에 난 누에콩 크기의 점을 내세워 학교에서 둘째가라면 서러울 재롱둥이가 되어 있었지만, 누가 반쯤 장난으로,

"가니모토, 뺨에 먹이 묻었어."

라고 하면 후후후 웃으며,

"먹이, 아니야. 점이야."

하고 넉살 좋게 대꾸하곤 했다. 가니모토는 체격에 어울리지 않게 주판알도 없는 작은 주판을 비스듬히 어깨에 걸고 마음이 내킬 때 훌쩍 학교에 왔다가 싫증 나면 수업 시간 중에도 데격 집으로 갔다. 하여간 자신과 비교도 안 되게 열등하고 나약한 사람을 가엾게 여기는 인간들의 치사하고 이기적인 동정심 아래에서도 천하에 가니모토만큼 자유로운 세상을 가진 사람은 없었다. 그래도 살아 있는지라 가니모토에

게도 기분 좋은 날과 기분 나쁜 날이 있었고, 기분 나쁜 날은 대개 안 나타나지만 어쩌다가 오면 웃지도 않고 책상에 고개를 푹 수그리고 앉아 있었다. 그러다가 무슨 생각이 났는지 갑자기 꺼이꺼이 울었고, 실컷 다 울 때까지는 도무지 그칠 줄을 몰랐다. 불행한 암흑으로 가득 찬 가슴속에 남모르게 끓어오르는 슬픔을 거리낌 없이 큰 소리로 쏟아내고 나면, 예의 주판을 어깨에 걸고 언제 울었냐는 듯이 말끔한 얼굴로 집에 돌아간다. 그런 날이면 누가 무슨 일이냐고 말을 걸어도 사람 좋은 웃음은 간 곳 없이 "히갸" 하고 앵무새 우는 소리를 지르며 밀쳐냈다. 하지만 기분이 좋을 때는 부탁도 하지 않았는데,

"내가 말 태워줄게."

라고 했다. 키도 크고 힘도 세고 몸집도 통통해서 타는 기분이 나는 명마였지만, 기분이 내키지 않으면 대장끼리 한창 싸우는 와중에도 우뚝 서버리기 때문에 길들여지지 않은 사나운 말이나 다름없었다.

가니모토의 속마음은 깊이를 알 수 없는 침묵이었고, 그 침묵의 밑바닥에는 눈물이 흘렀다. 나는 어떻게든 그 정체를 파헤쳐보기로 결심하고, 모두의 놀림거리가 될 각오를 하면서 열심히 녀석에게 다가갔다. 나는 녀석이 기분 좋은 때를 노려 "안녕"이라거나 "잘 가" 같은 짧은 인사를 건넸지만, 마치 제왕이 신하에게 인사를 받는 양 고개 한번 까딱하지 않았다. 그래도 신경 쓰지 않고 지치는 일 없이 인사를 계속했는데 하루는

녀석이 자기 자리에 찰거머리처럼 딱 붙어 있다가 불쑥 일어나 성큼성큼 내 곁으로 다가오더니 늘 그렇듯 혀 짧은 소리로,

"너는, 좋은, 녀석이다."

라고 하고는 후후후 웃더니 가버렸다. 나는 그 한마디가 펄쩍 뛸 만큼 기뻤다. 녀석이 하는 말에는 한 톨의 거짓도 없다. 인간은 거짓을 말한다는 사실을 이미 훤히 알아버린 나는 별것 아닌 그 한마디가 절절히 와닿아 분명 녀석과 친구가 될 수 있으리라, 그 가여운 인간을 위로할 수 있으리라 생각했으며, 암흑의 문을 열 열쇠가 손에 들어온 것처럼 기뻤다. 그래서 오늘이야말로 친구가 되자 싶은 마음으로 옆자리에 가서 말을 걸어보았지만 능글능글 웃기만 할 뿐 반응이 없었다. 그러더니 말없이 책상에 엎드리고는 이윽고 "히갸" 하고 회심의 일갈을 내게 질러댔다. 앵무새 소리 한 방에 나의 부단한 노력이 물거품처럼 날아갔다. 가니모토는 나처럼 든든한 친구가 없어서 혼자 있었던 게 아니라 처음부터 아무것도 필요 없는 아이였다.

4

형은 그 또래라면 누구나 한번쯤 가질 법한 강력한 자기 확장 성향의 호기심 어린 친절…… 이를 발휘해 천성이 전혀 달

라 서로 동과 서로 완전히 갈라질 법한 인간인 나를 엄히 가르
치면서 내가 싫든 좋든 자기 쪽으로 틀어 오려고 애썼다. 그래
서 나날이 비뚤어진 길로 가고 있는 불쌍한 동생을 구원하기
위해서는, 그러니까 자기처럼 만들기 위해서는 남들에게 미
쳤다는 소리를 들을 만큼 좋아하는 낚시를 가르치는 게 가장
좋은 방법이라고 확신을 했는지, 학교가 쉬는 날이면 꽁무니
를 빼려는 나를 억지로 끌고 낚시터로 나왔고 나는 그저 형
의 기분을 맞춰주려고…… 군말 없이 따라나섰다. 형은 나에
게 낚시 도구를 짊어지도록 했고, 형의 주장에 따르면 이상적
인 낚시터, 내가 보기에는 그냥저냥 기분 나쁜 낚시터가 밀집
한 혼조까지 터벅터벅 걸어갔다. 길을 걸으며 형은 나에게 모
자가 비뚤어졌다느니, 자세가 구부정하다느니, 상점 제등에
한눈팔지 말라느니, 손을 이상하게 휘젓는다느니, 머리끝부
터 발끝까지 잔소리를 해댔다. 나는 정신적인 피로와 먼 거리
를 걸어서 생긴 육체적인 피로로 이미 녹초가 되어 겨우 낚
시터에 도착해 한시름 놓으려는데 들어가자마자 질척거리는
물가로 끌려가 앉아 있으려니, 아, 여기서 하루를 다 보내야
하나 싶은 마음에 시작도 하기 전부터 이도 저도 다 지긋지
긋해졌다.

축축하고 역겨운 냄새가 나는 물가에 꽂아놓은 말뚝에는
푸른 이끼가 가득 끼어 있다. 붉게 녹이 슨 구석진 웅덩이에
서는 게아재비가 소금쟁이를 잡아먹고, 물장군이 끔벅끔벅

자맥질을 하고 있다. 그런 것을 보는 것만으로도 속이 울렁거리는데 근처 공장에서 철판을 두드리는 소리가 쿵쾅쿵쾅 쉬지 않고 울려대니 머리가 깨질 것처럼 두통이 일었다. 형은 내가 지렁이를 잘 자른다고 감탄했지만 그런 칭찬은 달갑지 않았다. 나는 내게 주어진 낚싯대 하나도 버거웠고, 그래도 겉으로는 방심하지 않으며 찌가 떠오르는지 잘 지켜보는 시늉을 했는데, 머릿속에서는 어째서 내가 낚시를 좋아해야 하나 같은 따분한 생각만 떠올랐다. 평소 근시가 있다던 형은 낚시터에만 오면 갑자기 잘 보이는 눈이 여러 개 생기는지 다섯 개며 여섯 개며 낚싯대를 늘어세우고는,

"야, 물었잖아."

하고 어느 틈에 내 찌까지 노려보며 간섭했다. 물고기를 낚아 올리니 이번에는 제대로 건질 줄을 모른다느니, 바늘을 빼는 기술이 없다느니 핀잔을 주기에 물고기가 빨리 도망가버리면 좋겠다고 생각하면서 슬금슬금 게으름을 피우며 물고기를 담았다. 진흙이 가득 묻은 잉어의 누런 배를 보고 너무 징그럽네, 싫어 그냥 바라보고 있는데 형이 성질을 버럭 내며 내게 돌을 던졌다. 그쯤 되면 물고기는 대개 바늘을 벗어나 도망가버린다. 그렇게 간신히 하루의 고행을 마치고 이제 돌아갈 무렵이 되었는데, 이번에는 비린내 나는 어롱이 내 짐이었다. 그것도 모자라 이것도 교육이라며 내가 싫어하는 길인 고물상과 창고와 짐수레와 도랑이 있는 길, 바람에 전선이

윙윙 우는 길, 포장마차가 늘어선 길을 골라 일부러 멀리 돌아갔다. 한참을 혼나고 또 혼나서 지쳐버린 다리를 끌며 뒤에서 종종걸음으로 쫓아가는데, 먼 길을 멀리 돌아간 바람에 집에 도착도 하기 전에 해가 지고 만다. 그때의 불쾌함과 불만이란……. 이윽고 밤하늘에서 하나둘 반짝이기 시작하는 별, 이모가 신과 부처가 산다고 알려준 그 별을 그리운 마음으로 힘겹게 올려다보면, 형은 내가 늑장을 부린다고 화를 내며,

"뭘 그리 우물쭈물하고 있어."

라고 했다. 퍼뜩 정신이 들어서,

"별님을 보고 있었어."

라고 하자,

"멍청아, 별님이 뭐냐. 별이라고 해."

하고 성질을 냈다. 가여운 인간아. 어떠한 인연으로 지옥의 길동무가 된 이 사람을 형이라고 부르듯 하늘을 도는 차가운 돌을 어린아이의 동경 어린 마음에서 별님이라고 부르는 것이 그렇게 나쁜 일일까.

5

하루는 마찬가지로 교육이라는 명목하에 형이 나를 바닷가로 데려갔다. 형은 내가 평소와 달리 좋다고 대답한 진짜 이

유를 알지 못한 채 여행 떠나기 전날 밤 나를 비샤몬 축제에 데려가 《소국민》●을 한 권 사주었다. 나는 오래전 바닷가 여행에서 즐거운 기억을 맛보았고, 내가 좋아하는 형 친구가 먼저 가서 기다리고 있었기 때문에 여행길에 따라나서기로 했다. 이튿날은 전에 없이 친절한 형의 손에 이끌려 이 정도 거래라면 괜찮다고 여겨 《소국민》을 가방에 넣고 집을 나섰다. 마침 칠석날이라 농가 여기저기에 오색 종이를 단 조릿대가 세워져 있었고, 초가지붕에는 닭의장풀이 시원스레 피어 있었다. 나는 신기하다는 듯이 넋을 놓고 그것들을 보며 "어째서 우리 마을은 이렇게 하지 않을까?"라고 말했다가 우선 한바탕 꾸중을 들었다. 푸릇푸릇한 논과 하늘과 바다와 흰 돛에 마음이 들떠서 하고 싶은 말과 묻고 싶은 말이 많이 있어도 혼날까 두려워 나 혼자서 이리저리 생각하며 역시 오지 말걸 그랬다 생각하고 있는데 이번에는 입 다물고 있다고 또 꾸중을 들었다. 왜 저렇게 이유도 없이 화를 내나 했더니 내가 기차가 움직이는 이유를 질문하지 않아서 언짢았던 것이다.

우리가 도착한 곳은 음침한 섶나무 담장에 여기저기 조개껍데기가 버려진 어촌 내 초가집이었는데, 학수고대하던 두 사람을 맞이한 형의 친구 외에도 새까맣게 그을린 늙은 부부, 그리고 그들과 피부색이 같은 딸이 살고 있었다. 마침 점심

● 당시 청소년 대상으로 발행되던 잡지.

시간이어서 검은 고양이 같은 모녀가 세 사람 앞에 지저분한 밥상을 두 개 들고 왔는데, 자기들이 쓰던 식기라 우리가 식사를 끝마칠 때까지 자기들이 먹을 수 없으니 빨리 먹어달라는 소리에 정신없이 반쯤 먹고는 수저를 놓았다.

집이 좁아서 형과 나는 십 리 정도 떨어진 곳 쪽에서 묵기로 했다. 배웅해주는 형의 친구와 형은 산책도 할 겸 뒤에서 따라 온다고 하기에 나 혼자 덜커덩덜커덩 시골 인력거를 타고 먼저 출발했다. 인력거 끄는 노인은 뒤룩뒤룩 살이 찐 정직해 보이는 남자로, 싫지는 않았지만 예의 음침한 섶나무 담장 사이를 빙글빙글 돌아 나오는 사이 갑작스레 외로움이 복받쳐 견딜 수가 없었다. 아닌 척 애를 써도 우리 집 삼나무 담장이며 거실 분위기 같은 것들만 눈앞에 떠올라 오늘 밤도 내일 밤도 돌아가지 못한다고 생각하니 나도 모르게 눈물이 뚝뚝 흘러 무릎 담요 위로 떨어졌는데, 근처에서 놀던 어부의 아이들이 그걸 보고,

"와, 쟤 지금 운다. 쟤 지금 울어."

하고 저마다 웃어젖혔다. 노인은 뒤를 돌아보고 또 돌아보며 위로하는 얼굴로 뭐라고 말을 했지만 사투리가 심해서 알아들을 수 없었다. 길가의 울타리 사이에서 아름다운 모말게 한 마리가 나왔다가 달그락거리는 인력거 소리에 놀라 도망치는 것을 보고 갖고 싶다고 생각하며 곁눈으로 보는 사이에 해안으로 나왔다. 길은 동산을 끼고 파도가 넘실거리는 물가

에 면해 있다. 당장이라도 바닷물이 들이쳐 지나가지 못하는 게 아닐까 안절부절못하고 있는데 노인은 태연히 생각에 잠긴 채 터덜터덜 걸어간다. 언덕을 가로질러 낸 길로 들어섰을 때 뒤를 돌아보니 형과 형의 친구 모습이 보였다. 목구멍에서 밀려오는 탄식을 겨우 꾹 참았을 때 형이 빠른 걸음으로 쫓아와 나를 인력거에서 내리게 했다. 바위투성이 해안 여기저기에 물고기의 등지느러미처럼 들쭉날쭉한 암초가 바다 멀리까지 뻗어 나와서, 길이 가로막힌 파도가 우미보즈•의 머리처럼 둥글게 솟아올랐다가 쏴 하고 부서지며 물보라를 튀겼다. 길이 한 번 굽이칠 때마다 낭떠러지가 작고 좁게 뭍으로 굽어 들어 낮은 파도가 간격을 두고 철썩철썩 밀어닥쳤다. 그 소리를 듣는데 자연스레 가슴이 조여들며 겨우 그친 눈물이 다시 쏟아졌다. 한 번의 파도가 철썩하고 부서지면, 쏴 하고 물거품이 꺼지고, 다행이다 싶은 그 순간 다시 파도가 철썩하고 부서진다. 하나의 만을 겨우 지나가면 그다음 만이 철썩하는 소리를 냈다. 허기가 지고 다리도 아픈데 곳은 한참 멀리 보이고 파도 소리는 멎을 생각을 하지 않는다. 저벅저벅 끌려가는 대여섯 마리 암말의 대열을 따라갔을 때 형의 친구는 문득 내가 눈물을 그친 것을 보고 작은 목소리로 형에게 언질을 주었다. 형은,

---

● 바다에 사는 요괴로, 몸은 검고 머리통이 문어처럼 둥글다.

"내버려둬. 내버려둬."

라고 하며 성큼성큼 걸어갔다. 형의 친구가 계속 뒤를 돌아보더니 나중에는 멈춰 서서 많이 힘드냐고, 속이 안 좋으냐고 친절하게 물어주었기에 나는 정직하게,

"파도 소리가 너무 슬퍼서요."

하고 말했더니 형이 노려보며,

"그럴 거면 너 혼자 집에 가."

하고 발걸음을 재촉했다. 형의 친구는 내가 꺼낸 의외의 대답에 깜짝 놀란 모양이었다. 그래도 형을 말리고 위로한 뒤,

"이제 다 컸으니 더 강인해져야지."

하고 내게 말했다.

6

벼랑 아래 바위틈에 외따로 떨어진 고요한 숙소에 도착했을 때는 이미 해가 기울어서 태양을 감싸고 타오르는 구름이 수레바퀴처럼 돌아가고 있었다. 그것이 점점 빨개지더니 자줏빛이 되고, 쪽빛이 되고, 하늘의 색과 어우러져 사라졌다. 툇마루 기둥을 붙잡고 벼랑에 부딪혀 부서지는 파도가 인광을 뿜어내는 모습을 바라보고 있는데, 기관지 부근이 아려오면서 눈물이 쉴 새 없이 뺨을 타고 흘렀다. 기둥에 뺨을 비비

며 북받쳐 오르는 감정을 꾹 참으면서 얼른 내일이 오면 좋겠다는 생각만 하고 있었다. 비를 품은 바람이 휘휘 솔숲을 울리며 불고 무엇인가 샘솟아 오르듯 벌레가 운다. 하녀가 문을 닫으러 왔기에 하는 수 없이 방으로 들어가 울상이 된 얼굴을 숨기면서《소국민》을 꺼내 읽기 시작했다. 첫머리에 실린 그림은 이마에 화살을 맞은 기도마루가 한 손에 소가죽을 들고 한 손에 칼을 쥔 채 요리미쓰를 노리는 장면●이었다. 한 장 한 장 넘겨보다가 '북 치는 소년'이라는 제목이 눈에 들어와 그 부분을 읽기 시작했다. 삽화를 보니 주인공인 북 치는 소년이 가슴에 매단 북을 둥둥 울리며 의기소침해진 아군을 곁눈질하면서 앞으로 나아간다. 머리가 크고 행동이 느릿느릿 굼떠서 보통 사람들이 바보 취급하는 북 치는 소년이 어느새 내가 되어서 잡지 위로 눈물을 뚝뚝 흘리다 결국 또 그날의 마지막 꾸지람을 들어야 했다.

이튿날 바다는 안개로 가득했다. 그 속을 노 저어 가는 소리가 나를 몹시도 기쁘게 했다. 배는 보이지 않고 소리만이 새의 지저귐이나 엄마 젖을 찾는 어린 짐승의 울음소리처럼 들렸다. 형 친구가 와서 같이 해변으로 나갔다. 모래도, 돌도, 파

● 13세기 설화집《고콘초몬주》에 나오는 이야기. 무시무시한 요괴 기도마루는 아버지의 원수를 갚기 위해 소를 죽이고 그 안에 들어가 무장 요리미쓰가 오기를 기다리지만 이를 다 꿰뚫어 본 요리미쓰의 칼에 죽임을 당한다.

도가 치는 대로 끌려 올라온 해초도 모두 축축하게 아침 이슬에 젖었고, 전날 밤 그토록 미친듯이 울어대던 벌레가 여기저기서 찌르륵찌르륵 귀엽게 울었다. 지평선에서 비스듬히 기울어진 해안선 사이로 솟아오른 모래언덕에는 세찬 바람을 맞고 선 곰솔과 잡초가 바닥에 바싹 달라붙어 있고, 산뜻한 어선이 밀려 올라와 배를 미끄러지게 하는 틀, 새의 둥지 같은 활어조,• 배 바닥에 들어온 물을 퍼내는 삽, 새끼줄, 성게, 불가사리 껍질 따위가 굴러다니고 있었다. 얼마 후 안개가 걷히고, 선명한 남빛으로 반짝이는 바다 위로 붉은 아침 햇살이 솟아 스멀스멀 땀이 배어 나올 무렵 모래언덕 사이에 난 좁은 길로 어부와 여자아이들이 왁자지껄 내려와 후릿그물로 물고기를 잡기 시작했다. 으쌰, 으쌰, 조용히 소리를 내며 한 뼘한 뼘 끌어올리는 동안 다른 사람들은 여기저기 쌓아둔 우뭇가사리에 불을 붙여 빠지직빠지직 흰 연기를 피운다. 그러는 사이 형은 혼자 건너편 바위까지 헤엄쳐 갔고 나는 비 오는 날에만 물길이 트이는 물웅덩이에 들어가 돌이나 조개를 줍기 시작했다. 거기에는 새끼 소라게가 셀 수 없이 많았는데, 언뜻 보기에는 그저 조개껍데기처럼 보이지만 조금 있으면 다리를 꺼내 쑥쑥 잘도 걸었다. 뾰족한 것, 둥근 것, 자기 멋대로 생긴 껍질이 있고, 그것들이 모두 다 새끼 소라게라는

● 잡은 물고기나 조개를 살려두는 물통.

사실이 신기하다. 형 친구가 어디선가 6센티미터 정도 되는 소라고둥 껍질을 발견해서 가져왔다. 마침 가느다란 실이 통과할 정도의 구멍이 두 개 나 있다. 그래서 집에 돌아가면 누나한테 받은 양산에 장식으로 달려고 했는데 바다에서 나온 형이 내가 두 손 가득 모은 조개와 돌을 전부 버리라고 했다. 나는 하는 수 없이 아까워하며 하나를 버리고, 두 개를 버리고, 마침내 남김없이 다 버렸지만, 그 소라고둥만큼은 도저히 버릴 수 없어서 우물쭈물하고 있었더니 형이 화를 내며 기어이 주먹을 휘두르려 했다. 다행히 옆에 있던 형 친구가 막아주어서 그거 하나만 가져가라고 뚱하게 허락해주었다. 그 소라고둥은 지금도 오래된 장난감 상자 속에 예쁜 술이 달린 채 보관되어 있다.

7

형은 이런저런 수를 써가며 열심히, 면밀히, 엄격하게 나를 교육했지만, 어느 날 우연한 계기로 서로가 고생스러운 이 관계를 완전히 끝장내게 되었다.

언제부터인가 형은 유료 낚시터에서 잉어를 낚는 것만으로는 만족할 수 없게 되어 투망 던지기를 배우기 시작했고, 늘 그러듯 내게 어롱을 들게 해서 근처 강가로 데려갔다. 500~

600미터쯤 걸어 다리를 하나 건너면 강물이 흐르는 들판이 나왔는데, 거기에서는 흰색과 붉은색으로 물들인 미즈히키● 를 방패처럼 널어 말리고 있었다. 얼마 후 물레방앗간이 나왔다. 물줄기가 기다란 통 속에서 이리저리 밀리며 정신 나간 사람처럼 오락가락하는 모습을 보고 있으려니 마치 살아 있는 생물처럼 보여서 소름 끼쳤다. 커다란 물레방아가 숨을 내쉬듯 물보라 치고 땀방울과 같은 물방울을 푸드득푸드득 튀기며 무서운 기세로 돌아간다. 쌀겨 먼지가 쌓인 물레방앗간에는 무수히 많은 절굿공이가 쿵쿵하는 거친 소리를 내며 외발로 춤을 추듯 쌀을 찧었다. 그곳으로 가자 나는 어쩐 일인지 혀 밑에 쓴맛이 느껴져서 누가 억지로 나를 내리누르는 기분이 들었다. 거기서부터 터덜터덜 강 상류로 올라가면 둑이 있고, 그 위에 파랗게 고인 물이 세 방향으로 갈라져 한 줄기는 통으로, 한 줄기는 건너편 절벽의 숲속으로, 나머지는 둑 구멍으로 콸콸 땅을 울리며 떨어져 내렸다. 날아오르는 비말, 끓어오르는 거품, 깎아지른 벼랑, 옆으로 튀어 오르는 물을 보면 참을 수 없는 외로움과 두려움에 휩싸여 그저 빨리 집에 가고 싶다, 가고 싶다, 하는 생각만 들었다. 그 폭포수 아래 주인을 누구는 갓파라고 했다. 누구는 2미터나 되는 잉어라고 했다. 그리고 둘 다 실제로 본 사람에게서 들은 이야기

● 축의금 따위를 낼 때 봉투에 묶는 끈.

라고 했다. 매년 어린이 한두 명이 갓파인지 잉어인지 하는 주
인에게 붙잡혀 반드시 목숨을 잃기에 가여운 그들을 위해 자
갈이 깔린 모래사장에 소토바[●]가 세워졌다. 그 아이들은 어떻
게 되었을까. 거기다 바람에 물결치는 널찍한 푸른 들판을 보
고 있으려니 갑자기 감정이 북받쳐 올라 금세 눈꺼풀에 눈물
이 맺혔다. 마음속 깊고 깊은 곳에서 감정이 끓어올라 멈출 줄
몰랐다. 우는 얼굴을 감추기 위해 열심히 발밑을 응시하며 너
덧 채 띄엄띄엄 늘어선 초가집 가운데 한 곳에 들어갔다. 그곳
은 그물을 빌려주기도 하고 낚시 도구를 팔기도 하는 곳으로,
태양에 빛이 바랜 다다미 위에 여러 가지 색을 칠한 호리병 모
양, 도토리 모양, 원형으로 만든 찌와 실패, 낚싯대 따위가 줄
줄이 놓여 있었다. 마당 앞으로 흐르는 도랑에서는 송사리와
새우가 헤엄치고, 논두렁길에는 배슬대는 어린 상수리나무가
늘어서 있었으며, 푸른 논 끝은 언덕을 이루어 새카만 숲으로
하염없이 이어져 있었다. 형은 그물을 들고, 나는 어망을 늘어
뜨린 채 둘 다 맨발로 폭포 측면에서 절벽을 내려와 건너편 벼
랑의 오목한 곳을 뒤지며 걸었다. 형은 얼마 전까지만 해도 표
주박 모양밖에 나오지 않던 그물이 이제는 둥글게 펴진다면
서 기뻐서 어쩔 줄 몰라 했지만 도무지 나한테는 재미도 없고
의미도 없었다. 나는 매미 우는 소리를 음악 삼아 논두렁에 핀

● 죽은 이를 기리며 세우는 길쭉한 비석.

자운영을 보며 강물에 드리운 어슴푸레한 숲 그늘에 서 있었는데 형이 어쩌다 메기나 피라미 한두 마리를 잡아서는,

"나도 이제 실력이 늘었네, 늘었어."

라고 하며 내가 들고 있는 어롱에 넣었다. 물고기가 숨을 쉴 수 있도록 어롱을 물에 담그고는 녀석들과 친구가 된 기분으로 들여다보는데 나처럼 겁이 많은 물고기들은 살짝만 흔들려도 깜짝 놀라 주둥이를 뻐끔거렸다. 그사이에도 형은 자기가 그물 치는 모습을 보지 않는다고 내게 잔소리를 했다.

하루는 또 그렇게 강에 들어가 서 있다가 발밑에 있는 새하얀 돌을 주우려고 허리를 구부렸다. 형은 곧장 그 모습을 보고,

"뭐 해?"

라고 했다.

"돌을 줍고 있어."

"멍청한 놈."

나는 이제 더는 두렵지 않았다. 얼마 전부터 거듭 깊이 생각한 바가 있었다.

"형."

나는 뒤에서 조용히 형을 불렀다.

"형은 물고기를 잡는데 왜 나는 돌을 주우면 안 돼?"

형은,

"건방진 소리 하지 마."

하고 성질을 냈다. 나는 냉소적으로 웃으며 형의 얼굴을 똑

바로 응시하고 말했다.

"내가 한 말에 잘못된 점이 있다면 알려줘."

형은,

"맞고 싶냐?"

라고 하며 손을 들었다. 나는 말없이 늘어진 나뭇가지 끝에 어롱을 걸고 언덕을 올라 집으로 향했는데, 어스름한 나무 그늘 속에서 허리를 숙이고 있는 형이 가여워지면서 말은 저렇게 해도 분명 쓸쓸할 거라는 생각에 벼랑 위에서 목청껏 소리쳤다.

"형, 형, 내가 같이 있어줄까?"

형은 듣는 둥 마는 둥 하는 얼굴로 그물을 정돈하고 있었다.

"잘 가라."

나는 침착하게 모자를 집어 들고 혼자 집으로 돌아왔다. 그 후로 우리는 두 번 다시 함께 나가지 않았다.

8

집 근처에 자르고 남은 뽕나무가 있었는데 기분 전환도 하고 교육에도 도움이 될 거라는 아버지의 판단 아래 이웃에서 애벌레를 조금 얻어다가 누에를 친 적이 있었다. 어머니와 이모는 괜히 귀찮기만 하다고 했지만 은근히 자신이 있는 모양인지 두 번 다시 오지 않을 고생스러운 옛날을 떠올리며 기꺼이 뽕잎을 썰어주었다. 처음에는 그저 이파리 밑에 숨어 있던 누에가 날이 갈수록 커져서 둥그런 머리를 곤두세우고 끝에서부터 먹어가기 시작했다. 나도 작은 양갱 상자 안에 대여섯 마리를 넣어달라고 해서 가져왔는데, 이모가 누에님은 본디 공주님이었다고 알려주어서 나는 잘 때마다 "안녕히 주무세요" 하고 인사를 하고, 아침에는 "안녕히 주무셨어요?" 하고 인사를 하며, 집을 비울 때는 잘 보살펴달라고 누군가에게 단단히 부탁을 한 뒤 학교로 향했다. 집에 돌아오면 누나는 수건을 쓰고 앞치마 양 끝을 허리띠에 끼운 채 뽕을 따러 가고 나는 소쿠리를 안고 그 뒤를 따른다. 그렇게 손끝이 검게 물들어서는 손이 닿는 대로 맛있어 보이는 이파리를 가려내 땄다. 차가운 입술에서 뿜어져 나오는 실의 아름다운 광택이 철천지원수라도 되는지, 머나먼 옛날부터 사람의 손에서 자란 이 벌레는 스스로 먹이를 찾으려 하지 않고 거적 위에 머리를 나란히 한 채 온순하게 뽕잎이 떨어지기만을 기다렸다.

"이렇게 예의가 바른 걸 보면 분명 공주님이었을 거야."

이모는 자못 진짜처럼 말한다. 누에가 풍기는 풋내하며, 몸이 차가운 것도 처음에는 기분이 나빴지만 공주님이라고 생각하면 뭐든 아무렇지 않아져서 등에 난 초승달 모양의 반점을 귀여운 눈처럼 여기게 되었다. 공주님은 네 번의 명상을 거친 뒤● 몸이 투명하게 보일 만큼 맑고 깨끗해지면, 뽕잎마저 멀리하며 좌고우면하다가 입적할 곳을 찾는다. 그것을 가만히 누에고치 선반에 옮기면 마침 알맞은 곳에 몸을 누이고, 조용히 고개를 움직이며 자기 몸을 숨기기 위해 새하얀 덮개를 짜내기 시작한다. 처음에는 그저 고개를 끄덕이는 것처럼 보이다가 어느 틈엔가 모양이 은은해지면서 놀라운 신통력으로 베틀도 없이 짜낸 가마니 모양의 둥근 고치만이 선반 위에 동그마니 남는다. 홀로 남겨진 기분이 된 나는 언제까지나 소중히 간직할 거라며 내놓지 않았지만 어머니와 이모는 그걸 데격 낚아채 냄비에 넣고 끓였다. 그렇게 연노란 빛깔로 젖은 실을 빙글빙글 실패에 말면 고치가 무참히 풀어지며 마지막에는 번데기 모양의 사체가 나온다. 형은 그것을 찌 상자에 넣고 낚시터로 달려갔다. 공주님의 꿈은 그런 식으로 깨어지고, 실은 베 짜는 집으로 보내져 이상한 시골 줄무늬로 짜였다.

양갱 상자에 넣어둔 몇 마리의 누에고치는 종자로 삼기 위해 남겨두었지만, 내 마음이 하얀 고치 안쪽까지 닿았는지, 아니면 공주님이 반짝이며 빛나는 여름을 보내기 아쉬웠는지, 얼마 후 공주님은 새까만 눈 위에 아름다운 눈썹을 치켜뜨며, 새로운 기쁨에 몸을 떠는 날개까지 펼치고서 지난날의 생김새는 그림자도 없이 귀여운 자태를 드러냈다. 그리하여 좌로 우로 원을 그리며 함께할 반려를 찾아 헤매는 모습

● 누에가 네 차례 휴면기를 거친 뒤 탈피해서 고치가 됨을 뜻한다.

을 나는 대나무 속에서 나온 사람보다 훨씬 더 신기하게 바라보았다. 누에가 늙어서 고치가 되고, 고치가 풀어져 나비가 되며, 나비가 알을 낳는 모습을 보면서 나의 지식이 완성되었다. 그것은 진정으로 불가사의한 수수께끼의 고리였다. 나는 언제나 이렇게 어린아이처럼 경탄하며 주변 사물을 바라보고 싶다고 생각했다. 사람들은 많은 것에 익숙해지면서 그것이 그저 당연한 일이라고 받아들이며 지나치기 마련이지만, 생각해보면 매년 봄마다 새싹을 틔우는 나무도 해마다 새삼 우리를 놀라게 하기 마땅하며, 그 사실을 알지 못한다면 우리는 이 작은 누에고치에 감싸인 약간의 진실마저도 알지 못하는 것일 테니.

그 알이 부화할 즈음에는 뽕나무가 많이 줄었고 일손도 부족해 도저히 그 많은 누에를 기를 형편이 안 되었다. 식구들은 조만간 참새들이 먹어버릴 거라는 얕은 생각에서 작년부터 공주님과 형제가 된 내가 집에 없는 틈을 타 반 정도를 몰래 뒷마당에 버려두었다. 그것을 뽕 따러 갔던 내가 발견하고 깜짝 놀라 허겁지겁 이유를 물었지만 다들 별다른 말도 없이 고개를 돌리며 상대도 해주지 않았다. 이윽고 상황을 파악한 나는 부디 다시 주워 길러달라고 손이 발이 되도록 빌었지만 아무리 해도 내 말을 들어주지 않았다. 식구들은 자기들의 늙고 교활한 궤변이 순진무구한 아이의 자비심을 꺾을 수 없다는 걸 깨닫고, 그저 고함치는 것으로 내게 으름장을 놓으려

했다. 나는 억울함과 미움이 끓어올라 모두를 노려보며 미친 사람처럼 욕을 한 끝에 뒷마당으로 달려가 울음을 터뜨렸다. 그때 만약 내게 식구들을 제압할 힘이 있었다면 그 사람들을 염주 알처럼 줄줄이 꼬아 참새 모이로 던져주었으리라. 그 뒤로는 매일 머리가 아프다며 학교에서 일찍 조퇴해 고개를 저으며 굶주림을 호소하는 형제들에게 뽕잎을 뜯어주었지만, 허약한 녀석들은 밤낮으로 불어닥친 추위와 더위를 견디지 못하고 매일 조금씩 흙 속에 파묻혔다.

비 내리는 저녁이었다. 집에서 아무리 불러도 답이 없기에 이모가 나가보니 내가 버려진 누에들 위로 우산을 씌워주고 있었다. 그때 나는 이모 얼굴을 보자마자 왕 울음을 터뜨리며 이모 앞치마에 얼굴을 묻었다. 불심 깊은 이모는 어떻게든 해주고 싶었지만 어쩔 도리가 없어 하염없이 염불만 외다가 이윽고 나를 데리고 집으로 들어갔다. 나중에 식구들은 거기서 조그마한 자갈 비석을 발견했는데 그 위에는 나의 글씨체로 "아, 고귀하고 명예로운 충신의 묘"라고 쓰여 있었다.

9

하나는 나의 처지, 또 하나는 나의 성격으로 인해 고뇌 많은 조숙한 나에게 더할 나위 없는 위로가 되어준 것은 그림을 그리는 일이었다. 나는 아버지에게서 시조파* 그림을 뛰어나게 잘 그렸던 영주님의 하사품이었다는 밑그림 족자를 받아서 가지고 있었다. 나에게는 비장품이었고 이모에게는 강아지님이나 입술연지 소와 함께 나의 울화증을 잠재우기 위해 재깍재깍 꺼내 오는 비범한 묘약이었다. 족자에는 백로며 학이며 소나무며 해돋이며 아름다운 자연 중에서도 아름다운 것들이 모여 있었고 아직은 여전히 덧없이 맑기만 한 나의 마음을 말할 수 없는 꿈과 동경의 도취로 가득 채워주었다. 그즈음 나는 그 그림을 보기만 하는 데 만족할 수 없었기에 세상 무엇보다 그런 것을 싫어하는 형이 기분 나빠 할 줄 뻔히 알면서 나의 그림 도구와 누나한테서 물려받은 붓빠는 그릇을 친구 삼아 구사조시 그림을 본떠 그리기도 하고 난이도가 쉬운 밑그림을 베껴 그리기도 했다. 부모님에게 사달라고 아등바등 졸랐던 이 그림 도구는 허름한 남색 상자 안에 여덟 종의 물감과 붓 한 자루가 들어 있었고 상자 표면에는 사자가 뛰어오르는 상표가 붙어 있었다. 하여간 그림은 누구 하나 가르쳐주는 사람이 없어 방에 틀어박혀 수차례 잘못 그리기를 반복하며 한참을 고심했고, 선 한 줄 긋는 법, 색깔 하나 내는 법도 모두 나 혼자 궁리해서 알아내야 했다. 그

● 교토 시조에 살았던 에도 시대의 화가 마쓰무라 고슌(1752~1811)을 잇는 일본화의 한 부류.

럼에도 이것이 내게는 이른바 자유로운 창조 활동이었다. 유대인의 신이 저 만물을 창조할 때도 내가 한 마리 새, 한 송이 꽃을 그린 만큼의 만족감을 얻었을까. 빨강과 노랑을 섞어 주황을 얻었다는 단지 그 사실만으로도 나는 기뻐 날뛸 만큼 행복했다. 형은 아니나 다를까 몹시 언짢아하면서 모처럼 잘 그린 그림을 책상 위에 올려놓고 바라보고 있는 내 옆으로 다가와 일부러 못 그렸다며 마구 깎아내렸지만, 기쁨과 힘이 넘치는 이 작은 창조주의 용기를 꺾지는 못했다. 나는 구사조시의 오이란이나 공주님의 기모노 색을 고르고, 또 턱 아래 힘줄 하나를 넣고, 양쪽 눈썹의 올라간 방향을 다르게 그리는 등 내가 좋아하는 요소를 다양하게 더한 뒤 오래전 천지를 창조한 신처럼 내가 만든 작품을 사랑스러운 연인이라고 생각하며 소중히 서랍 속에 넣어두었다. 하지만 한편으로는 종이 위에 그린 이 아름다운 것을 현실 세계에서 찾아낼 수 없을 거라고 생각하면 헛되이 조바심만 났다.

나는 또 노래 부르는 걸 무척 좋아했다. 노래를 못 부르게 하는 형이 없을 때를 틈타 구름 한 점 없는 밤하늘에 밝게 뜬 달을 올려다보며 조용조용 노래를 부르면, 어느새 눈꺼풀에 눈물이 고이면서 달에서 반짝반짝 후광이 비치기 시작했다. 이따금 목소리 좋은 누나 친구가 놀러 와서 노래를 알려주기도 했다. 학교에서는 내가 제일 잘 불렀지만 누나 친구의 부드럽고 황홀한 목소리 앞에 서면 긴장이 되어서 나는 작은 목소리로 뒤따라 부르기만 했다. 그곳은 케이와 늘 함께 놀던 창가였다. 벽오동 이파리가 바람에 닿자 벌레가 울고, 해오라기 무리가 끽끽 울며 날아가는 밤이 많았다…….

10

내가 가장 싫어하는 교과목은 수신이었다. 고등과부터는 패도를 접고 교과서를 사용하게 되었는데, 어떤 이유에서인지 표지는 지저분하고, 삽화는 수준 미달이며, 종이 질이나 활자마저 거친 손으로 잡기조차 꺼려지게 너저분한 데다가 실려 있는 내용도 온통 효성 지극한 아들이 영주에게서 포상을 받았거나 정직한 사람이 큰 부자가 되었다는 이야기 투성이였다. 아무런 멋도 감동도 없었다. 한술 더 떠서 선생님은 그저 가장 낮은 수준에서 공리적인 설명을 더하는 것 외에 다른 능력이 없었기 때문에 모처럼의 수신 수업임에도 나를 조금도 선량하게 만들지 못했을 뿐만 아니라 오히려 완전히 반대의 결과를 끌어냈다. 고작 열한 살, 열두 살이 된 아이의 뻔히 드러나는 식견, 나 혼자만의 경험에 비추어 보아도 그런 것은 도무지 납득이 안 갔다. 나는 수신 교과서가 인간을 속이는 책이라고 생각했다. 그런 까닭에 태도가 나쁘면 품행 점수가 깎이는 무시무시한 시간에 턱을 괴거나 한눈을 팔거나 하품을 하거나 콧노래를 부르며 최대한 품행을 나쁘게 해서 억누르기 힘든 반감을 드러냈다.

학교에 들어와 '효행'이라는 말을 백만 번은 들었을 것이다. 효도는 반드시 갖추어야 할 덕목이며, 생을 즐기고 더할 나위 없는 행복을 누리는 감사한 일보다 우위에 두었다. 그런 것이 나처럼 일찍이 인생의 쓴맛을 보기 시작한 어린이에게 무슨 권위가 있겠는가. 나는 효를 그렇게 중시하는 이유를 어떻게든 듣고 싶어서 하루는 다들 악성 종기처럼 건드리기가 두려워 그저 말없이 받아들이는 효도에 대해 질문을 했다.

"선생님, 인간은 왜 효도를 해야 하나요?"

선생님은 눈을 동그랗게 뜨고는,

"배고플 때 밥을 먹여주는 것도, 몸이 아플 때 약을 떠먹여주는 것도 모두 어머니 아버지지."

하고 말했다. 나는,

"하지만 저는 그다지 살고 싶다는 생각은 없는데요."

선생님은 이윽고 얼굴을 찡그리며,

"어버이의 은혜는 바다보다 깊고 산보다 높은 거다."

"하지만 저는 그런 걸 몰랐을 때 훨씬 더 효도를 잘했는데요."

성질이 난 선생님은 모두에게 말했다.

"왜 효도를 해야 하는지 아는 사람 손 들어봐."

우리 반에서 못난 녀석은 나 하나뿐이라는 듯이 다들 일제

히 손을 들었고 나는 선생님의 불합리하고 비겁한 방식에 가
슴속에서 터질 듯한 분노가 일었다. 나 혼자 부끄러워 얼굴이
빨갛게 달아올랐고 아이들은 그런 나를 곁눈질로 빤히 바라
보았다. 나는 분했지만 그냥 그대로 아무 말도 하지 않고 입
을 다물어버렸다. 그 뒤로 선생님은 언제나 이런 유효한 수단
을 이용해 질문을 던지는 내 입을 꿰매버렸고, 나는 그런 굴
욕을 되갚기 위해 수신이 있는 날마다 결석을 했다.

11

어느 밤 문득 한 친구가 쇼린지로 놀러 가자고 해서 따라갔
다. 절에는 나이와 학급이 나보다 하나 아래인 사다라는 아이
가 살았는데, 안면은 있었지만 친구가 될 기회도 되고 싶다는
바람도 없이 지내왔었다. 처음이라 불안감과 호기심에서 문
짝이 없는 절의 입구로 들어갔다. 전에 본 적 있는 불당 우물
옆의 물푸레나무 그늘로 가서 둘이 번갈아가며 불렀더니 사
다가 안쪽 현관문을 덜컹덜컹 열고 나와 우리를 거실로 안내
했다. 사다네 식구들은 모처럼 나타난 손님을 위해 일부러 소
중히 간직해두었던 램프를 꺼내 왔는데, 그 무렵 보기 드문
오래된 형태로, 사방이 유리로 된 상자 속에 램프를 넣는 식
이었다. 우리는 상하좌우로 마구 퍼지는 밝은 빛 속에서 장기

짝을 차례로 쓰러뜨리는 놀이도 하고 주사위를 던져 말을 도쿄에서 교토까지 보내는 놀이도 했다. 출발지인 니혼바시에 가다랑어가 그려져 있었던 것도, 고유•를 '오아부라'라고 읽어서 웃었던 것도 기억난다. 태어나 처음 하는 밤의 놀이였고, 아이들을 좋아하는 유쾌한 어른이 함께 놀아주는 것도 기뻐서 초면인데도 뜻밖에 큰 소리로 까불며 신나게 놀았다. 원래 나는 걸핏하면 몸이 아파서 형제들 중에 보살핌을 제일 많이 받고 상당히 제멋대로 자라기는 했지만, 앉으나 서나 사방팔방에 금지된 것들이 많아서 아이가 놀아야 할 놀이를 한 적도 없고 놀 곳도 없었기에 문짝 없이 활짝 열린 절 안은 나에게 도저히 잊을 수 없는 자유로운 세상이었다. 그런 인연으로 사흘이 멀다 하고 놀러 갔다. 다양한 이유로 천진난만함이나 쾌활함처럼 다른 아이들이 지닌 행복의 많은 부분을 잃어버린 아이답지 않은 아이가 진정으로 아이다운 아이로서 무아지경의 즐거운 시간을 보내고 나니, 움츠러들기만 하던 우울한 내가 태양 빛 아래서 얻을 수 있는 자연에 대한 아이다운 지식을 쌓게 되었고, 형이 그토록 비난했던 나의 타고난 성질을 더욱 북돋아 키워서 훗날 나라는 사람을 형성하게 되었으니 쇼린지 경내는 이런저런 점에서 나에게 의미가 특별했다.

● 도카이도 역참의 이름으로, 아이치현에 있다. 한자로는 '御油'라고 쓰는데, 음독으로는 '기름'을 뜻하는 '오아부라'라고 읽을 수도 있다.

에도 시대의 지도에 나올 정도로 고위급 무사들이 출입하는 절이었지만 메이지 유신 이후 모두 뿔뿔이 흩어졌고, 어쩌다가 이곳에 발을 들인 자들도 대부분 몰락해서 절은 자연스레 궁핍해지고 해마다 황폐해졌다. 그래도 이모 등에 업혀 갔을 때 본 형태는 대체로 그대로 남아 있었고, 현관 칸막이 공작새는 여전히 우아한 자태를 뽐내며 호화로운 꼬리를 늘어뜨리고 있었으며, 색색이 활짝 핀 모란꽃에는 지금도 옛꿈에 취한 듯 나비 몇 마리가 날아다니고 있었다. 키 큰 가시나무 울타리를 사이에 두고 왼쪽은 절의 부엌이었고, 그 길을 따라 오른쪽으로 돌면 안뜰에 화단과 딸기밭이 있었으며, 자르고 남은 노목들이 여기저기에 크고 어두운 그늘을 드리우고 있다. 거기서 오른쪽으로 구부러져 돌면 서쪽으로 본당이 있고 마당 구석에 거목 향나무가 있었는데, 바위 혹처럼 생긴 밑동은 정원 한가운데로 뻗어나가고, 가로세로로 뻗은 가지는 수백 명이 넘는 행각승을 쉬게 하는 초록의 천막이 되었으며, 우리를 위해서는 저물녘 내리는 비를 피할 수 있는 곳이자 여름날의 서늘한 그늘이 되어주었다. 거기서 한 계단 낮아진 벼랑 끝 밭에는 무와 유채꽃이 자라고, 쥐참외와 덤불이 가득 자란 공터 속에는 오래된 우물이 있어 바닥에서 모기떼가 윙윙 올라오곤 했다. 향나무 뒤 얼룩조릿대가 자란 흙둑 위로 난 좁은 오솔길을 따라 북쪽으로 나가면 온통 밤나무가 자란 묘지가 나왔는데 밤꽃이며 밤나무 이파리며 밤송이 가시 천지였고, 검붉게 물든 석탑 위로 육지 플라나리아가 자주 기어다녔다.

사다는 익살스럽고 마음씨가 착해서 뭐든 내가 하자는 대로 다 놀아주었다. 그때까지 대문 밖 놀이를 제대로 한 적 없어 그 분야 지식이 전무했던 나는 사다를 선생님으로 모시며 사이좋게 놀았다.

12

봄철이면 언덕 하나 너머 넓은 들판으로 나가 연을 날린다. 사다의 연은 수염 달린 달마였고, 내 것은 창호 살을 댄 긴타로였다. 맨 처음 가는 실을 따라 내 마음대로 움직이던 연은 높이 날아오를수록 자기주장이 강해져서 마지막에는 실 한 가닥을 쥐고 넋을 잃은 채 하늘을 올려다보는 주인을 지배한다. 윙윙 신음하고 흔들흔들 꼬리를 흔들며 광활한 하늘의 바다를 헤엄치는 듯 보인다. 줄이 너무 팽팽하거나 뭔가에 걸려서 연이 휙휙 돌기 시작하면 왠지 겁이 나서,

"그만, 그만."

하고 어르고 달래면서 열심히 실을 풀어 연의 기분을 풀어준다. 소방대장의 아들이 띄워 올린 연은 반쪽 종이 여덟 장을 댄 크기의 격자무늬 연이었다. 등나무로 만든 툭 튀어나온

울림통에서 가슴이 후련해지는 소리를 뿜어내며 긴 꼬리 끝이 힘껏 튀어 올랐고, 팽팽하게 당겨진 실타래 근처에서 다른 연을 끊어내기 위한 금속 칼이 번쩍번쩍 빛났다. 아랫동네에 사는 짓궂은 꼬마가 띄운 무시무시한 귀신 연 두 장은 모두에게 미움을 샀다. 그놈은 처음부터 시비를 걸 목적으로 꼬리도 붙이지 않고 다른 연의 실을 끊어낼 생각만 했고, 이잉이잉 기분 나쁜 종이 소리를 내며 공격하려 다가왔다. 강한 실에 매달려 한층 인상을 찌푸린 귀신 연은 정신 나간 사람처럼 가까이 있는 연에 달려들어 새로 발명한 갈고리 닻줄로 곧장 상대방 연의 실을 썹어버렸다. 우리는 그 싸움 연이 안 뜬 날을 골라 띄우러 갔다. 한 손으로 무거운 실타래를 들고 한 손으로 연에 묶인 실을 재갈 모양으로 쥐면, 연은 경마장의 말처럼 빠른 속도로 날뛰는가 하면 걸핏하면 툭툭 날아오르려 했다. 바람이 많이 부는 봄 하늘에 지지 않으려 애쓰며 기를 쓰고 있으면 내 연만 유독 눈에 들어왔다. 이도 저도 다 잊고 연을 날리는 동안 어느새 이웃집 아이들이 모두 돌아가고 해가 저물기 시작한 들판 한가운데에는 나와 사다 둘만 남았다. 문득 그 사실을 눈치채고 갑자기 불안해져서 실타래를 감아볼라치면, 그럴수록 더욱 팽팽해져서 아무리 조바심을 내도 좀처럼 내릴 수가 없었다. 그사이 해는 점점 더 저물고, 시시각각으로 어두워지는 하늘에 긴타로와 달마의 눈동자만 보였다. 서로의 마음을 누구보다 잘 알면서 지기 싫은 마음에 태연한 척 꾸며내며, 밤새도록 연을 못 내리면 어쩌나, 연을 높이 떠오르게 하지 말걸 그랬다는 생각을 하다 이윽고 연이 내려와 실을 다 감으면 그때까지 가슴속에 가득했던 두려움이 가라앉으면서 문득 서로 얼굴을 마주 보고 아하하 웃었다. 그러면서,

"아까는 큰일 났네. 어쩌면 좋나 했어."

하고 본심을 내뱉으며,

"우리끼리 비밀로 하자."

하고 굳게 약속한 뒤 돌아갔다.

13

여름에는 날마다 매미 잡기에 골몰한다. 감탕나무 껍질을 빻아 만든 끈끈이로 잡으면 날개가 더러워졌기에 백설탕을 정제한 가루를 담은 주머니를 장대 끝에 달고 마당에서부터 무덤가까지 매미를 찾으러 간다. 나무가 많아 한 바퀴만 돌아도 정나미가 떨어질 정도로 많이 잡힌다. 기름매미는 시끄럽기만 하고 성가시고 못생겨서 잡아도 의욕이 안 생긴다. 참매미는 통통하고 맴맴 우는 소리도 익살맞다. 애매미는 노랫소리가 재미있어서 날렵한 놈을 노려보다가 악착같이 뒤쫓는다. 저녁매미는 손에 잡히지 않는다. 암컷 매미가 소리도 못 내고

자루 속에서 몸부림치면 안쓰럽다.

또 우리는 각각의 계절마다 열매가 열리는 나무를 찾아 작은 새처럼 돌아다닌다. 파르스름한 자두나무 꽃이 진 뒤 콩만한 열매가 날로 부풀어 오르는 모양새를 답답하게 지켜보다가 어느새 참새알 정도에서 비둘기알만큼 커져서 서서히 누런빛을 띠고 나중에는 뺨처럼 불그레한 빛을 띠며, 끝으로 가지가 휘어져 닿는다. 그러면 배탈이 나지 않는 선에서 쉬지 않고 끊임없이 따서는 자두 트림이 나올 때까지 먹는다. 그래도 다 못 먹으니까 너무 익어서 보라색으로 곪은 자두가 우거져 뚝뚝 떨어진다. 그것을 노리고 있던 까마귀가 날아와 밉살스럽게 엉덩이를 흔들며 콕콕 쪼아 먹는다.

가장 기대되는 건 밤송이였다. 한 사람은 대나무 장대를 들고, 또 한 사람은 소쿠리를 안고서 매의 눈으로 무덤가를 걷는다. 반짝반짝 이슬이 맺힐 만큼 도톰한 녀석을 발견했을 때의 기쁨이란. 장대 끝으로 툭툭 치면 밤송이가 통통 흔들리며 대단히 맛있을 것 같은 기운이 샘솟는다. 그때 와락 한 방 친다. 우수수 떨어진다. 냉큼 가서 주워 담는다. 세 개 중 하나는 시험 삼아 먹어치운다. 딸기도, 감도.

앵두와 대추는 그리 좋아하지도 않으면서 가지에 하나도 남기지 않고 게걸스럽게 다 먹는다. 모과는 나무의 생김새와 어울리지 않게 귀여운 꽃이 피고, 그 꽃에 어울리지 않게 우락부락한 열매가 맺힌다. 털썩털썩 떨어지기는 하는데 향기는 좋아도 떫은 데다가 베어 물려 해도 돌처럼 딱딱해서 이도 안 들어간다.

넓은 마당 곳곳에 조성된 화단과 수많은 나무에는 그때그때 끊이지 않고 꽃이 피었다. 백합, 해바라기, 금잔화, 천일홍, 물고기의 알을 닮은 종려나무 꽃 등.

이 뜰의 자연이 나의 마음을 가장 즐겁게 하는 계절은 초여름이었다. 늦봄 안개로 훗훗한 대기 중에 남풍과 북풍이 번갈아 불며 변덕스럽고 침착하지 못한 계절이 지나면, 세상은 그야말로 생기발랄하고 맑고 상쾌한 초여름의 영역으로 들어선다. 하늘은 물처럼 맑고, 햇빛은 넘실대며, 산들바람은 솔솔 불고, 수국의 그림자가 한들거리며, 저 음울한 향나무마저도 기분 탓인지 평소와 달리 환하게 보인다. 개미는 여기저기 탑을 세우고, 날벌레는 구멍을 나와 세상이 제 것인 양 빙글빙글 날고, 귀여운 거미 새끼는 나뭇가지나 처마 그늘에서 해질 녘 춤을 추기 시작한다. 우리는 등불 심지로 유충을 잡고, 땅벌의 구멍을 메우며 윙윙거리는 소리에 귀를 기울이고, 매미의 허물을 찾고, 송충이를 찌르며 걷는다. 모든 것이 어리고 즐거우며 생기 있는 가운데 미워할 것이라고는 무엇 하나 없다. 그럴 때 나는 어둑어둑한 향나무 그늘에 서서 고요히 어둠 속에 잠기는 먼 산의 빛을 멍하니 바라보기를 좋아했다. 푸른 밭이 보이고, 숲이 보이고, 바람에 돌아가는 물레방아 소리와 개구리 우는 소리가 들리고, 맞은편 고지대 나무숲 속에서는 종소리가 굉굉 울려온다. 우리는 하늘에 남아 있는 석양빛을 받으며 나긋나긋하게 날개를 저으며 날아가는 해오라기 떼를 배웅하면서 저녁노을의 노래를 부른다. 가끔은 백로도 긴 다리를 뻗으며 날아간다.

14

지상의 꽃을 따뜻한 꿈으로 감싸며 뭉근하게 미소 짓게 만드는 은빛 아지랑이 속에서 꿈의 나라 여왕처럼 화단 곳곳에 흰색, 붉은색, 자주색 모란이 핀다. 마찬가지로 꿈에서 팔랑팔랑 날아든 나비는 다양한 날개옷을 입고서 꽃을 희롱하고, 얼룩덜룩한 투구벌레는 꽃가루로 뒤덮여 꿀에 흠뻑 취한다. 평소에는 굳게 닫혀 소리도 나지 않는 별채의 장지문이 열리고 팔걸이에 기대 쉬는 노승이 모습을 드러내는 것은 이 무렵이다. 노승이 아끼는 별채 앞 모란 고목은 담홍색 홑겹 꽃잎에 향기로운 숨을 머금고 탐스럽게 꽃을 피운다. 좁은 안뜰을 사이에 두고 자리한 안채와는 활 모양으로 굽은 다리로 이어져 있고, 볕이 잘 드는 툇마루 밑에는 베고니아가 덤불져 있으며, 맞은편 왼쪽 끝에는 벽오동, 오른쪽 끝에는 쪽동백이 시원한 그늘을 드리운다. 올해로 일흔일곱 살이 된 노승은 거기 틀어박혀 아침저녁으로 경문을 욀 때 빼고는 아무 소리도 내지 않는다. 우리는 그저 열린 문틈 사이로 내내 흘러나오는 불향 냄새를 맡으며 거기 돌부처처럼 쥐 죽은 듯 조용히 앉아 있는 사람이 있다는 것을 알 뿐이었다. 간혹 노승이 차를 마시고 싶을 때면 저녁매미 우는 듯한 소리를 내는 방울을 흔들기도 했다. 그 소리를 못 들으면 노승은 탁발승의 그릇처럼 생긴 찻잔을 손에 들고 터벅터벅 다리를 건너 스스로 차를 끓여 갔다. 또 가끔씩 절에 행사가 있으면 두건을 뒤로 젖혀 쓰고 한쪽 손에는 염주, 한쪽 손에는 지팡이를 짚고서 터벅터벅 걸어가는데 이 초라한 승려가 때때로 주홍 법의를 입는 사람이라고 생각하는 이는 아무도 없었다. 참으로 이 노승은 인간 세상과 다리 하나를 사이에 두고 떨어져 살면서 여름이면 모란이 핀다는 것 외에는 아무것도 모르는 듯 적막하게 수도 생활을 하고 있다. 나는 어린 마음에 어느 틈엔가 노승을 공경하는 감정이 생겨 어떻게든 저분에게 가르침을 받고 싶다는 생각이 들기 시작했다. 그 무렵에는 이미 절에 있는 사람들과 편한 사이가 되었기 때문에 사다가 있건 없건 매일같이 놀러 가서 늙은이처럼 허리에 손을 짚고 마당을 걷거나 차가운 무덤가를 걸으며, 이따금씩 인간의 삶과 나의 삶을 떠올리며 눈물을 글썽였다. ……쇠사슬을 질질 끌고 가는 죄수가 자신의 모습을 부끄러워하는 기분으로 늘 고개를 숙이고 발밑을 바라보며 생각에 잠겨 걷는 것이 나의 버릇이었다.

15

하루는 사다 없이 혼자 놀고 있는데 별채에서 저녁매미 방울이 울렸다. 때마침 다실에 아무도 없어서 나는 작심하고 별채로 갔다. 다리 건너 어둑한 방에는 횃대에 법의와 염주가 걸려 있고 안에서 그윽한 향이 새어 나왔다. 거기까지 가기는 갔지만 갑자기 주눅이 들어 망설여졌다. 귀가 어두운 노승은 발소리가 들리지 않았는지 또 카랑카랑 방울을 울렸다. 나는 간신히 맹장지를 열고 손을 짚었다. 노승은 무심히 커다란 차탁을 내밀다가 문득 얼굴을 보고는,

"오, 이런, 이런."

하고 말했다. 나는 눈꺼풀을 떨며 절을 하고 차탁을 받아 들고는, 부끄러운 듯, 기쁜 듯, 소원 성취를 한 듯한 기분으로 차실로 가서 전에 보았던 번차를 끓여서 들고 갔다. 다리가 풀려 흔들흔들했기에 까딱하면 쏟아질 것 같았다. 인사를 하고 차를 넣어드렸더니,

"오, 이런, 이런."

하고 노승이 말했다. 나는 조용히 맹장지를 닫고 안심하며 다리를 건넜다. 그 뒤로도 가끔씩 절 사람들 대신 차 심부름을 할 때가 있었지만, 그때마다 어떻게든 대화를 나눌 기회를 얻고 싶다고 바라기만 할 뿐 그 앞에 서면 아무런 말도 하지 못한 채 말없이 찻잔을 받아들고, 말없이 찻잔을 내밀고

돌아왔다. 노승은 올빼미처럼 수수께끼 같은 "오, 이런, 이런" 을 반복할 뿐 아무런 말도 걸지 않았다. 검게 칠한 차탁을 들고 다리를 건널 때 남천 열매를 따 먹으러 온 새끼 새가 황급히 날아오르는 바람에 차를 쏟은 적도 있었다. 달밤에 흰 꽃이 다리 위로 홀홀 떨어진 적도 있었다. 종종 그렇게 다리를 건넜지만 이 마른나무 같은 은둔자에게 말을 붙일 엄두를 내지 못했다. 그러던 어느 날 또 카랑카랑 방울이 울려서 평소처럼 찻잔을 두고 돌아가려는데 뜻밖에 뒤에서 나를 불러 세웠다.

"그림을 그려줄 터이니 종이를 사 오너라."

나는 여우에게 홀린 기분으로 당지●를 사다가 노승 앞에 내밀었다. 노승은 단단한 나무뿌리처럼 놓여 있는 팔걸이 옆에서 일어나 햇살이 잘 드는 옆방으로 나를 데려갔다. 방은 온통 적갈색으로 그을었고, 춘수●●라고 쓰인 작은 액자가 걸려 있었다. 전에 없이 가까이 마주 앉아 땀을 뻘뻘 흘리면서도 죽을 때까지 돌부처럼 앉아 방울만 울릴 거라 믿었던 노승의 일거수일투족이 신기해서 빤히 바라보았다. 노승은 커다란 벼루를 꺼내 와 먹을 갈게 하고, 붓을 들어 휘휘 저으며 수세미 그림을 그렸다. 이파리 한 장과 덩굴 하나, 수세미

● 중국에서 만든 종이를 이르던 말. 찢어지기 쉽지만 먹물이 잘 흡수된다.

●● '장수'라는 뜻. 《장자》 나오는 수명이 매우 긴 '대춘'이라는 나무의 이름에서 따왔다.

열매 한 개를. 그 위에 "세상을 까짓것 하고 우습게 여겨도 빈 둥빈둥 살아서는 살지 못함이니라"●라고 쓰고 사기로 만든 주전자 모양의 그림 도장을 찍고는 두리번두리번하더니 갑자기 껄껄 웃으며,

"자, 이걸 줄 테니 저리 가지고 가거라."

하고는 벼루를 선반에 올려놓고, 붓을 씻고, 서둘러 금강좌로 돌아가 원래대로 돌부처가 되어버렸다. 나는 수세미 열매 그림을 들고 나무에서 떨어진 원숭이처럼 부리나케 집으로 돌아왔다.

노승이 돌아가신 것은 그로부터 3년쯤 후의 일이다. 나는 중학교에 들어가고 사다는 봉공하러 떠나면서 절과는 인연이 뚝 끊어졌는데, 어느 날 밤 갑자기 노승이 돌아가셨다는 전갈이 와서 아버지와 함께 문상을 갔다. 노승은 별다른 지병 없이 그저 수명이 다했고 곳곳에서 주지를 맡고 있는 옛 제자들이 번갈아가며 돌봐왔다고 한다. 오랜만에 추억이 많은 다리를 건너는데 별채에서 향을 피우는 연기가 자욱하고 대반야회 때 본 적이 있는 스님들이 가득 모여 이야기를 나누고 있었다. 노승은 수세미 열매를 그려준 방에 자리 잡은 곡록 위에 금란가사를 걸치고, 불자를 든 채 오래전 돌부처처럼

● 15세기 승려 잇큐(1394~1481)의 문답 시. 먹을 수 없는 수세미를 하찮게 여긴 데서 비롯되었다.

적막하게 부좌를 틀고 있었다. 나는 그 앞으로 가서 옛날처럼 머리를 숙이고 분향했다. 우리가 소조 헨조라는 별명을 붙였던 덩치가 큰 스님이,

"대왕생이야, 대왕생."

하며 메밀만두를 우적우적 씹어 먹었다. 나는 그만 참지 못하고 나무에서 떨어진 원숭이처럼 달려 나갔다.

16

마침 좋은 길동무가 생겨서 이모가 대대로 내려오는 묘지에 참배도 하고, 또 문득 옛 고향 생각에 마음이 이끌려 잠깐 다녀올 요량으로 우리 집을 떠난 것이 벌써 몇 년 전 일이다. 그런데 고향에 다다르고 얼마 후 덜컥 병에 걸려 처음에는 회복이 어려울 거라는 말까지 나왔지만 아직 수명이 남았는지 어떻게든 완쾌가 되었는데, 연세가 연세인지라 몸이 많이 축나서 도쿄까지 오기가 어렵게 되었고, 당신도 포기해 연고가 있는 먼 친척 집에 들어가 빈집을 봐주는 일을 하기로 했다.

아이를 사랑한다면 여행을 떠나보내라는 아버지의 예스러운 생각에 따라 열여섯 살의 봄방학에 나는 천성적인 우울증도 달랠 겸 교토, 오사카, 고베 지역으로 여행을 가게 되었다. 집에서 우울증이 나았으면 돌아오라는 전갈을 받을 때까지

마음껏 놀았는데, 돌아가는 길에 그간 못 했던 작별 인사라
도 하려고 이모가 계신 곳을 찾았다. 이모가 사는 곳은 '오후
나테'라고 에도 시대 번의 나룻배 운행을 담당하던 무리가 살
았다는 강가의 작은 집들 중 한 곳이었다. 도무지 집을 찾을
수가 없었는데 해 질 무렵까지 포기하지 않고 여기저기 묻고
다닌 끝에 어느 잡화점 맞은편에 있는 절처럼 생긴 문 안으
로 들어갔다. 사람이 사는지 안 사는지 너무 낡아 텅 빈 집은
풀 한 포기, 나무 한 그루 없이 벌거숭이나 마찬가지였다. 나
는 활짝 열린 입구에 서서 두세 번 사람을 불러보았으나 전
혀 대답이 없었다. 모르는 곳이기도 했고 밤도 이슥해져 불안
해진 나는 주위를 둘러보았는데, 왼편에 뜰이라고 하기도 뭣
한 두 평 남짓한 공터 옆에 있는 작은 나무문이 눈에 띄었다.
가만히 열어 들여다보니 더러운 할머니가 어둠 속에 홀로 불
도 켜지 않고 툇마루 끝에서 새우처럼 허리를 굽히고 바느질
을 하고 있었다. 나는 들어오라는 소리도 없었는데 남의 집
뜰 안으로 들어왔다는 것이 마음에 걸려서 문득 뒤로 한발
물러섰지만, 이제 달리 갈 곳도 없기에 나무문 위로 몸을 구
부리고,

"실례합니다."

하고 말을 건넸다. 할머니는 아무것도 모르는 얼굴로 바늘
을 움직였다.

"실례합니다."

귀가 먹었나. 아까부터 짐 든 손이 너무 무겁다. 더는 견딜 수가 없어서,

"말 좀 물읍시다."

하고 안으로 쑥 들어갔더니 그제야 눈치를 챈 듯 고개를 훌쩍 들었다. 어두워서 잘 보이지는 않았지만, 늙어서 앙상하게 뼈만 남은 그 할머니는 분명 이모였다. 나는 헉하고 놀라 이모 얼굴을 뚫어지게 바라보았다. 이모는 황급히 바느질감을 치우고 손으로 마루를 짚으며 똑바로 앉더니,

"뉘신지요. 제가 요즘 통 눈이 보이지를 않아서."

"……."

"귀도 좀 멀었고요. 주위 분들에게 폐만 끼치고 있습니다."

그래도 내가 입을 꾹 다물고 있자 상체를 살짝 앞으로 내밀며 또 묻는다.

"뉘신지요."

나는 가슴이 벅차오르는 것을 꾹 참고,

"접니다."

하고 말했다. 그래도 여전히,

"도대체 뉘실까."

하며 나를 위에서 아래로 찬찬히 훑어보더니 뭐가 어찌 되었든 마음씨 착한 사람이 분명하다 싶었는지, 일어나 방 안쪽 화로 옆에 있던 얇은 방석을 불단 옆에 깔고는,

"자, 어서 이쪽으로 앉으세요."

하고 나를 초대하듯 허리를 굽혀 인사했다. 그 사이 나는 겨우 마음을 가다듬고 웃으며,

"이모, 모르시겠어요? ○○예요."

라고 하니,

"엇!"

하고는 툇마루 끝에서 날듯이 달려와 한동안 눈도 깜박이지 않고 내 얼굴을 빤히 쳐다본 끝에 닭똥 같은 눈물을 뚝뚝 흘리며,

"○○야, 그래, 그래, ○○야."

라고 하며 자신보다 한참 키가 커진 나를 머리부터 어깨까지 빈두로존자처럼 이리저리 어루만졌다. 그러면서 내가 사라져 갑자기 없어지기라도 할 것처럼 한시도 눈을 떼지 않고,

"세상에, 이렇게나 자랐으니 알아볼 수가 있나."

라고 하며 나를 화로 옆에 앉히고, 인사도 하는 둥 마는 둥 조금 더 나를 어루만지고 싶은지,

"정말로 잘 왔구나. 잘 왔어. 너를 다시 못 만나고 죽겠구나 생각했는데."

하고 앞으로 엎어지며 눈물을 닦았다.

17

이모는 낡아빠진 행등에 불을 밝히고,

"조금만 기다려다오. 내 잠깐 요 앞에 다녀올 테니."

라고 하며 다리가 안 좋은지 툇마루에서 무릎걸음으로 내려와 어디론가 갔다. 나는 혼자 멍하니 앉아 지금 보는 것이 마지막이겠구나 하고 생각했다. 그리고 상상 이상으로 이모가 많이 늙었고 내가 많이 컸다는 생각을 하는데 타닥타닥 발소리가 들리면서 이모가 모르는 사람 한둘을 데리고 왔다. 지금껏 살아남은 이모의 오랜 친구로, 가까운 곳에 살며 서로 이야기 나눌 상대가 되어준다고 했다. 이모는 너무 기뻐서 앞뒤 재지도 않고 도쿄에서 ○○가 왔으니 잠깐 집에 와주지 않겠느냐고 친구들을 불러 모은 것이었다. 별다른 용무가 없고, 느긋하며, 마음씨 좋은 이 사람들은 늘 귀에 딱지가 앉을 만큼 들어온 ○○가 도대체 어떤 아이인지 약간의 호기심을 가지고 모여든 것인데, 입이 닳도록 칭찬하던 ○○도 그저 평범한 아이인 것을 보고, 친절하게도 다시 집에 되돌아가서 불에 구우면 뱅글뱅글 말리는 수수 센베이를 잔뜩 가져와 설탕을 듬뿍 쳐서 불에 구워주었다. 내가 아직 식사 전이라는 사실을 눈치챈 이모는 다들 자기가 대신 가겠다고 했지만 그것이 자신의 행복한 특권인 양 고집을 부리며 가문의 문양이 그려진 등불을 들고 채소를 사러 나갔다. 그 후 사람들한테서 이 집여주인이 딸 시집간 곳에 꽤 오랫동안 도와주러 갔고 이모가 혼자서 집을 보고 있으며, 남에게 신세 지는 것이 염려되어 잘 보이지 않는 눈으로 집안일을 하고 있다는 이야기를 듣고 있는데 이모가 숨을 헐떡이며 돌아와 부엌에서 알전구를 켜고, 이것저것 저녁밥을 준비하며 도쿄에 사는 누구누구는 어떻게 지내는지 물었다. 다들 분위기를 봐서 각자 집으로 돌아갔다. 이모는,

"누추한 곳이라 이런 것밖에 없지만 들어보려무나."

하고 미안하다는 듯이 말하며 커다란 초밥 접시를 내 그릇 옆에 끌어두고, 불 위에 올려둔 냄비 속에서 김이 모락모락 솟는 익힌 가자미를 꺼내 잘라주며 더 필요 없다는데도,

"그런 말 말고 어서 먹어. 어서 먹어."

라며 접시에 즐비하게 가자미를 늘어놓았다. 놀라서 정신이 나간 이모가 환영의 마음을 어떻게 전할지 생각할 여유도 없이 생선 가게로 달려가 거기 있던 가자미를 있는 대로 다 쓸어 온 것이었다. 나는 기쁘기도 하고 고맙기도 한 마음으로 가자미 스무 마리를 바라보며 배불리 먹었다.

이모는 나중에 몸져눕는 게 아닐까 하는 생각이 들 정도로 내 주위를 빙글빙글 맴돌며 볼일을 해치운 뒤 무릎이 닿을 만큼 바싹 다가앉아 그 작은 눈 속에 내 모습을 십만억토●는

● 인간세계와 극락 사이에 있는 무수히 많은 불국토.

담아 가겠다는 듯이 빤히 쳐다보며 이런저런 세상 이야기를 했다. 눈도 침침한데 일 같은 건 안 해도 되지 않겠느냐고 말려보아도,

"뭐라도 해야 남들한테 폐를 안 끼치니까."

라고 하며 도무지 듣지 않았다. 나는 이모가 우리 집에 있던 시절을 떠올리며 지저분한 바늘꽂이에서 면직물 깁는 바늘을 한 개 뽑아 내일 일하기 편하도록 바늘구멍에 실을 꿰어두었다. 그런 뒤 피곤하기도 하고 이모 몸도 걱정이 되어 먼저 자리에 누웠는데, 이모는 "아미타불님께 감사 기도를 올립니다"라면서 불단 앞에 경건하게 앉아 낯익은 수정 염주를 손끝으로 굴리며 경을 읊기 시작했다. 병으로 허약해진 몸이 뻔득이는 촛불에 비쳐 비틀비틀 움직이는 것처럼 보였다. 시오텐과 기요마사의 난투극을 펼쳐 보여주었던 이모, 잠 깨라고 베갯머리 문갑에서 계피 막대 사탕을 꺼내주었던 이모, 그 이모가 그림자처럼 변해버렸다. 이모는 마침내 불경을 마치고 불단 문을 닫아 마루로 끌어놓으며,

"전에 몹시 아팠을 때는, 아, 이제 이 세상하고도 작별인가 싶었는데 수명이 더 남아 있었는지 다시 이렇게 사바세계에 남았어. 하지만 이 나이까지 살고 보니 언제 가더라도 이상하지 않다 싶어서 자기 전에는 부처님 곁으로 가게 해달라고 늘 기도를 해……."

내가 솜이불을 걷어내는 걸 보고는,

"추운데, 감기 걸리면 큰일이야."

"……."

"아침에 눈을 뜨면 오, 오, 아직 숨이 붙어 있구나 하고……."

이야기는 끝날 줄을 몰랐지만 나는 적당히 끝을 맺고 자기로 했다. 우리는 서로 잠을 방해하지 않으려고 자는 척했지만 둘 다 제대로 잠들지 못했다. 이튿날 아침, 아직 어스름한 새벽에 길을 떠나는 내 모습을 이모는 문 앞까지 나와 하염없이 지켜보았다.

그로부터 얼마 후 이모는 돌아가셨다. 오랜 세월 그토록 꿈꿔왔던 부처님 곁에 앉아 그날 밤처럼 경건한 자세로 감사의 기도를 올리고 계시리라.

18

열일곱 살의 여름을 나는 당시 친하게 지내던 친구 집 별장에서 혼자 보냈다. 예전에 형을 따라갔던 아름답고도 쓸쓸한 반도 해안의 언덕 아래 외따로 지어진 초가집이었는데, 근처에 홀로 사는 꽃을 파는 할머니가 나를 돌봐주기로 했다. 할머니는 돌아가신 이모와 동향 사람이어서 나로서는 나이로 보나 말투로 보나 괜스레 이모 생각이 났고, 할머니로서는 내가 사투리도 잘 알아듣고 옛날이야기를 하면 익히 들은 기억이 있다며 반색해서 우리는 금세 거리낌 없는 말동무가 되었다.

할머니는 처녀 적에 투전꾼 물주에게 시집가라는 오빠 말을 듣지 않아서 겨우 목화솜 100돈을 가지고 죽든지 살든지 알아서 하라는 소리를 들었다. 그걸 실로 자아 도매상에 들고 가서 목화솜으로 바꿔 오고, 또 실로 만들어 바꿔 오며 생기는 돈으로 쌀을 사고 나면 약간의 돈이 수중에 남았다. 그 돈으로 옷감을 사다가 옷을 만들어 입으려는데 그 장면을 오빠에게 들켜서 부모 대신인 자신에게 말도 없이 그런 물건을 샀다고 큰 꾸중을 듣고는 그걸로 길쌈이라도 지어 젠코지•에 참배하러 갈 작정으로 얼떨결에 집을 나와버렸다. 그때 할머니는 열일곱 살이었다. 그러다가 길바닥에서 뚜쟁이 비슷한 남자가 들러붙어 더럭 겁이 났고, 해 지기 전에 신슈 쓰마고••에 있는 숙소에 방을 잡으려고 했는데 그 녀석이 먼저 후다닥 안으로 들어갔다. 그래서 할머니는 그 숙소에서 묵기를 그만두고 나가려는데 주인장이 이러쿵저러쿵 이유를 대며 억지로 못 가게 막았다. 이상하게 생각한 할머니는 지금 막 들어와서 여관비도 정하지 않았고 해도 중천인데 어째서 붙잡

• 나가노현에 있는 유서 깊은 불교 사원. 일본에서 가장 오래되었다고 알려진 일광삼존아미타여래를 모신 곳이다. 오래전부터 많은 사람이 '평생에 한 번은 젠코지에 가야 한다'며 전국 각지에서 참배하러 온다.

•• 신슈는 오늘날 나가노현을 이르는 옛말이며, 쓰마고는 에도에서 교토로 가는 길에 위치했던 역참 마을이다.

느냐고 했더니 아까 들어온 손님에게 자기가 갈 때까지 저 여자를 붙잡아달라는 부탁을 받았기 때문이라고 하며 도무지 놓아주지 않았다. 하는 수 없이 그곳에서 만난 같은 고향 사람에게 까닭을 설명하고 주인장에게 말을 좀 해달라고 했더니 두말없이 승낙하며 곧장 보내주겠다고 했지만, 그 고향 사람이 보이지 않자 곧 다시 무서운 얼굴로 잡아끌었다. 그래서 이번에는 지나가던 할아버지에게 말했더니 군말 없이 그러겠노라고 하며 우선은 자기 집에 가서 젠코지로 가는 파발꾼과 함께 떠나게 해주겠다고 했다. 할머니는 그 말을 곧이듣고 할아버지를 따라갔지만 한 달이나 농사일을 돕게 할 뿐 보내줄 기색이 없었다. 그래서 이번에는 직접 나서서 길을 찾았고, 어찌어찌 길동무가 생겨 가까스로 젠코지에 도착했다. 가는 도중에 할머니는 어느 여관에서 '이상한 인연으로' 자신을 태운 가마꾼과 여관 주인과 여관 관리인 등의 중매로 범인 잡는 포리와 함께하게 되었다. 그런데 어쩐 일인지 그 남자가 진저리 치게 싫어서 도망가자, 도망가자, 생각을 하면서도 그만 그대로 몇 년을 살았고, 그런 뒤에야 숙원을 이루어 젠코지에 참배를 하러 갈 수 있었다. 그러나 공교롭게도 그곳에서 둘 다 천연두를 심하게 앓아 드러누워버렸다. 그 후에야 겨우 운신이 자유로워져서 어디서 배운 적이 있는 우산 장사를 시작했다. 여기저기서 진 빚을 갚는 동안 절에 대형 우산이 필요하다는 이야기를 들은 것이 계기가 되어 방방곡곡을

돌며 대형 우산을 만들었고, 고향으로 돌아갈 생각으로 ○○
까지 오기는 왔지만 아무래도 관문을 넘기가 힘들어 흘러, 흘
러, 결국 여기서 멀지 않은 마을에 정착해 우산 가게를 시작
했다. 다행히 그 사업이 번창해 번듯한 상점이 되고, 도제도
몇 명 두었지만, 할아버지의 눈이 침침해져서 장사를 그만두
고 좋아하는 꽃을 심어 팔게 되었다. 할아버지가 예순아홉 살
로 9년 전 돌아가신 후로는 점차 침체되어 지금의 형국이 되
었다고 했다.

할머니는 홀숫날이면 아침 일찍부터 바구니를 등에 메고
나가 꽃을 팔며 걷는다. 사람들에게 사랑을 받아 과자니 반찬
이니 받아 오니 하루에 필요한 돈은 쌀 2홉 반 가격인 5전이
고, 게다가 벌써 1년 반이면 죽는다는 신의 계시를 받아 절에
다 죽고 난 뒤 독경도 부탁해두었으며, 장례 비용은 누더기
같은 곳이지만 지금 가진 집을 팔면 가능하기에 아무 걱정이
없단다. 할머니는 자주색 보자기에 싸인 지저분한 장부를 가
지고 와서,

"여기에 다 적혀 있습니다."

라고 했다. 열어보니 1889년 즈음부터 꾸었던 꿈이나 불가
사의한 일들이 갖가지 글씨체로 쓰여 있었다. 표지에는 '꿈에
나타난 신불의 계시'라고 적혀 있었지만 그런 내용은 하나도
없었다. 할머니는 히라가나도 읽을 줄 몰랐기에 부탁받은 글
쓴이가 불친절한 줄도 모르고 자기가 한 이야기를 빠짐없이

적어주었다고 믿는 모양이었고, 어느 결에 섞여 든 약장수의 광고문까지 곱게 접어두었다. 그렇게 읽지도 못하면서 옆에 서서 들여다보며,

"고보대사님도 뵈었습니다."

"관음보살님도 뵈었습니다."

라고 한다.

할머니가 나를 이토록 격의 없이 대하는 것은 내가 처음 생각한 것과 같은 이유거나, 사람들이 우습게 여기고 상대하지 않을 만큼 요즘 시선으로 보면 미신적인 이야기를 내가 진지하게 듣고 있었기 때문만은 아니라는 사실을 알게 된 것은 며칠이 지나서였다. 할머니는 나를 보고 첫눈에,

"아, 불심이 깊은 분인데, 스님이 되었더라면 좋았을 텐데……."

하고 생각했다고 한다. 달리 또 생각한 것은 없느냐고 물으니 얼굴에 주름을 가득 잡고 웃으며,

"네, 그 생각 말고는 없어요."

라며 솔직하고 직설적인 성격이라 곧바로,

"당신은 좋은 아내를 얻지 못할 거예요."

라고 한다. 나는 불심이 깊지만 악마의 방해를 받아서 스님이 되지 못하고 앞으로도 방해를 받을 거란다. 그래서 내가,

"이거야 원, 불심이 깊어도 아무 소용이 없네……."

하고 한탄을 하자 진지한 얼굴로,

"무슨 말씀, 그러니까 앞으로 열심히 신심을 갈고닦으세요. 부처님의 힘은 광대합니다……."

하고 힘주어 말했다. 그러고는,

"나하고는 다르게 글을 읽을 줄 아시니 경문을 읽으십시오."

라고 하며 내 손금을 보더니,

"자잘한 방해 선은 다 없어질 겁니다. 이미 부처님의 은덕을 다 받았으니 조금이라도 스스로 갈고닦으세요. 안 그럼 못써요."

라고 하며 내 손을 놔주었다.

19

어느 날 오후 나는 뒷산 정상의 커다란 소나무를 목표로 올라가다가 어느새 길을 잃고 헤매다 인적 없는 골짜기로 들어서고 말았다. 내 키보다 큰 덤불을 휙휙 젖히다 울퉁불퉁한 떨기나무 가지에 뺨이 긁히고, 납작한 덩굴풀에 발목이 잡혀 숨이 막힐 것만 같은 깊은 골에서 어느 봉우리로 간신히 빠져나왔다. 그 봉우리는 바다를 향해 뻗은 깊은 골짜기 끝에서 솟아올라 소가 널뛰는 형상을 하고 있었다. 나는 그 등 부분에 봉긋하게 솟아오른 어깨 방향으로 구불구불 기어 올라갔다. 붉게 그을린 화강암 표면이 상어 가죽처럼 굳어 있는 곳에 바싹 말라버린 어린 소나무가 가까스로 매달려 있고 나무 열매를 먹은 새들의 똥이 여기저기 떨어져 있었다. 아차 하는 순간 골짜기로 미끄러질 듯했지만 손발 끝에 힘을 주어 까칠까칠한 바위에 매달려 겨우 소의 어깨쯤 되는 바위로 기어올랐다. 반짝반짝한 빛으로 넘쳐흐르는 하늘을 태양이 이글거리며 달려간다. 거기서부터 완만한 내리막으로 이루어진 목덜미 부근을 100미터가량 내려가는 사이에 양쪽 절벽이 점차 가팔라지고, 골짜기는 점점 더 깊어져 마침내 소의 콧등에 해당하는 좁다란 평면을 남기고 오도 가도 못 하는 절벽이 되고 말았다. 이곳은 해안을 따라 10킬로미터 넘게 천길만길 깎아지른 험준한 산맥에서 바다로 무수한 계곡을 만들며 뻗어나간 세 줄기 가운데 하나로, 아래쪽이 파도에 침식되어 쐐기를 거꾸로 박아놓은 듯한 형상을 이루고 있다. 뒤로는 높은 산봉우리가 있고, 골짜기 너머로는 그보다 더 높은 암벽이 병풍처럼 둘러쳐져 있어 푸른 하늘을 천장 삼아 기이한 전당을 이루고 있다. 머리 위로 소리 끝을 올려 울며 날아가는 매가 가끔씩 순식간에 하강해 눈앞을 스쳤다가 다시 하늘 높이 날아올랐다. 오른편 골짜기를 내려다보니 새까맣게 우거진 숲속으로 한 줄기 오솔길이 옷을 누비듯 굽이쳐 산맥을 뚫고 맞은편 마을로 내려간다. 살짝 내려다보이는 틈 사이로 첩첩산중이 붉은색, 분홍색, 자주색, 연보라색으로 구름과 맞닿아 포개지고 겹쳐져서 한없이 이어져 있는 것이 보였다. 나는 일종의 공포가 뒤섞인 찬미와 환희에 가득 차 소리 높여 노래하기 시작했다. 메아리! 그것은 마침 산그늘에 숨어 있는 누군가가 내 뒤를 밟는 것처럼 확실하게 반복되었다. 나는 모습을 드러내지 않는 가수의 노랫소리에 이끌려 될 수 있는 한 높은 소리로 노래를 불렀다. 상대방도 비슷하게 목소리를 높여 노래했다. 나는 언제나처럼 이런 당연한 사실에 원시적인 기쁨을 느끼며 행복한 반나절을 노래한 뒤 여름 해가 바다로 뛰어들었을 무렵에야 비로소 굴거리나무 담장 안으로 돌아왔다.

20

나는 발을 씻으러 뒷마당으로 갔다가 이미 목욕물을 데워뒀을 시간이라는 데 생각이 미쳐 목욕탕 안으로 들어갔다. 그리고 딱 알맞게 데워진 탕 속에 몸을 푹 담그고 지친 다리를 편안하게 뻗었다. 뜨거운 물이 가슴 부근에서 잘록하게 올라와 가볍게 실로 결박하는 듯한 느낌을 주었다. 나는 떠오르는 몸을 양손으로 누르고 머리를 뒤로 젖혀 기대며, 따뜻해진 피부에 세차게 숨을 내뿜기도 하면서 오늘의 즐거움을 되새겼다. 나는 그곳을 메아리의 봉우리라고 이름 지었다. 문득 길을 잘못 들어 찾아낸 곳이라는 것, 그런 까닭에 나 말고는 그곳을 아는 사람이 아무도 없다는 것, 그곳에 가려면 그토록 위험한 벼랑 끝을 건너지르지 않으면 안 된다는 것……. 그런 사실이 나를 한층 더 기쁘게 했다. 그러면서 아무 생각 없이 물결치는 물의 표면을 가만히 바라보았다. 아주 잘 보아야 보이지만 거기에 평소와 달리 희뿌연 기름기가 빛나고 있다는 사실을 깨달았다. 누가 먼저 탕에 들어왔나. 일단 그런 생각이 들면 모든 것이 그렇게 보인다. 누군가 들어온 것이 틀림없다. 예사롭지 않은 불안이 나를 덮쳤다. 내게 모르는 인간은 곧 혐오스러운 인간이다. 완전히 흥이 꺼져 낙담하고 있는데 내가 온 것을 눈치챈 할머니가 목욕탕으로 왔다. 그러고는 물을 갈아 넣지 않았다고 사과를 하며 도쿄에서 젊은 사모님이 오셨다고 했다. 친구 집에는 그런 사람이 없는데. 교토에 있는 누님이 올여름 상경한다고 했으니 어쩌면 누님일지도 모르겠다. 그렇다면 하는 수 없다고 체념하기는 했지만 큰일이다 싶었다. 할머니는 과장되게 목소리를 낮추며,

"대단히 아름다운 분이시던데요."

라고 하고는 나갔다. 그 뒤 나는 도둑처럼 몰래 방으로 돌아가 기둥에 몸을 기댄 채 축 처졌다. 초면인 사람과 인사를 나누는 게 가장 어렵다. 친숙하지 않은 사람 앞에 경직된 채 앉아 있는 괴로움이란 어쩐지 눈에 보이지 않는 밧줄로 묶여 있는 듯해서 종국에는 미간이 바짝 죄어오고 어깨 부근이 불에 타들어가듯이 뜨거워진다. 그 사람은 맞은편 별채에 있다

고 했다. 일찍이 이야기를 들었던 누님이라 아주 싫지는 않았지만, 그렇다고 해도 어떤 식으로 대하면 좋을지 몰라 망설이며 궁리하고 있는데 조용히 툇마루를 걸어오는 발소리가 들리더니 장지문 밖에서 불쑥 멈추었다. 내가 기둥에서 몸을 일으켜 책상 앞에 앉아 자세를 가다듬는데,

"실례하겠습니다."

하는 침착하고 부드러운 목소리가 들리렸다. 그 목소리가 여는 것처럼 슬금슬금 문이 열렸다.

"어머, 아직 등불도 안 들여놓았네요."

혼잣말처럼 중얼거리는 소리가 들리고, 장방형으로 빛이 드는 어둠 속에서 하얀 얼굴이 선명하게 부각되었다.

"처음 뵙겠습니다. 저는 ○○○의 누나입니다. 이삼일 동안 실례하겠습니다."

"네."

그렇게 말하며 유죄 선고를 기다리는 내 앞으로 접시에 받친 향긋한 서양과자를 얌전히 내밀며,

"별것 아니지만…… 입맛에 맞으실지 모르겠어요."

하고 말했다. 그 순간 견고하고 차가운 조각상이 갑자기 아름다운 인간이 되어 수줍게 미소 짓는가 싶더니,

"금방 등불을 가져다드릴게요."

하고 다시 원래대로 조각상이 되어 어둠 속으로 사라졌다. 나는 후유 한숨을 내쉬었다. 참으로 가련한 스스로가 부끄

러우면서도 사라진 그 모습을 떠올리려 했지만 그저 꿈결 같
아 종잡을 수 없었다. 그런데도 가만히 눈을 감으면 불쑥 밝
은 곳으로 나왔을 때처럼 점점 사물의 형태가 분명하게 떠올
랐다. 크고 둥글게 틀어 올린 머리였다. 머리칼은 칠흑처럼
검었다. 선명한 눈썹 밑으로 새까만 눈동자가 빛났다. 온갖
윤곽이 너무도 선명한 탓에 어쩐지 친숙해지기 어려울 것 같
다는 느낌이 들었고, 살짝 안으로 말려 들어간 사랑스러운 입
술마저 바다 밑바닥의 차가운 산호로 조각한 것이 아닐까 싶
었다. 하지만 입꼬리가 기분 좋게 들려 올라가 아름다운 치아
가 드러났을 때, 그 시원스러운 미소가 모든 것을 누그러뜨리
며, 하얀 뺨에 핏빛이 배어들어 조각상은 그대로 아름다운 한
사람이 되었다.

21

그 뒤로 나는 되도록 그 사람 얼굴을 마주치지 않으려고 아
침부터 메아리의 봉우리에 올랐다가 일부러 식사 시간이 지
나서 돌아오곤 했지만, 한집에 살다보니 아무래도 하루에 한
번은 같이 있을 일이 생겼다. 나는 봉우리에 올라서도 노래하
는 법이 없었다. 철 지난 새처럼. 그렇게 높은 벼랑 사이로 보
이는 첩첩산중의 깊은 빛깔만 멍하니 바라보았다.

꽤 이슥해진 어느 밤, 나는 뒷산에서 달이 뜨는 것을 보면서 화단에 서 있었다. 수천 마리 벌레가 작은 방울을 흔들고, 바닷바람은 밭을 넘어 바다 내음과 파도 소리를 실어 왔다. 별채의 둥근 창에는 아직 불빛이 드리워져 있고, 그 앞에 놓인 꽃병에는 소나기가 지난 뒤 맺힌 시원한 물방울이 달린 연꽃잎 몇 장과 하얗게 봉오리가 맺힌 꽃이 보였다. 나는 갖가지 생각 가운데 이름 없는 가장 깊은 생각에 잠겨 밤마다 이지러져 가는 달을 넋 놓고 바라보았다. ……그러다 문득 정신을 차려보니 어느 틈엔가 같은 화단에 누님이 서 있었다. 꽃도 달도 사라져버렸다. 그림처럼 그림자를 드리운 연못 수면에 물새가 쑥 내려왔을 때 모든 그림자는 한꺼번에 사라지고 아무렇지 않게 떠오른 하얀 자태만이 남아 있듯이.

나는 허둥지둥,

"달이……."

하고 말을 걸었는데, 공교롭게도 누님은 그때 나를 배려해서 저쪽으로 가는 참이라 헉하며 귀까지 빨개졌다. 그런 사소한 일, 약간의 말실수나 겸연쩍은 행동으로도 나는 지독히 부끄럼을 탔다. 누님이 그대로 조용히 발걸음을 옮기며 꽃 주변을 작게 돌아 원래 자리로 돌아오더니,

"정말로 아름답네요."

하고 세련되게 받아준 것을 나는 진심으로 기쁘고도 고맙게 생각한다.

22

이튿날 신문을 돌려주러 별채로 갔더니 누님은 등을 돌리고 머리를 빗는 중이었다. 긴 머리칼이 살짝 풀려 어깨에서 풍성하게 물결치며 등 뒤에서 찰랑거렸다. 장지문을 닫고 돌아가려는데 빗을 든 손을 귀 근처에 멈추고 거울 속으로 미소를 띠며,

"저 내일 떠나는데…… 송별회라도 할 겸 저녁 식사 같이 하면 어때요?"

하고 말했다. ……나는 또다시 메아리의 봉우리에 올라 하늘을 나는 매 말고는 달리 찾는 이도 없는 자연의 전당 안에서 노래도 하지 않고 반나절을 보냈다. 메아리도 목소리를 낮추고 친한 노래 친구의 생각을 방해하지 않았다.

만찬 식탁에는 순백의 보자기가 깔려 있고, 할머니는 옆에, 누나와 나는 맞은편에 앉았다. 수줍기도 하고 기쁘기도 하고 외롭기도 하고 슬프기도 했다.

"자, 어서 드세요."

고개를 가볍게 숙이더니,

"요리가 익숙치 않아서…… 입에 맞으실까 모르겠어요."

하고 누님은 조금 부끄러운 듯 접시 위로 눈길을 돌리며 미소 지었다. 손수 만든 새하얀 두부 표면에 접시의 푸른 무늬가 스며들듯 보였다. 누님은 유자를 강판에 갈아주었다. 연듯

빛 가루를 홀홀 뿌려 녹아드는 것을 훅 하고 쓰유•에 담뿍 적시자 진한 새우 빛이 사르르 돈다. 그것을 가만히 혀에 얹는다. 은은한 유자 향, 다부진 간장 맛, 차고 매끈한 촉감이 느껴진다. 그것을 입에 넣고 두세 번 굴리는 사이에 희미한 녹말의 맛을 남기고 녹아버린다. 다른 접시에는 어린 전갱이가 꼬리를 나란히 하고 꼬부라져 있다. 전갱이의 비늘이 있던 자리는 밤색, 등은 푸르고, 배는 반짝반짝 윤이 나면서 생선 특유의 따뜻한 냄새가 난다. 꽉 찬 생선 살을 한 움큼 발겨 소스에 찍어 먹으면 진한 맛이 우러난다. 상을 치우고 난 뒤에는 과일이 나왔다. 누님은 커다란 배 가운데 달콤해 보이는 것을 골라내 껍질을 깎았다. 묵직한 배가 미끄러지지 않도록 손 끝에 힘을 주고 생황을 잡듯이 둥글게 움켜쥐었다. 가늘게 휘어진 손가락들 사이로 빙글빙글 배가 돌고, 하얀 손등을 넘어 노란 껍질이 구름 모양으로 휘감겨 떨어진다. 즙이 뚝뚝 떨어지는데 누님은 배를 별로 좋아하지 않는다면서 접시에 올려주었다. 한입 베어 물면서 아름다운 버찌가 누님의 입술에서 작은 혀 위로 도르르 굴러 들어가는 것을 바라보았다. 조개 모양을 한 어여쁜 턱이 부드럽게 움직였다.

누님은 평소와 달리 쾌활했다. 할머니도 쉬지 않고 떠들었

● 멸치와 다시마, 가다랑어 등으로 우린 다시에 간장, 소금, 설탕 등을 알맞게 배합한 소스.

다. 할머니는 내 치아 개수를 맞춰보겠다며 아이들이 종종 그러듯 누님 등에 얼굴을 묻고 한참 생각에 잠기더니,

"충치를 빼면 스물여덟 개 있을 것 같은데요."

하고 말했다.

"스물여덟 개는 누구나 다 있어요."

하고 대꾸하니,

"무슨 소리세요. 부처님은 마흔 몇 개나 있었는데요."

라고 하며 도무지 인정하려 들지 않았다. 그때 누님 입가가 기분 좋게 올라가며 아름다운 치아가 드러났다. 그러고는 무슨 이야기 다음으로 새가 화제로 떠올랐을 때 할머니는 당신 고향 산에 가면 백로가 우글우글하다고 했다. 기러기도 왔고 오리도 왔단다. 학도 무리 지어 많이 왔단다. 매년 같은 재두루미 한 마리가 꼭 찾아왔는데 그 새가 오면 영주께 말씀드리기로 되어 있었다. 황새는 목을 꼬며 운단다. 신을 모신 사당이 있는 숲속 큰 삼나무에 걸린 둥지는 잔가지를 엮어 바구니처럼 되어 있었다고 신이 나서 이것저것 이야기했는데, 그게 언제 적 일이냐고 묻자 당신이 어렸을 때 일이란다.

"그럼 이제는 없겠네요."

하고 말하니,

"아직 있을 게 분명해요. 매년 새끼를 낳았으니까."

하고 완강하게 주장했다. 아름다운 입매가 활짝 열리며 하얀 치아가 보였다.

이튿날 아침 떠난다고 했는데 무슨 사정이 생겼는지 밤이 되었다. 저녁에 목욕탕에서 나오니 할머니는 심부름을 나간 듯 방이 어두워서 나는 화단으로 나가려고 했다. 그때 별채의 둥근 창에서,

"제가 등불을 잠깐 빌렸습니다."

하는 소리가 나더니 누님이 쟁반에 물복숭아를 담아 들고 작별 인사를 하러 왔다.

"안녕히 계세요. 교토 쪽으로 오실 일이 있으면 다시 만나요."

나는 마당으로 내려서서 화단 의자에 걸터앉아 멀리 바다 쪽으로 흘러가는 별을 바라보았다. 먼 파도 소리와 벌레 우는 소리와 하늘…… 그것 말고는 아무것도 없었다. 할머니가 인력거를 불러왔다. 누님이 채비를 끝내고 어여쁜 차림으로 등불을 돌려주러 종종걸음으로 내 방을 향해 가는 것이 보였다. 이윽고 짐을 나르는 할머니 뒤를 따라가던 누님이 현관으로 향하는 툇마루를 걸으며 나를 향해 살짝 허리를 굽히고,

"안녕히."

하고 말했는데 나는 왜 그랬는지 들리지 않는 척을 했다.

"안녕, 안녕히 계세요."

나는 어둠 속에서 말없이 고개를 숙였다. 인력거 굴러가는 소리가 멀어지고 문이 닫히는 소리가 들렸다. 나는 꽃 뒤에 숨어 하염없이 흐르는 눈물을 닦았다. 어째서 아무 말도 하지

못했을까. 어째서 한마디 인사도 건네지 못했을까. 나는 살갗
이 시리도록 화단에 우뚝 서서 어젯밤보다도 훨씬 더 이지러
진 달이 산 너머에 다다를 무렵 이윽고 방으로 들어갔다. 그
리고 힘없이 책상 위에 두 팔꿈치를 올리고, 뺨처럼 어렴풋이
발그레하고 턱처럼 도담하게 잘크라진 물복숭아를 손바닥으
로 가만히 감싸 입술에 대고 그 농밀한 표면을 뚫고 새어 나오
는 달콤한 향을 맡으며 다시금 새로이 눈물을 흘렸다.

부록

나쓰메 선생과 나[●]

　제일고등학교^{●●} 1학년 재학 시절, 벌써 14~15년 전 일이
다. 기존 영어 선생님이 사직하고 새 선생님이 온다고 했다.
누가 어디서 듣고 왔는지는 몰라도 이번에 오는 선생님은 학
생들을 못살게 굴기로 유명하다는 소문이 돌았다. 영어에 어
지간히 애를 먹고 있던 모두에게 적잖이 충격적인 소식이었
으리라. 교실에서 말없이 입을 다물고 살던 나는 옆에서 그
소리를 엿듣고 두려움에 몸을 떨었다. 이윽고 그 선생님이 교
실로 들어왔다. 나쓰메 선생이었다. 무서움에 마른침을 삼키
며 어떤 사람인가 하는 호기심과 소문에 생긴 공포심으로 새
선생님을 맞았다. 가장 먼저 눈에 들어온 건 세련되게 말아

● 　번역 대본으로는 中勘助, 《銀の匙》(岩波書店, 1921)를 사용했다.

●● 　도쿄 대학 교양학부의 전신이다.

올린 콧수염과 머리카락이었다. 교과서는 전부터 쓰던 새뮤얼 존슨의 《라셀라스》다. 선생이 새로운 장을 읽기 시작했는데, 발음이 무척 특이했던 게 기억난다. 한껏 혀를 굴리며 코에서 살짝 비음이 흘러나오는 금속성 소리였다. 나는 처음 보는 사람을 대하는 개처럼 오감의 신경을 극도로 예민하게 세우고 권위 있는 그 목소리를 들으며, 선생이라는 승자 앞에 선 연약한 동물의 민감함으로 새로 온 이 선생님이 어떤 사람인지 그 즉시 파악했다. 보통 사람이 아니다. 혼쭐이 나겠는걸. 나는 선생의 영어 발음만으로도 엄청나게 경계심을 품었다. 선생은 세간의 소문과 나의 선견지명대로 우리를 약간 괴롭히기는 했지만, 독기가 서린 건 아니었으므로 학생들을 불쾌하게 하는 일은 전혀 없었다. 곧 시험 날이 다가왔다. 시험을 치르기 직전에 동급생 하나가 내 기숙사로 와서 선생이 단어의 반대말을 물어보는 문제를 낼 거라고 했다. 선생이 평소 그런 질문을 자주 하고, 수업 일수가 적어서 문제를 내는 데 어려움이 있기 때문이란다. 어림짐작이지만 꽤 근거 있는 논리였다. 나보다 훨씬 성실하고 꼼꼼한 그 녀석은 수업 중 들은 단어를 하나하나 공책에 적어놓았다. 당황한 나는 그 자리에서 녀석의 공책을 쓱 보고 시험장으로 갔다. 과연 그런 문제가 나왔다. 다행이라는 생각이 들었다. 선생은 열심히 답안을 적고 있는 학생들의 책상 사이를 돌기 시작했다. 단어를 몰라 쩔쩔매는 녀석이 있는 듯했다. 나쓰메 선생이 앞에서 한

학생의 답안을 보며 말했다.

"그런 단어는 없습니다. 다시 쓰세요."

재미있는 선생님이라고 생각했다. 그와 동시에 공포심이 엄습했다. 저렇게 주의를 주는 건 상당히 고마운 일이지만, 내가 그런 소리를 들으면 어쩌나. 어렴풋이 외워서 자신은 전혀 없다. 다시 쓰란고 다시 쓸 재주도 없다. 선생이 책상 줄을 따라 이윽고 내 자리까지 왔다. 가만히 서서 본다. 작아진 나는 아무 일 없이 지나가길 빌었다. 선생은 말없이 지나갔다. 안도의 한숨이 나왔다.

'다행이다. 맞았구나.'

《나는 고양이로소이다》가 좋은 평판을 얻은 건 우리가 선생의 손을 떠나고 2~3년 뒤 일이었다. 세간의 입소문처럼 우리 기숙사에도 화제가 되어 내 방에도 누가 샀는지 빌렸는지 그 작품이 실린 《호토토기스》가 있었다. 하지만 그 무렵 나는 오직 시만 읽었고 산문에는 눈길도 주지 않았을 뿐 아니라 기숙사에서는 교실과 다르게 수다쟁이에 유머도 좋아했으면서 작품 속에서는 해학이나 골계를 혐오했기 때문에 《나는 고양이로소이다》가 표지부터 마음에 들지 않았다. 그런 뒤 내가 대학에 들어가고 그 책이 훨씬 더 알려진 난 후에야 읽어보았다. 하지만 처음 100쪽쯤 읽고 지루해서 덮은 후 안 읽어서 지금도 그 뒤의 이야기를 모른다. 《환영의 방패》도 기숙사 사람의 추천으로 읽기 시작했는데, 첫머리를 읽고 불쾌해서 관두었다. "아주 먼 옛날에 있었던 이야기다. 배런이라는 자가 성을 짓고 그 주변에 해자를 둘러 사람을 죽이고는 하늘에 우쭐대던 오랜 옛날이다. 오늘날 이야기가 아니다"라는 첫 구절부터 별로였다. 지금도 그 마음은 변함없다. 옛날만큼 강한 반감이 들지 않을 뿐.

학교 축제를 앞두고 교문에서 기숙사까지 각종 광고 전단이 붙어 있었다. 다들 일생일대의 지혜를 짜내 각자 표현하고 싶은 것들을 그렸고, 심지어 아주 잘 만든 것도 있었다.《나는 고양이로소이다》가 흥행해서 그걸 비튼 그림이 많았다. 그중에서도 나쓰메 선생처럼 수염을 바싹 올려붙인 고양이 한 마리가 거드름을 피우며 앉아 있고 그 밑에 여러 동물이 모여 있는 그림이 있었다. 지나가면서 나쓰메 선생의 고양이겠구나 하고 아무 생각 없이 보고 있는데, 연구실에서 나쓰메 선생이 나오더니 이쪽으로 걸어오기에 서둘러 벗어났다. 조금 가다 돌아보니 선생이 그 전단 앞에 서서 똑같은 모양의 수염을 튕기고 후후하며 코웃음을 치고 있었다. 하지만 경멸이나 비꼬는 얼굴로 바라보는 것이 아니라 즐겁고 재미있다는 듯 웃는 얼굴이었다.

대학 영문과에 들어가고부터는 쭉 나쓰메 선생의 수업을 들었다. 오랜만이기도 했고 전에는 아주 잠깐 수업을 들었기 때문에 거의 처음이나 마찬가지라는 기분이었다. 대체로 선생은 전과 다를 바 없었지만 세세하게 새로 발견한 부분도 있었다. 선생은 작은 체구와는 다르게 쩌렁쩌렁 큰 목소리로 강의했다. 강의 중에는 이제껏 몰랐던 기이한 행동을 몇 가지 보였다. 한쪽 입가를 기묘하게 일그러뜨리고, 시도 때도 없이 목을 비틀면서 책을 읽고, 아랫입술을 입속에 말아 넣어 입을 벌린 채 천장을 올려다보고, 무슨 말인가 하면서 책상 위에 하얗게 쌓인 먼지를 검지 끝으로 두 번이고 세 번이고 문지르고, 엉망으로 얼굴을 구기며 머리를 긁은 뒤 손가락을 코끝으로 가져가 강아지처럼 킁킁 냄새를 맡고는 코를 찡그려 자글자글 코주름을 잡고……. 아무튼 늘 우리를 웃게 했다. 우리가 웃는 걸 눈치채고 같이 웃을 때도 있었고 진지한 얼굴로 계속 강의할 때도 있었다. 선생의 강의는 18세기 영문학 평론과 셰익스피어의 《템페스트》였다. 평론 강의의 첫 부분은 평론할 때 올바른 태도에 관한 내용이었다. 나는 필기할 필요를 느끼지 못해 선생 바로 앞에 앉아 있으면서 한 번도 펜을 들지 않았다. 선생은 그게 약간 신경 쓰이는 모양이었다. 나를 콕 찍어 말하지는 않았지만, "이런 건 적어야지" 하고 말했다. 하지만 나는 그래야 하는 이유를 모르겠고 적어야 할 의무도 없다고 생각해서 그 부분이 끝날 때까지 쭉 펜을 놓고 있었다. 그런 다음 본론에 들어가기 전에 배경 지식 삼아 당시 영국 사회의 이야기가 이어졌다. 아직 시에 몰두하고 있었던 나는 가장 산문적인 18세기 문학의 배경이 되는 산문적인 사회 상태에 전혀 흥미가 없었으므로 한 시간 수업 중

겨우 서너 마디만 기억할 뿐이었다. 마침내 나는 내게 불필요한 강의를 단념하기로 하고 본론에 들어갈 때까지 결석하고 말았다. 본론에 들어가서도 나를 기쁘게 할 작가가 나오지 않아 상당히 지루한 강의였지만, 그래도 약간의 흥미와 필요를 느껴서 필기를 시작했다. 선생은 두꺼운 서양 종이로 된 원고를 한 장씩 집어 들며 열심히 설명했다. 그걸 한 시간에 한 장 반에서 두 장쯤 읽었다. 너무 지루해서 조금 빨리 읽어주었으면 싶었다. 나는 고등학교 시절부터 수업을 들을 때 버릇이 있다. 다른 사람들처럼 선생님 얼굴을 올려다보거나 노트 앞에 몸을 구부리고 있는 게 아니라 창문 너머 하늘이나 푸른 잎사귀 따위를 가만히 응시하며 들었다. 그건 내게 가장 편안하고 유쾌한 자세였으며, 수업을 잘 이해하기 위해서도 필요했다. 그걸 알 리 없는 선생은 내가 무언가에 정신이 팔린 줄 알고 고개를 돌려 내가 바라보는 창밖을 같이 본 적이 있었다. 그러던 어느 날 선생은,

"바깥만 내다보고 수업을 안 듣는 줄 알았는데 듣는 사람도 있더군."

하고 말했다. 그 후로 선생은 종종 나를 향해 나쁜 뜻도 좋은 뜻도 아닌데 넌지시 비꼬는 말을 했다. 그 뒤 나는 더욱 눈치 보지 않고 그렇게 행동했다. 왜냐하면 그런 행동이 선생의 마음에 들고 안 들고를 떠나, 아무튼 내가 강의를 듣고 있다는 사실을 선생이 안다는 걸 깨달아서다. 그러면서 나는 선생

의 설명을 이해할 수 없거나 받아들일 수 없을 때, 거의 무의식적으로 고개를 살짝 갸웃했다. 그럴 때마다 선생은 변명을 덧붙이거나,

"조금 이상하게 들릴 수도 있겠지만."

같은 말을 반복하기도 했다. 선생은 종종,

"잘 모르겠습니까?"

하고 물었다. 처음에는 그게 나한테 하는 말인 줄 몰랐지만, 매번 그런 일이 있기에 하루는 일부러 고개를 갸웃해보기도 했다. 그렇게 몇 차례 해보고는 선생이 태연하게 강의하는 듯 보여도 학생 하나가 고개를 갸웃하는 데까지 일일이 신경 쓰고 있음을 확인했다. 그때는 내가 전과 달리 뒷자리에 앉는 습관이 들어 있었는데도 내가 선생이 인용하는 영문 속 단어 철자를 몰라서 쓰지 못하고 있으면 선생은 반드시 스펠링을 알려주었다. 그리고 한번은,

"이 정도 철자도 모르면 안 됩니다."

하는 말도 했다. 좋은 선생님이라고 생각했다.

윌리엄 셰익스피어는 영문과에 적을 두고 있는 동안 《템페스트》, 《오셀로》, 《베니스의 상인》으로 나아갔다. 이쪽 강의는 문학평론과 분위기가 사뭇 달라서 재미와 웃음거리가 가득했다. 선생은 마구 수다를 떨며 해학을 펼쳤다. 나는 선생이 자유자재로 유머를 부릴 만큼 풍부한 어휘를 갖고 있다는 데 감탄하며 부럽다는 생각이 들었다.

선생은 수업 시간에 종종 "누가 이런 말을 하던데"라고 하며 남의 말이나 자기 소문 따위를 세상사 이야기처럼 들려주었다. 하루는 어떤 다른 선생님이 인간은 식물처럼 살면 된다는 설을 펼쳤다면서,

"나쓰메 선생, 자네도 그런 축이지."

하고 말했다는 이야기를 한 적이 있다. 그러면서 선생은,

"사람을 바보로 아나."

하며 재미있다는 듯이 웃었다. 식물이 되는 게 그리 싫지 않았으면서 말이다. 또 다른 선생님이 《나는 고양이로소이다》를 평하며 자기는 거기 나오는 인물이나 사건을 아니까 재미있지만, 그렇지 않은 사람에게는 별로 재미있지 않을 거라고 했다면서,

"그럴 리가 없잖아."

하고 말했다. 또 모르는 누군가가 《나는 고양이로소이다》를 흉내 내어 쓴 글을 선생에게 보냈다면서,

"흉내를 잘 내기는 했지만, 그런 짓을 한다고 무슨 의미가 있겠습니까?"

하고 말했다. 선생은 독창성이 없으면 안 된다는 말을 자주 했다. 이런 일화와 비평과 농담과 추억은 내가 기억하는 것만 해도 적지 않다.

선생은 남을 웃길 때 스스로 웃음을 참기 위해 이를 숨기고 아랫입술을 깨물 듯이 하며, 웃음에는 죄가 없다는 듯한 눈으

로 학생들을 돌아볼 때가 있었다. 학생들이 그 모습에 이끌려 웃음을 터뜨리면 같이 웃었다. 선생의 웃는 얼굴은 기분이 언짢을 때 짓는 무표정한 얼굴과 정반대로 귀여운 면이 있었다. 가지런히 늘어선 치아가 전체적으로 살짝 앞으로 튀어나온 느낌이었고, 입속에 미어지게 음식을 넣은 듯이 웃음소리 대부분이 코에서 분출되고는 했다. 선생은 키가 작고 몸이 왜소해도 머리는 큰 편이었고 이마가 넓고 턱이 짧았다. 피부는 노랗고 탄력이 없었다. 하지만 얼굴만 놓고 보면 지적이고 진실하며 그런 의미에서 멋진 얼굴이었다. 이렇게 쓰다보니 오래전 선생이 문과대학 계단을 올라 2층 한가운데 교실에서 헌팅캡을 쓰고 다소 탄력적인 걸음걸이로 걸어오던 기억이 난다. 또 어떤 날은 학교 정문 앞에서 달려오는 인력거를 물리고 가랑비 속에서 우산도 없이 외투 깃을 세운 채 홀로 센다기 집 쪽으로 향하던 모습도 생각난다.

학기 말에 학과 수료 증명을 위해 학생들과 다 함께 어수선하게 선생의 책상으로 가서 명부에 사인을 받았다. 내가 명부를 내밀자 표지에 적힌 내 이름을 보더니,

"나카 군이었군요."

하고 말하며 '나쓰'라고 연필로 사인해주었다. 그 후 선생은 대학을 그만두었고 나는 국문과로 전과해서 선생과 나의 연은 끊어졌다. 그 무렵 나는《풀베개》를 읽었는데 무척 재미있었다. 선생의 문장, 특히 풍부한 어휘력에 마음을 빼앗겼던

것으로 기억한다. 하지만 선생이 청각을 무시한다는 데는 늘 불만이었다. 선생은 확실히 귀로 들리는 묘사를 무시했다. 그런데 선생이 자주 쓰는 말이나 선생을 가장 잘 아는 사람의 평을 보면, 선생 자신의 청력이 그다지 좋지 않았던 듯하다. 선생은 《아사히 신문》에 소설을 발표하기 시작했고, 나는 어쩌다가 신문을 주워 읽었을 뿐 제대로 읽은 적은 없었다. 그때까지 내게는 시가 거의 유일했고, 산문은 아주 시적이지 않으면 별반 읽을 마음이 들지 않았다.

그 무렵 나의 지인 두엇이 선생의 집에 드나들었다. 그렇게 자연스레 선생에 대해 이야기를 하게 되었고, 어느 틈엔가 선생과 마음 편히 대화를 나눌 수 있겠다는 기분이 들었다. 나는 무심결에 내가 가지고 있던 저렴하지만 귀엽고 정교하게 만들어진 벌거벗은 동자승 인형을 친구를 통해 선생에게 선물한 적이 있었다. 선생이 그걸 꽤 좋아해서 어딘가에 올려두고 있다는 이야기를 들었다. 그 밖에 내가 친구를 통해 선생에게 보낸 게 있다면, 제멋대로라도 나의 입장에서는 거짓도 잘못도 없는 선생의 작품에 대한 매도였으리라.

나는 대학을 졸업한 가을부터 이듬해 봄까지 반년쯤 병상에 누워 있다가 여름에 요양을 위해 오다와라에 있는 친척 별장에서 몇 개월 신세를 졌다. 그사이 선생의 첫 위궤양이 발병했다. 나는 전보로 슈젠지에 안부 인사를 보냈다. 며칠 뒤 선생이 건강을 되찾았다는 소식을 듣고, 촌스럽긴 하지만 아름답게 채색된 나비 모양 바구니에 다양한 색종이로 접은 꽃과 새를 선생에게 보냈다. 누군가의 대필로 쓴 손 편지가 왔다. 독수리와 참새 등이 들어 있다고 선생의 머리맡에서 목록을 꺼내 보여드렸다고 쓰여 있었다. 선생은 내가 보낸 선물을 보고,

"거기서 나카가 자기 손으로 접은 건 한 개나 두 개밖에 없겠지."

하고 말했다고 한다. 실제로 내가 접은 건 연꽃과 학뿐이었을지도 모른다. 지금도 그것밖에 접는 법을 모르니까. 그 다음다음 해 여름에 나는 신슈의 호숫가에서 《은수저》 전편을 썼다. 내가 그 호숫가에서 선생에게 보낸 그림엽서에 답장이 왔는데,

"어째서 그렇게 추운 곳으로 갔습니까? 어서 돌아오세요."

하고 쓰여 있었다. 그때였나 다른 때였나, 내가 먼저 원고를 봐달라고 부탁하는 편지를 써놓고 자꾸 미뤄서 죄송하다고 편지했더니 언제까지 쓰라고 약속한 건 아니니 너무 무리하지 말라고 답신이 왔다. 아무튼 나는 거기서 《은수저》를 다쓰고 5킬로미터가량 떨어진 이웃 마을 우체국에 가서 선생댁으로 보냈다. 나는 10월 중순쯤 도쿄로 돌아왔다. 그런 뒤편지로 선생의 일정을 물었더니 원고는 아직 읽지 못했지만 놀러 오고 싶으면 와도 된다고 했다. 내가 처음 선생의 댁을 찾았을 때 함께 간 사람은 아베였을 것이다. 나는 그날 선생

댁에 갈 계획도 없이 불쑥 아베 집에 놀러 갔는데, 지금 같이 선생 집에 가자는 말이 나와서 허름한 기모노 차림 그대로 찾아갔다. 선생은 낮잠 중인 모양이었다. 잠시 거실에서 기다리는데 아베 뒤에서 선생이 얼마나 기다렸느냐는 표정으로 허둥지둥 들어왔다. 막 잠에서 깨 시무룩한 표정으로 처음 오는 이에게는 진기한 분위기를 풍기는 앉은뱅이책상에 털썩 앉았다. 나는 슬쩍 선생을 보고 흰머리가 많이 늘었다는 점과 어쩐지 얼굴이 부루퉁하게 화나 있다는 느낌을 받았다. 선생은 호령하듯 손가락으로 지시하며 우리를 방석 위에 앉혔다. 선생은 나를 가만히 들여다보더니 조용히 말했다.

"나카 군은 하나도 안 변했군."

입을 별로 움직이지 않고 귀찮은 듯 내뱉는 말투는 옛날 그대로였다. 나는 두려워하면서도 선생을 한 번 훑어보았다. 그리고 선생의 얼굴이 날카로워 보이는 건 머리카락을 자른 탓이라는 걸 알았다. 선생은 앞치마를 두르고 있었다. 이건 내가 상상하지 못한 모습이었다. 나는 선생 옆에 있는 약병에 눈길을 주며 무슨 말인가 했는데, 선생은 병을 살짝 들어 올리며,

"이건 뭐, 늘 달고 사는 약이지."

하고 말했다. 그러는 사이 자다 일어나 부루퉁해진 얼굴이 많이 가라앉았다. 내가 선생에게 흰머리가 많이 늘었다고 하자 선생은 병이 난 뒤로 그렇게 되었다고 했다. 선생은,

"언젠가 자네가 준 나비 상자는 아직도 잘 가지고 있네."

하고 말하며, 그걸 놓아둔 곳을 찾듯 뒤돌아보았다. 이날 나는 어려운 자리에서 늘 하는 버릇대로 고개를 살짝 왼쪽으로 기울이고 왼쪽 눈으로 선생의 눈을 빤히 쳐다보며 이야기를 나누었다. 대학 시절 선생의 버릇들이 생각나 오랜만이라는 기분이 들었다.

그다음에 데려간 친구는 노가미였다. 내가 장난스러운 마음에 선생이 눈여겨보던 허름한 기모노를 일부러 다시 입고 갔던 걸 보면, 첫 방문 이후 그리 긴 시간이 흐르지 않은 시점이었으리라. 우리보다 먼저 온 한 손님이 서재에 있었다. 선생은 책상에 앉아 원고 비슷한 걸 읽고 있었다. 그 사람이 가져온 원고를 선생이 읽고 있다고 생각했다. 우리는 응접실에서 기다렸다. 잠시 후 원고를 다 읽은 선생이 손님과 함께 응접실로 왔다. 인사가 끝나고 두세 마디 나눈 뒤였는데, 선생은 다소 갑작스럽게,

"원고가 아주 좋아."

하고 늘 하던 버릇대로 입을 움직이지 않으며 말했다. 선생은 내가 온다는 걸 알고 있었기에 손님을 기다리게 하고 아직 다 읽지 못한 나의 원고를 다 읽고 나오는 참이었다. 나는 진심으로 감사함을 느꼈다. 선생은 상상 이상으로 《은수저》를 칭찬했다. 차분한 글쓰기라고 했다. 훌륭한 어조라고 했다. 나는 문장이 너무 어수선하지 않냐고 했더니 선생은 오히려 그 반대라고 했다. 선생은 아주 솔직하게 쓴 글이라면서,

"그렇게나 소심한 성격을……."

하고 말을 꺼내다가 나를 배려한 듯 잠시 멈추었다. 그렇게 나 소심한 성격으로 어떻게 세상을 살아가겠느냐는 듯이, 내가 그런 어린이였다는 걸 부끄러워하기라도 할 거라는 듯이. 선생은 이렇게 나를 잘 몰라서 그 후로도 이야기를 나누다 지나치게 날 배려하는 일이 종종 있었다. 선생은 내 문장에《겐지 모노가타리》같은 면이 있다고 했는데, 약간 비난하는 의미가 섞여 있던 게 아닌가 싶다. 또 원고가 지저분해서 읽기 힘들다는 점, 오자가 많다는 점, 무기명을 너무 많이 쓴 점 등을 지적했다. 그건 사실이었다. 무기명을 많이 쓴 건 첫째로 내가 가진 신념에서, 또 하나는 한자에 호불호가 있어서 나쁜 느낌의 한자를 쓰지 않기 위해서였는데, 그때 나는 딱히 변명하지 않았다. 하지만 선생은 나중에 지인에게서 그 말을 들었는지, 《은수저》후편에도 무기명을 많이 썼지만 아무 말 하지 않았다. 나는 이것을 타인의 호불호를 존중하는 선생의 관용과 친절이었다고 해석한다. 선생은 또《은수저》가 평면적이라 돌아가는 등롱처럼 다양한 사건과 인물이 나오면서 자연스레 주인공 성격이 달라진다고도 했다. 선생이 한 번 더,

"원고가 아주 좋았어."

하고 반복해 말했을 때 내가 곧바로,

"좋으시면 더 쓸 수 있습니다."

하고 말했더니 선생은 살짝 주춤하는 투로,

"이제 충분하네."

하고 말했다. 하지만 금세 기세를 회복해서,

"너 꽤나 넉살이 좋구나."

하고 말했다. 다들 웃었다. 나도 같이 웃었다. 선생은 《은수저》에 나오는 선생님이 주인공에게 한 말을 기억하고 있다가 적재적소에 재빨리 내뱉은 것이었다. 선생은 이렇게 말장난으로 밀고 당기는 기술이 뛰어난 사람이었다. 선생은 자신이 그린 그림을 꺼내 보여주었다. 몽롱한 수묵화였던 걸로 기억한다. 나는 아래쪽에 희고 둥글고 기름한 게 술병인가 하고 보았다. 하이쿠에 나오는 장면인가 했다. 의외로 그것은 거위였다. 잘 보니 역시 거위다. 선생의 그림은 글자보다 훨씬 더 알아보기가 힘들었다. 내 기억으로 손님은 데라다 도라히코 씨였는데, 그의 제안으로 요미우리 신문사에서 열리는 겨울 모임에 갔다. 말끔한 양복을 입은 데라다 씨와 나쓰메 선생이 앞에서 걷고, 우리는 허름한 기모노를 입고 뒤에 약간 떨어져서 걸었다. 이날 나는 하카타에서 사 온 싸구려 물통을 선생에게 선물하려고 기모노 소매 속에 넣어 왔는데, 결국 그걸 꺼낼 기회를 놓쳐서 나중에 아베에게 주었다. 겨울 모임에 갔다가 우에노 연못 근처의 무슨 박람회를 보러 갔다. 박람회를 나와서였나, 나쓰메 선생은 귀가 뾰족한 노랗고 큰 개가 사람에게 끌려오는 것을 보며,

"무척 강해 보이는군."

하고 말했다. 그 후 나는 우에노에 살면서 종종 이 개를 보았는데 그때마다 이날이 떠올랐다.

아마도 이듬해 봄, 나는 원고를 상의하기 위해 혼자 선생 댁으로 갔다. 선생은 목욕탕에 가는 참이었다. 선생의 말에 따라 나는 집 안으로 들어가 기다렸다. 이날은 서재로 안내되었다. 작은 인간이 다가와 장난하며 나와 이야기를 나누었다. 선생이 돌아와 작은 인간을 보고 웃으며,

"네가 말 상대를 해주었구나."

하고 말했다. 선생은 기분이 좋아 보였다. 그러면서 작은 인간에게 이런저런 농담을 했다.

"네놈은 난륜 불령의 무리다."

하고 말하며 무슨 뜻인지 아느냐고 물었다. 작은 인간은 애벌레처럼 몸을 배배 꼬며 지겨운 듯 대답했다.

"모, 르, 겠, 는, 데."

선생은 재미있다는 듯이 치아를 드러내 보이며 웃었다. 선생은 작은 인간을 거실로 돌려보내고 원고 이야기를 시작했다. 《은수저》는 선생의 추천으로 《아사히 신문》에 연재하기로 했다. 선생은 작품에 대한 비평 외에도 나를 위해 이런저런 주의도 주고 걱정을 해주었다. 그때였나, 나는 내가 선생을 면회하는 날●이 아닐 때만 찾아오는 게 죄송하다고 말했더니 선생은,

"하지만 자네는 사람 만나는 걸 싫어하지 않나."

하고 말하며,

"바쁠 때는 어렵겠지만…… 대체로 오전 중에만 소설을 쓰니까……."

하고 결국 허락해주었다. 그 후 내가 면회 날 참석한 것이 선생과 내가 이야기를 나눈 마지막 밤일 것이다. 무슨 이야기를 하다가 내가 인간이 죽어서 사라진다는 사실만 알게 된다면 언제 죽어도 좋다고 말했는데, 선생이 조금 놀란 표정으로,

"그럴까?"

하더니 반쯤 농담처럼,

"그야 당연히 사라지겠지."

하고 말했다. 선생은 자신도 죽는 건 괜찮지만 절차가 귀찮아서 죽기 싫다는 투로 말했다. 이것도 반쯤 농담이긴 했지만, 나는 그 말을 들으며 귀찮은 절차가 없어도 선생은 그리 쉽게 죽을 것 같지 않다고 생각했다. 내가 실은 《은수저》가 그리 마음에 들지 않는다고 했을 때 선생은 의외라는 표정으로,

"그럼, 어떤 게 마음에 드나?"

하고 물었다. 나는 이제까지 쓴 것 중에서 《섬의 일기》가 제일 마음에 든다면서 만약 책으로 나오게 되면 읽어봐달라고 말했다. 나는 처음에 아베와 함께 선생을 찾아왔을 때 호

● 나쓰메 소세키는 워낙 많은 사람이 집으로 찾아오자 매주 목요일 저녁을 누구나 자신을 면회할 수 있는 날로 정했다. 사람들은 '목요회'라고 불렀다.

수 안의 작은 섬에서 혼자 살았던 이야기를 했다. 그때도 선생은 살짝 놀랐다⋯⋯ 라기보다 질려버린 얼굴이었다. 저녁 시간이 다가와 내가 집에 가려고 하자 선생은 저녁을 먹고 가라고 두세 번 붙잡았지만 나는 그냥 돌아왔다.《은수저》는 선생의 소설 연재가 끝나고 실릴 예정이었는데, 선생의 병세가 깊어져서 갑자기 연재가 중지되고 곧바로 실리게 되었다. 나는 지인에게서 선생이 병상에서《은수저》를 읽었으며, 무기명을 줄였다더니 별로 줄지도 않았다고 말했다는 걸 전해들었다. 그 후로 한동안 선생 댁을 찾지 않았다. 그사이 지인으로부터 선생이《은수저》를 비난하는 사람들 앞에서 홀로 변호했다는 말을 들었다. 어쩌면 선생은 나보다《은수저》를 더 사랑했는지도 모른다.

언제였나, 선생은《은수저》를 평하며,

"그런 건 센티멘털한 게 아니야."

하고 말했다. 나는 누가 그렇게 말하며《은수저》를 비난했구나 하고 들었다. 선생은 또《은수저》를 책으로 내면 어떻겠느냐면서 주저주저하는 말투로 자신이 서문을 써도 좋다고 말했다. 내가 책으로 내기에는 분량이 적지 않겠냐고 하자 선생은《꿈의 일기》를 같이 묶으면 어때⋯⋯ 싫으면 할 수 없지만⋯⋯ 하고 말했다. 선생은 내가 지난 잡지에 실은《꿈의 일기》를 읽었고 내가 그 작품을 싫어한다는 것도 알고 있었다. 나는 어떤 이유로 선생과 '놀이'에 대해 이야기를 나눈 적이 있었다. 우타이*나 바둑을 좋아하지만 실제로 하지는 않는다고 말했다. 나는 그런 취미를 좋아하지만 한번 빠지면 너무 진지해져서 놀이가 놀이로 그치지 않고 부담이 되었기에 다 그만두었다고 말했다.

아베와 함께 갔을 때의 일인데, 왼쪽 벽에 작고 몽롱한 달마 그림이 있었다. 내가,

'진기한 그림이네.'

'이상한 그림이야.'

싶어 올려다보고 있는데 아베가 그건 선생이 그린 거라면서 어떠냐고 물었다. 그림이 좋은지 나쁜지 판단이 안 서고 있던 차에 선생의 그림이라는 말을 듣고 갑자기 마음이 놓여서,

"어두운 데 있어서 그런지 약간 괜찮은 것처럼 보이네."

하고 대답했다. 선생은,

"농담하지 말게."

하고 말했다.

《은수저》 전편이 나온 이듬해 여름, 나는 히에이산에서 후편을 써서 선생에게 보냈다. 도쿄로 돌아온 뒤 선생으로부터 편지를 받았다. 선생은 내 원고를 칭찬하며 어떤 이유에서인지 존경한다는 말까지 썼다. 어차피 《은수저》 전편과 비슷한 맥락이라 선생의 마음에 들 거라고 예상은 했지만, 나로서는

● 일본의 전통 가극인 노에 나오는 샤미센 반주의 노래.

후편이 별로 마음에 들지 않았기에 원고가 더욱 깊어졌다는 선생의 감상이 의외였다. 나는 내 작품에 대한 선생과 나의 태도가 어딘가에서 어긋나고 있다는 사실을 깨달았다. 후편 역시 《아사히 신문》에 연재했다.

아베와 선생 댁을 찾았을 때다. 위장병 이야기가 나와서 나는 내 경험담을 털어놓았다. 위가 상하면 짜증이 나고 짜증이 나면 위가 상한다, 그럴 때 탄산소다를 조금 마시면 알맞게 산이 중화돼 속이 편안해진다고 했더니 선생이 자기는 그러면 위 속에 전쟁이 터져서 견딜 수 없을 거라고 했다. 그날이었나, 아베가 어디서 사례비로 3엔을 받았다는 말을 꺼냈다. 나는 3엔 있으면 스무날 끼니를 먹을 수 있다고 했다. 선생은 말도 안 되는 소리라는 듯이,

"그걸로 어떻게 버티겠나."

하고 말했다. 아베가 옆에서,

"하지만 나카는 그렇게 먹고삽니다."

하고 말했다. 나는 선생이 이해할 수 있도록 나의 생활 방식을 이야기했다. 선생은 어디서 강연하고 사례비로 10엔을 받았다면서, 강연 중에 개성을 중시하지 않으면 안 된다며 나의 《은수저》 후편 일부를 예로 들었다고 했다.

"자, 그럼 그 10엔은 절 주십시오."

내가 그렇게 말하자 선생은,

"예를 하나 든 것뿐이야. 10엔은 못 주지. 50전은 줄 수 있네."

하고 말하며 웃었다. 그러면서,

"50전으로는 며칠을 먹을 수 있나?"

하고 덧붙였다. 무슨 이야기 중에 내가,

"이래 봬도 저한테 꽤 붙임성 좋은 면도 있습니다."

하고 말했더니 선생은 의외라는 표정이었다. 선생은 이렇게 나를 잘 모르는 점이 꽤 있었다. 알 만큼 가까워질 기회도 없었지만. 내가 완전히 고독한 상태를 유지하고 사는 게 오히려 유머러스하게 느껴질 정도라고 선생이 말한 것도 이때였을 것이다. 나는 그 말을 들으며,

'그래, 선생은 나처럼 고독을 견디진 못해.'

하는 생각과 동시에 선생은 내가 고독을 사랑하고 또 실제로 고독하다는 반쪽 면만 알았지, 그와 정반대로 고독과 아주 멀어져서 실은 누구보다 고독하지 않은 반쪽 면이 있다는 걸 모른다고 느꼈다. 마찬가지로 이즈음이었나, 선생은 내가 나 자신을 위해서, 혹은 두세 사람에게 보여주기 위해서 글을 쓴다고 한 것을 떠올리고는,

"보여준다니, 도대체 누구한테 보여준다는 건가?"

하고 물으며 내가 보여줄 만한 사람들의 이름을 대기에 틀렸다고 했더니만,

"그럼, 아베인가?"

하고 말했다. 나는 옆에 있는 아베를 쳐다보며,

"아베한테 보여줄 리가 없지요."

하고 말했다. 아베도 내 말에 수긍했다. 선생은 알 수 없다는 표정으로 물었다.

"도대체 누군가?"

"안목은 없어도 저한테 소중한 사람에게 보여줄 겁니다."

내 말에 선생은 빙긋이 웃었다.

언젠가《은수저》이야기가 나왔을 때 선생이 후편은 문장이 덜 다듬어져 있어서 좋다, 전편처럼 문장을 매끄럽게 다듬는 데 지나치게 고생할 필요는 없다고 말했다. 나는 후편이 덜 다듬어진 것은 그걸 요구하는 내용이 더 적었기 때문이라고 대답했다. 내 의도는 이거였다. 문장 다듬기가 반드시 작품의 가치와 관련이 있는 것은 아니다. 전편은 매끄러운 문장을 요구하는 장면이 많았고, 후편은 그 반대였을 뿐이다. 그리고 쓰고 나서 보람도 있고 더 좋았던 건 전편이었다. 왜냐하면 전편이 전체적으로 시적이기 때문에. 나는 언젠가 선생에게 본래 내게 적합한 글쓰기 형식은 시이며, 처음에는 시에서 산문으로 옮겨 왔다는 데 굴욕감마저 느꼈지만, 결국에는 일본어, 특히 현대 일본어로는 거의 불가능한 장편 시를 포기하고 산문을 쓰기로 한 건 잘한 일이었다고 말한 적이 있었다. 선생은 어릴 적 이야기를 다룬 작품으로《톰 브라운의 학창 시절》이나《나쁜 소년 이야기》같은 작품이 있지만《은수저》와는 방향이 다르다고 말했다. 다니자키 준이치로의《소년》하고도 장르가 좀 다른데《은수저》같은 작품은 본 적 없다는 식으로 말했다.

선생은 아름답다고 했다. 세세한 묘사가 있다고 했다. 또 독
창적이라고 했다. 독창적이라는 말을 듣는 건 대학 졸업 후
처음인 듯했다. 선생은 그만큼 공들여 문장을 다듬었는데도
진실이 훼손되지 않은 게 신기하다고 했다. 나는 진실을 위한
노력이 진실을 손상하지 않는 게 당연하다고 여겼다. 누가《은
수저》는 재미가 하나도 없다고 말했다는데, 선생은 재미없어
할 만한 사람들 이름을 대며, 그 사람들한테는 물복숭아 한 개
를 둘이 먹었다는 이야기밖에 재미가 없을 거라고 했다. 또 누
구누구한테는 이런 걸 좀 읽게 만들어야 한다는 말도 했다. 어
떤 사람에게는 재미있는 게 어떤 사람에게는 재미없다는 걸
도무지 이해할 수 없다는 듯이. 선생은 또,

"아베(阿部)도 모를 거야."

하고 말하며 거기 있는 다른 아베(安倍)에게,

"자네도 모르겠지."

하고 말했다. 나는 선생이 잘못 생각하고 있다고 여겼다.
아베(安倍)는 아베(阿部)나 자신이나《은수저》에 흥미를 느끼
지 않은 건 아니라고 말하며, 내게 그렇게 생각한 적 있느냐
고 물었다. 나는 긍정적으로 대답했다. 선생은 살짝 의외라는
투로 아베를 향해,

"자네들은 인생이니 뭐니 그런 심각한 이야기를 해야 직성
이 풀리는 게 아닌가.《은수저》처럼 태평하게 아무 근심 없
이…… 아니, 근심은 있지만……."

하고 말했다. 나는 생각했다.

'그래, 근심의 부류가 다른 거다.'

선생은 《은수저》에 나오는 나의 자연에 대한 감상을 자신은 도무지 이해할 수 없다고 말했다. 그러면서 강변 묘사는 윤색한 것이냐고 묻기에 나는 사생●이라고 대답했다. 선생이 사생이라고는 여겨지지 않는다고 말하자 아베가 옛날에는 그랬나보다고 말했다.

"말도 안 되네. 그 동네는 내가 눈 감고도 가는 데야."

선생은 그곳을 잘 알고 있었다. 나는 지금 내가 본 걸 사생이라고 말할 수는 없어도 당시 어린이의 눈으로 관찰한 것은 그렇게 보였다고 말하려 했지만, 아베가 먼저 그 비슷한 말을 해서 잠자코 있었다. 《은수저》가 나왔을 때 선생은 신사 마쓰리 장면이 너무 집요하게 비슷한 걸 반복해서 썼다고 지적했다. 나는 제대로 기억하지 못해서였는지, 그런 게 별로 문제 되지 않는다고 생각해서였는지 그냥 흘려들었다. 나중에 선생은 또 그 이야기를 하며 주의를 주었다. 나는 다시 흘려들었다. 그러던 어느 날 나는 문득 생각나서 그 부분을 다시 읽어보았다. 그리고 선생의 지적이 옳았다는 걸 깨달았다. 선생은 내가 늘 흘려들으니 아직도 깨닫지 못하고 있다고 생각했는지 그때도 또

● 실물이나 경치를 있는 그대로 그리는 기법으로, 당시 소세키를 비롯한 작가들이 즐겨 쓰던 작법이다.

그 이야기를 꺼냈다. 나는 선생이 두세 마디 말을 꺼냈을 때,

"아, 그건 알았습니다."

하고 말했다. 선생은 곧장,

"아, 그래."

하고 하던 이야기를 그만두었다. 이런 점이 무척 좋았다.

그다음에 내가 혼자서 찾아갔을 때 선생은 내 옷차림을 빤히 쳐다보며,

"5엔으로 먹고사는 사람처럼 보이지는 않는데."

하고 말했다. 얼마 전 내가 한 달에 5엔만 있으면 먹고사는데 충분하다고 말했기 때문이다. 그리고 이날은 제대로 옷을 갖춰 입고 선생을 찾았다.

"선생님은 남의 옷차림을 아주 눈여겨보시는군요."

내가 그 비슷한 말을 하자 나중에 선생은 내 친구에게,

"나카야말로 뭐든 눈여겨보지."

하고 말했다고 한다. 선생은 얼마 전에 내가 어떻게 사는지 말한 게 무척 놀라웠던 모양인지, 이날 또 그 이야기를 꺼내 한 번 더 같은 이야기를 반복했다. 그리고 내가 겨울에 부엌에다 돗자리를 깔고 일종의 수련 음식으로 찬밥을 먹는데 너무 추워서 힘들다고 말했을 때, 선생은 손으로 흉내까지 내며 찬밥에는 뜨거운 물을 부었다가 한 번 버린 후 다시 뜨거운 물을 부어 먹으면 좋다고 알려주었다. 선생은 현재 내가 사는 간이생활, 불섭생에 가까운 초라한 식사, 게다가 이것이

나의 경험 가운데 최악의 생활은 아니라는 사실을 듣고 경악을 금치 못했다. 나는 가장 고요한 주거지에서 살기 위해 절에서 살기를 선택했으며, 절의 규율을 어기지 않기 위해서는 그런 생활에 익숙해져야 한다는 것, 그리고 내가 그런 규율을 제대로 지키는 것만으로도 유쾌한 기분이 든다고 하자 그렇더라도 그만두는 게 좋겠다고 말했다. 선생은 그런 생활이 나의 건강을 해치지는 않을까 염려했다. 또 실제로 몸을 해치기도 했겠지만 말이다. 선생에게 말은 그렇게 했지만 내가 원하는 고요한 주거지는 결국 찾지 못했다. 인간이 있는 곳은 어디나 싸움이 있고 추함이 있다.

나라고 하는 이 육체의 장구는 사람을 대하고 물건을 대하고 미워하고 싸우며 소리 내지 않으면 안 된다. 내가 원하는 고요한 주거지를 얻을 수만 있다면, 열 손가락을 버려도 좋다는 나의 이런 생각을 선생은 몰랐으리라.

언제인가 선생이 나의 친구에게,

"나도 이상한 사람이지만, 나카도 상당히 이상한 사람일세."

하고 말했다는 것, 또 나카처럼 돌진하는 성격은 자살이라도 하는 게 아닌가 한다고 말했다는 것을 들었다. 선생의 눈에 비친 나는 그렇게 보였으리라. 그리고 그것이 솔직한 진짜 나다. 하지만 만약 선생이 나를 더욱 잘 알았더라면 조금은 다르게 말했을 것이다.

아베와 함께 갔을 때 일이다. 나는 선생 앞에 앉자마자 약간 부주의하고 무심한 상태로 다소 무례한 행동을 했다. 그러다가 문득 깨닫고는 선생의 얼굴을 보았는데 선생이 조금 기분 나쁜 표정을 하고 있었다. 실수했구나 싶었다. 나는 같은 행동을 다시 한번 예의 바르게 고쳐서 했다. 그리고 선생을 보니 선생은 아무렇지 않은 표정이었다. 나는 이렇게 하면 되는구나 싶었다. 잠시 후 아베가 나처럼 무례한 행동을 했다. 선생은 다시 기분 나쁜 표정을 지었다. 이야기 중에 아베가 다시 똑같은 행동을 했다. 내가 당황해서 선생을 보니 불쾌한 표정으로 얼굴이 다소 붉어져 있었다. 그러면서 다른 사람 이야기하듯 아베에게 조심하라는 식으로 말했다. 눈치를 못 챈 아베가 또 같은 행동을 했다. 선생은 이윽고 짜증을 냈다.

"나는 그런 짓이 참을 수 없이 싫으니 제발 그만 좀 하게."

처음 보는 무서운 얼굴이었다. 그런 뒤 와인이 나왔다. 선생은 누가 선물로 가져왔다고 했다. 처음에는 쟁반 없이 나왔다. 그래서 쟁반이 올 때까지 무언가를 쟁반 대신으로 했다. 아베가 술을 받아 그 위에 올리지 않고 어디 다른 깔개 위에 놓았다. 그러자 선생은 기분 나쁜 표정을 지으며 말했다.

"그 잔은 이 위에 올리게."

내가 병뚜껑을 닫는데 쟁반이 왔다. 아름다운 쟁반이었다. 내가 반쯤 조심스럽게, 반쯤 장난으로,

"이 위에 올려도 되겠습니까?"

하고 말하며 쟁반 위에 병을 받치듯이 했다. 선생은 아까

냈던 짜증을 물리기라도 하려는 듯 대단히 부드러운 말투로,

"그럼, 좋아. 좋아."

했다. 나는 어쩐지 선생이 귀여웠다. 우리가 한두 잔 마시는 사이 선생은 내게,

"자네는 술을 좀 하는군. 직접 따라 마시게."

하고 말했다. 전부터 술을 끊었다고 했는데 짓궂다고 생각하면서도 오랜만에 달콤한 술이 들어가니 이야기를 나누며 홀짝홀짝 마시다가 거의 다 마셔버렸다. 나는 대담해져서,

"다 마셔도 될까요?"

하고 물었더니,

"그럼, 그럼."

하고 말했다. 그렇게 이야기를 나누다가 선생은 발갛게 술이 오른 얼굴로 술병과 내 얼굴을 번갈아 보았다. 나는 마침내 술을 다 비우고 말았다. ……마지막에 선생은 이제껏 기분 나빴던 마음을 다 털어버리듯 쾌활하게 이야기했다.

내가 선생과 대화를 나눈 마지막 날, 그날은 무척 추웠고 선생이 돌아가시기 전년도 겨울에서 이듬해 봄으로 넘어가는 시기였다. 나는 오랜만에 목요회 밤, 혼자 찾아갔다. 별일 없어도 갑자기 안부를 물으러 가곤 했는데, 선생의 몸이 안 좋아 현관에서 되돌아가야 하는 날이 많았기에 반년 이상 선생의 얼굴을 보지 못하고 있었다. 그런 나에게 선생을 만나는 마지막 밤이었던 그날, 거실로 들어가 인사하자 선생은 흔치 않게 얼

굴에 미소를 지으며 인사를 받았다. 나는 그게 '공부해서 면회 날 왔구나' 하는 얼굴이라고 읽었다. 나는 수많은 사람, 특히 모르는 사람이 모여 있는 자리에서는 늘 그러듯 침묵을 지키는 편이었다. 선생은 내게 뭔가 말할 기회를 주고 싶었는지, 책을 사느냐 마느냐 하는 이야기를 하다가 나를 보며 물었다.

"자네는 사고 싶은 책이 얼마어치쯤 되나?"

나는 그 대답이 선생에게 아무래도 상관없다는 걸 알면서 분위기를 맞추기 위해 내가 원하는 책만 고르면 300 몇십 엔이고, 전부 다 합치면 1000엔이 넘는다고 대답했다. 그런 뒤 시가 나오야 이야기로 넘어가서 내가 작품집 《루메》●에 나오는 어떤 소설이 무척 재미있었다고 하자 선생은 나와 방향이 전혀 다른 소설인데 이상하다는 투로 말했다. 나는 나와 방향이 다르다고 해서 재미있지 않을 이유가 없다고 말하려고 했지만, 어떤 상황으로 말하지 못했다. 그 뒤 무샤노코지 사네아쓰의 작품은 마음에 들지 않는다고 말했더니 선생은,

"그건 그럴 수밖에 없겠지. 나카 군의 소설은 두부 틀에서 갓 나온 부드러운 연두부고, 저쪽은 두부만 된다면야 석회가 들어가도 상관없다는 주의니까."

● 1913년 라쿠요도에서 발행한 시가 나오야의 첫 창작집. '루메(留女)'는 시가 나오야를 길러준 친할머니의 이름이며 책의 첫 장에 "첫 책을 할머니 앞에 바친다"라는 글이 실려 있다. 〈할머니를 위하여〉, 〈노인〉, 〈어머니의 죽음과 새로운 어머니〉 등 총 열 편의 작품이 실려 있으며 표제인 '루메'를 제목으로 한 소설은 없다.

하고 말했다. 베르무트 와인이 나와서 다 같이 한 잔씩 마셨다. 선생은 말이 없었다. 나는 조금 걱정되었다. 누가 선생에게 물었다.

"피곤하십니까?"

선생은 취한 것이었다. 나는 술 한 잔에 취하는 선생이 귀여웠다.

그다음 또 오랜만에 선생 댁에 갔는데 하루 이틀 전부터 몸이 안 좋아 면회가 어려웠다. 그로부터 며칠 뒤 선생이 중태에 빠졌다는 소식을 듣고 병문안을 갔지만 만날 수 없었다. 나는 계획해두었던 여행을 연기했다. 여행을 떠날 여정이었던 날, 선생이 위독하다는 전보를 받았다. 나는 선생의 임종을 지켰다. 선생은 희미하게 마지막 남은 숨을 몰아쉬고 있었다.

나는 성격상 내가 원하는 만큼 선생과 친해지지는 못했다. 오히려 대단히 서먹서먹했다. 또 나는 선생과 선생 작품 주위에 모인 우상 숭배자도 되지 못했다. 다만 나쓰메 선생은 인간을 싫어하는 내가 가장 좋아하는 부류의 인간이었다. 그리고 선생은 나라는 인간까지는 아니어도 나의 창작 태도와 작품을 누구보다 아끼고 사랑해준 사람이었다.

1927년 6월

나카 간스케

해설

아껴 먹는 마음으로

어릴 적 나의 할머니는 내가 학교에서 집에 돌아오면 콩을 볶아주셨다. 껍질이 노릇노릇하게 타서 아직 따끈한 콩을 처음에는 뜨거워서 한 알 두 알 입에 집어넣다가 나중에는 주먹 가득 쥐어 넣고 볼이 미어지게 우물거렸다. 설탕이나 물엿 같은 걸 뿌리지 않았지만 씹을수록 콩 고유의 구수하고 담백한 맛이 혀 주위에 은은하게 번졌다. 햇볕에 잘 달궈진 따뜻한 들판의 맛 같기도 하고, 등껍질이 딱딱하고 동그란 작은 곤충의 맛 같기도 했다. 오도독오도독 한참 씹어 먹다보면 접시 위에 수북하던 콩이 몇 알 안 남았다. 벌써 끝이네. 어느새 다 먹었어.

이 책을 번역하는데 할머니가 볶아주시던 따뜻한 콩알 생각이 났다. 눈이 휘둥그레질 정도로 맛있는 것도 아니고 땀이 뻘뻘 날 만큼 자극적인 것도 아닌데 멈출 수가 없다. 들판의 맛, 곤충의 맛, 노랗게 타오르는 잎사귀의 맛, 집 앞에 부옇게 피어오르는 흙먼지의 맛, "○○야, 놀자" 하고 친구가 부르는 그리운 목소리의 맛. 내 기억 구석구석에 잠자고 있던 순수하고 어린 것들을 하나하나 끄집어내며 한 알 한 알 꼭꼭 씹어 읽어나가는 사이 마지막 장이다. 벌써 끝이네. 접시 위에 언어들이 몇 개 남지 않았다. 아껴 먹어야지.

종종 생각하는데 번역은 책의 페이지를 씹어 먹는 행위와 비슷하다. 정말로 종이를 잘근잘근 씹어 내 배 속으로 넣는다는 감각이 있다. 연두부처럼 부드럽게 잘 넘어가는 책이 있는가 하면 너무 딱딱해서 이도 잘 안 들어가는 책도 있다.《은수저》의 경우는 내가 아이 때 먹던 볶은 콩처럼 오도독오도독 씹어서 꼭꼭 삼켰다. 100년 전 아이들이 하던 놀이나 노래가 이상한 나라의 주문처럼 곳곳에 박혀 있어서 그걸 해독하지 않으면 말이 목에 걸려 넘어가지 않았다.

돌멩이처럼 너무 딱딱해서 잘 씹히지 않는 페이지가 나오면, 나보다 먼저 번역한 선배 번역가의 책을 펼쳐보기도 했다. 10년 전쯤 나왔다가 절판된 타 출판사의《은수저》가 마침 동네 도서관에 있었다. 양윤옥 선생님의 맛깔나는 어휘력에 감탄하며 읽다가 역자 후기 마지막 부분을 읽고 깜짝 놀랐다. 미래의 나에게 보내는 메시지가 있었기 때문이다. "번역하기가 참으로 어려운 책이었다. (……) 여기저기 번역의 오류가 적지 않겠지만 여기까지가 최선이었노라고 독자분들께 그리고 후배 번역자에게 미리 머리 숙여 양해를 구하고자 한다."

이 기분을 뭐라고 설명할 수 있을까. 한 번도 본 적 없는 선생님 품으로 달려가 와락 안기고 싶은 기분이었다. 그 솔직하고 성실한 글귀에 감동하기도 했지만, 나 역시 번역이 너무 까다로워 머리를 쥐어뜯던 밤이 셀 수 없었기에. 인간은 자신의 고충을 고스란히 이해해주는 사람에게 깊은 애정을 느끼는 법인가보다. 이 마음을 전하는 방법은 조금이라도 나아진 한국어판 《은수저》를 세상에 내놓는 것뿐이리라. 조용히 원서를 꺼내 맨 첫 장을 펼쳤다. 다시 꼼꼼히 한술씩 떠보자. 내가 소화하지 못하면 읽는 이는 수저조차 들 수 없다. 번역의 임무는 막중하다.

사실 이 책은 일본의 중고등학교 국어 선생님조차 독해가 어려워 저자에게 편지를 보냈을 정도다. 1950년, 고베의 나다 중고등학교의 하시모토 다케시 선생님은 《은수저》에 나오는 장난감, 놀이, 노래에 대해 묻는 편지를 당시 예순다섯 살이었던 저자 나카 간스케에게 보낸다. 간사이 지방 국어 교사의 편지에 나카는 정성스러운 답변을 보냈는데, 이를 토대로 하시모토 선생님은 《은수저》 연구 노트를 만들어 중학교 3년 내내 수업 시간에 교과서 대신 이 책 한 권을 읽었다. 그저 읽기만 한 게 아니라 학생들과 함께 책 속에 나오는 단어의 문을 열고 그 안으로 들어갔다. 예를 들어 소설 속에 십이지가 나오면 옛날 사람들이 어떻게 시간을 인식했는지 파고들어

오늘날의 단어까지 확장한다. 우리가 쓰는 '정오'라는 단어도 옛사람들이 '자축인묘진사오미신유술해'의 순서로 인식하던 시간의 개념에서 유래한 것으로, 오전 11시부터 오후 1시를 뜻하는 오시의 한가운데라는 뜻이다. 갈기를 휘날리며 달리는 말의 시간이다. 연 날리는 장면을 읽을 때는 미술 선생님과 협업해 학생들이 직접 연을 만들어 날리게 했다. 체험으로서의 책 읽기다. 수업은 하시모토 선생님이 퇴직할 때까지 30년 동안 이어졌는데, 지방의 평범한 공립학교가 도쿄대 합격률 전국 1위를 기록하며 이 사연이 세상에 알려졌다. 한 권의 책에서 파생된 언어의 물줄기를 타고 이리저리 지식을 흡수하며 신나게 달려본 경험이 분명 학생들의 두뇌 어딘가를 자극했으리라.

1912년 여름, 시를 사랑한 스물일곱 살의 청년 나카 간스케는 여동생의 장례를 치르고 나가노현의 노지리 호수로 떠났다. 여름 내내 그곳 농가 2층에서 머물며 생애 첫 번째 소설 《은수저》를 탈고한다. 이 책의 전편에 해당하는 글이다. 무직의 나카는 당시 《나는 고양이로소이다》로 막 이름을 알리기 시작한 소설가이자 스승인 나쓰메 소세키에게 원고를 보냈다. 공들여 쓴 나카의 육필 원고를 읽어본 소세키는 아름다운 문장이라는 극찬을 아끼지 않았다. 당시 아사히 신문사에 적을 두고 있던 소세키는 담당 편집자에게 이런 편지를 보낸다. "여덟아홉 살 무렵의 추억이 담긴 글로 문장에 남다른 독창성과 품격을 갖추고 있으며 문체에 순수함이 깃들어 있어 아사히에 소개할 가치가 충분하다고 믿습니다."● 그리하여 《은수저》 전편이 1913년 4월 8일부터 6월 4일까지 《아사히 신문》에 연재되었다. 나카는 이듬해인 1914년 6월, 이번에는 교토의 히에이산으로 들어가 '비뚤어진 아이'라는 제목의 원고를 탈고한다. 이 책의 후편에 해당하는 글이다. 원고를 읽은 소세키는 나카에게 이런 편지를 보낸다.

병세는 호전되었으니 안심하십시오. 그저께부터 어제까지 옥고를 읽었습니다. 재미있었어요. 다만 평범한 소설에 비해 사건이 없어서 속물들은 칭찬하지 않을지도 모르겠습니다. 저는 대단히 좋습니다. 지금 병이 낫는 중인데 **소위 소설**이라는 요란하고 억척같은 글에 질린 참이라 더욱 마음에 들었습니다. 저와는 동떨어져 있으면서도 저한테 꼭 들어맞는 듯한 친숙한 기쁨을 느꼈어요. 저는 세상에 주인공 소년과 같은 성격을 좋아하는 사람이 드문 만큼 그런 성격을 가진 사람에게 깊은 존경과 연민을 느낍니다.●●

● 1913년 2월 26일, 나쓰메 소세키가 《아사히 신문》의 편집자인 야마모토 마쓰노스케에게 보낸 편지.

●● 1914년 10월 27일, 나카 간스케에게 보낸 나쓰메 소세키의 편지. 굵은 글씨는 원문에서 방점으로 강조한 부분이다.

후편 역시 1915년 4월 17일부터 6월 2일까지 《아사히 신문》에 연재되고, 1921년 12월, '이와나미 쇼텐'에서 첫 단행본이 출간되었으며, 1935년 11월, '이와나미 문고'로 발행되었다. 하시모토 선생님이 교과서로 쓴 것이 이 문고본이다. 수필 〈나쓰메 선생과 나〉에서 나카는 나쓰메 선생이 저자인 자신보다 이 작품을 더 사랑했을지도 모른다고 말했는데, 과연 나쓰메 선생의 안목은 옳았다. 2013년, 이와나미 서점 100주년 기념 '내 인생의 문고본' 설문 조사에서 나쓰메 소세키의 《마음》이 1위, 나카 간스케의 《은수저》가 3위에 올랐다. 두 사람의 작품에는 100년이 지나도 독자의 마음을 울리는 힘이 있었다. 작은 인간이 체험한 작은 인간의 세계가 이토록 시공을 넘어 독자의 공감과 지지를 받은 것은, 모든 인간이 작고 연약하고 소심한 시절을 지나왔기 때문이리라. 이 책의 마법은 읽는 이를 각자의 어린 시절로 데리고 간다는 데 있다. 내가 여덟 살 무렵 할머니가 볶아주신 따끈한 콩알을 입속에서 우물우물하던 그때 그 평범한 어린 날의 기억 속으로 날아갔듯이.

그런데 나는 자료를 검색하다가 1921년 발행된 《은수저》 초판본이 서울 서초동 국립중앙도서관에 소장되어 있다는 사실을 알게 되었다. 100년이 넘은 원서를 내 손으로 직접 만질 기회는 그리 흔치 않다. 나는 곧장 도서관으로 달려갔다. 인터넷에 접속해 책을 신청하고 십오 분쯤 기다리니 전광판에 내 이름이 떴다. 접수대로 가서 스마트폰을 대고 회원증 바코드를 찍자 사서분이 근엄한 얼굴로 흰 라텍스 장갑을 내밀며 말했다. "오래된 책이니 장갑을 끼고 저쪽 지정석에 앉아 읽으셔야 합니다." 그러면서 검은색 쟁반 위에 잿빛 《은수저》 초판본을 올려 내게 건넸다. 그것은 100년의 세월을 거슬러 살아남은 대단히 진귀한 음식이었다. 나는 지정석에 앉아 심호흡하고 장갑을 꼈다. 이 책을 한국말로 요리한 내게는 어쩐지 신성한 접촉처럼 여겨지는 순간이었다. 종이는 누렇게 바래 있었지만, 인쇄 상태는 좋았다. 가만히 냄새를 맡아 보았다. 볶은 콩처럼 구수한 냄새가 났다.

나는 한 장 한 장 페이지를 넘겼다. 흰 라텍스 장갑 너머로도 전쟁과 갖가지 풍파를 거쳐온 까슬까슬한 세월이 느껴졌다. 내가 제일 좋아하는 페이지를 펼쳤다. 후편에서 주인공 소년이 눈먼 이모를 찾아가는 장면이다. "뉘신지요." 앞이 보이지 않는 이모가 인기척을 느끼고 묻는다. 어릴 적 소년을 등에 업고 동네를 돌며 과자를 사주던 이모는 이제 소년을 알아보기조차 힘들 정도로 노쇠했다. 소년은 늙은 이모에게 한 걸음 더 다가갔다. "도대체 뉘실까." 그 순간 어릴 적 내게 닭죽을 끓여주고, '점빵'으로 데려가 꼬깔콘을 사주고, 뜨끈한 아랫목에서 귤을 까주던 나의 할머니와 고모들이 되살아나 도서관 4층 서가 사이로 흘러갔다. "이모, 모르시겠어요? ○○예요." 놀란 이모는 흐린 눈을 비비며 조카에게 밥상을

차려주기 위해 바람처럼 달려 장을 보러 간다. 이모가 정성껏
차린 밥상을 받으며, 나는 검은 쟁반 위의《은수저》를 맛있게
먹었다. 조금만 더, 조금만 아껴 읽는 마음으로. 그렇게 책장
을 넘기는 사이, 어느덧 석양이 낡은 잿빛 책 위에 드리우고
있었다.

정수윤

휴머니스트 세계문학 028

은수저

1판 1쇄 발행일 2023년 12월 18일

지은이 나카 간스케
옮긴이 정수윤

발행인 김학원
발행처 (주)휴머니스트출판그룹
출판등록 제313-2007-000007호(2007년 1월 5일)
주소 (03991) 서울시 마포구 동교로23길 76(연남동)
전화 02-335-4422 **팩스** 02-334-3427
저자·독자 서비스 humanist@humanistbooks.com
홈페이지 www.humanistbooks.com
유튜브 youtube.com/user/humanistma **포스트** post.naver.com/hmcv
페이스북 facebook.com/hmcv2001 **인스타그램** @boooook.h

편집주간 황서현 **편집** 김대일 이성근 김선경 **디자인** 김태형 차민지
조판 아틀리에 **용지** 화인페이퍼 **인쇄·제본** 정민문화사

ISBN 979-11-7087-085-2 04830
       979-11-6080-785-1 (세트)